汉园新诗批评文丛
洪子诚 主编

只言片语
来自写作

陈东东 著

北京大学出版社
PEKING UNIVERSITY PRESS

图书在版编目(CIP)数据

只言片语来自写作/陈东东著. —北京:北京大学出版社,2014.8
(汉园新诗批评文丛)
ISBN 978-7-301-24171-4

Ⅰ.①只… Ⅱ.①陈… Ⅲ.①新诗–诗歌评论–中国–文集
Ⅳ.①I207.25-53

中国版本图书馆 CIP 数据核字(2014)第 078224 号

书　　　名:	只言片语来自写作
著作责任者:	陈东东　著
责 任 编 辑:	张雅秋
标 准 书 号:	ISBN 978-7-301-24171-4/I·2754
出 版 发 行:	北京大学出版社
地　　　址:	北京市海淀区成府路 205 号　100871
网　　　址:	http://www.pup.cn　新浪官方微博:@北京大学出版社
电 子 信 箱:	pkuwsz@126.com
电　　　话:	邮购部 62752015　发行部 62750672　出版部 62754962 编辑部 62752022
印 　刷 　者:	北京大学印刷厂
经 　销 　者:	新华书店
	880 毫米×1230 毫米　A5　12.125 印张　261 千字 2014 年 8 月第 1 版　2014 年 8 月第 1 次印刷
定　　　价:	45.00 元

未经许可,不得以任何方式复制或抄袭本书之部分或全部内容。
版权所有,侵权必究
举报电话:010-62752024　电子信箱:fd@pup.pku.edu.cn

汉园新诗批评文丛·缘起

北京大学中国新诗研究所2005年成立以来,重视新诗研究刊物、研究丛书的编辑出版工作,先后出版了"新诗研究丛书"和集刊性质的《新诗评论》,受到诗人、诗歌批评家、新诗史研究者和诗歌爱好者的欢迎。

从今年开始,在"研究丛书"之外,拟增加"汉园新诗批评文丛"的项目。相较于"研究丛书"的侧重于新诗理论和诗歌史研究的"厚重","批评文丛"则定位于活泼与轻灵。它将容纳诗人、诗歌批评家、研究者不拘一格的文字。这一设计,基于这样的认识:在诗歌研究、批评领域,重视理论深度、论述系统性和资料丰富翔实固然十分重要,但更具个性色彩的思考、感受,和更具个人性的写作、阅读经验的表达,同样不可或缺。在力图揭示事物的某种规律性之外,诗歌批评也可以提供个别、零星、可变的体验——这些体验与个体的诗歌写作、阅读实践具有更紧密的关联。也就是说,为那些与普遍的规范体系或黏结、或分离的智慧、灵感,提供一个表达的空间。除此之外的另一个理由,是诗歌批评"文体"方面的。也许相对于小说研究、文化批评,诗歌批评、阅读的文字,需要寻求多种可能性和开拓,以有助于改善我们日益"板结"、粗糙的"文体"系统和感觉、心灵状况。

只言片语来自写作

　　写作这样的文字,按一般认识似乎比"厚实"的研究容易得多。其实,如果是包蕴着真知灼见和启人心智的发现,透露着发人深思的道德感和历史感,并启示读者对于汉语诗歌语言创新的敏感,恐怕也并非易事。

　　这样的愿望,相信会得到有相同期待者的理解,并获得他们的支持和参与。

洪子诚

目　录

汉园新诗批评文丛·缘起 ················ 洪子诚/1

言辞

一排浪·· 3
十二碎笔·· 8
只言片语来自写作··· 14
狱规摘录·· 32
卡片匣·· 35

诗话

入剑门·· 91
旧情怀·· 95
沧浪亭·· 99
扬州慢·· 103
登泰山·· 107
东山姿·· 111
池上楼·· 115
钗头凤·· 119

曾埋玉 ……………………………………… 124
此地何 ……………………………………… 128

随笔

三题 ………………………………………… 135
四题 ………………………………………… 144
五题 ………………………………………… 151
课本与诗歌 ………………………………… 160
出发点 ……………………………………… 162
诗的写作 …………………………………… 165
诗人遭放逐 ………………………………… 169
应《标准》诗刊之约写下的偏见 ………… 176
在某一时刻练习被真正的演奏替代 ……… 179
几句话 ……………………………………… 182
把真相愉快地伪装成幻象 ………………… 184
现代汉诗的现代汉语 ……………………… 192

阅读

每一次阅读都是翻译 ……………………… 207
超逾其外的眼界和意味 …………………… 210
感动于人生的虚妄 ………………………… 219
关于《世界的血》的两则 ………………… 224
两首诗 ……………………………………… 227
同心圆 ……………………………………… 234

简介一首自己的长诗	238
人生就如同一次游园	240
周云蓬的形象	251
风衣	256
钟鸣的大部头随笔	261
书后二则	268
三种诗	270
当我们谈论译诗,我们谈论什么?	274
关于特朗斯特罗姆的两篇	281
从《生日之诗》到《生日信札》	293
"我的人民生活在这里"的"自我之歌"	297
现世不过是材料而已	302
头脑中的旅行	306
特隆故事后记	310
必要的假说	318
阅读种子而非嫩枝	323
对新千年文学的想象	327

序跋

《海神的一夜》自序	335
《夏之书·解禁书》自序	339
《流水》弁	340
一个说明 ——《导游图》后记	342

《词的变奏》自序 ………………………………………… 345
《黑镜子》跋 ……………………………………………… 348
望帝春心托杜鹃
　　——《最高虚构笔记——史蒂文斯诗文集》编者跋 …… 351
大陆上的鲁宾逊
　　——《别处的集合：二十四人诗选》编者序 ………… 354
《倾向》诗刊一、二、三期前言 ………………………… 367
2005年春季号《今天》杂志诗人散文专辑编者引 ……… 372
踵事增华
　　——纪念吴梅村 ………………………………………… 374
《行板如歌——音乐与人生》编者序 …………………… 377

后　　记 …………………………………………………… 380

言辞

一排浪

01. 需要一行诗,一个词,甚至只需要一个声音,去重新落实悬浮的世界。

02. 声音存在于耳中……较好的说法是声音无非耳朵的产物。

03. 期待一个声音,时光里我的基本姿态。

04. 声音的魅惑力:我迅速认出但听不懂它。

05. 听觉想象力,在我这儿它产生穿插着汉语的声音之梦而不是音乐。

06. 一切沉睡于本身,语言试图去唤醒。

07. 一切都来自语言之马脱缰的狂奔,而我只是它背上一个被动的目击者。

08. 人存在于人所假设和约定的语言之中。

09. 热爱语言;不相信话语。

10. 清晰的思想并非思想——语言改编思想。

11. 而改编语言的是所谓诗艺,诗歌不说出语言。

12. 诗歌不可能透过语言融入世界。

13. 诗歌之真,由于它终于超越了语言。

14. 为诗辩护——母鸡捍卫下蛋的权利。

15. 诗论,摆放诗歌的华丽锦盒。

16. 对诗的论说是诗歌本身。

17. 光明在诗篇里必要地掩盖词的黑暗。

18. 把诗从文学、甚至从文本中抽取出来。

19. 不同的空间(而不是时间)里不同的诗篇现世。

20. 让诗歌获得当场的掌声竟然是容易的。

21. 长诗,诗人自恃体力的野心。

22. 不可能把一切都关到窗外或写出一首终极之诗。

23. 如果排斥了其余的话题,也就没有了留给诗歌的专门话题。

24. 在确保中心的前提下,诗歌扩散开来。

25. 当高度虚构之诗成为永恒的真实,其作者是虚构的。

26. 白昼之诗的高音是暗夜……败笔或在于结尾从暗夜升起了曙光。

27. 在现实之外,留出了广阔幻想的诗歌空间。

28. 诗歌是道路也是目的。

29. 诗艺以修正现实的梦幻方式关怀着生活。

30. 有必要的是写,而不是写下的诗——但也许刚好相反。

31. 尽可能倾身于写作,把内心的节奏注入语言。

32. 至少在抒写时,我知道我不是生活的旁观者。

33. 写作在写作中成形,对于我尤其如此。

34. 影响我们的,是传说中大师的写作习性。

35. 在坚定的个人写作里,不把写作缩小为个人的。

36. 为了写作而腾出文体。

37. 生活不断内倾于写作,以至于写作之外没有了生活。

38. 以写作的实际行为反对身为读者的我。

39. 任何文字至多不过是时间的地图。

40. 个人命运逃不出此人的基本词汇。

41. 但愿有一句不曾被用过的爱情表白。

42. 只剩下点铁成金了——金矿已经被别人挖干净。

43. 旧文人情怀构成了写作的另一种激情。

44. 记录自己的死亡过程,但难以持续到最后那一刻。

45. 用人生的一部分时间和路程去复现另外的时间和路程。

46. 当旅行的目的已告完成,旅行的意义却完全丧失了。

47. 把空想作品写得逼真和具体,为了把读者带入空想?

48. 阅读的厌倦——那种自我厌倦……

49. 纯粹阅读对位于同样纯粹的写作。

50. 甚至不打算用自己的写作取悦自己。

51. 专业写作者身上的读者性被他的职业道德驱逐。

52. 阅读也仅仅是写作。

53. 需要一种表面的改变,为了重返写作。

54. 纸上繁华由于写作者孤身独处吗?

55. 才能,一个人的写作宿命。

56. 写作的最佳处境:日常风暴的宁静风暴眼。

57. 未完成,写作的正当结果。

58. 充满引文的写作史。

59. 一个诗人的三个时期:音乐、飨宴和冬雪。

60. 好嗓子的诗人靠朗诵提升他诗篇的质量。

61. 四分之三的诗人为四分之一的秋天存在。

62. 在写作中，每个诗人都正好处身在各自选定的时代和国度。

63. 迟到的诗人，他的青春期被落日照耀。

64. 诗人旧于他处身的时代。

65. 退入书籍是诗人的胜利。

66. 物质新鲜的光泽消损，它一旦陈旧，诗意的光芒就开始焕发了。

67. 那并不冲突，那只是意见展开在同一精神的不同层次和各个侧面。

68. 才能是可以自我培养的，如果有自我培养才能的才能。

69. 以说浅薄蠢话的方式避免说出深刻的蠢话。

70. 无法抵达绝对，所以走向了无限。

71. 抗拒黑暗，为了掩饰内心的黑暗？

72. 在准确而不是独特的用辞里做到风格化。

73. 为偏执发展了风格和哲学。

74. 圣人放弃他一己的天才。

75. 长寿是成名的缓慢捷径。

76. 从梦幻盒子里取出了不再是梦幻的世界。

77. 在最寒冷的一天开始脱冬衣，为了迎接盛夏。

78. 演员也就是角色是提词人。

79. 生活的抽象和日子的具体。

80. 等待着，一个契机要从深处升向表面，把日子带进生活。

81. 更为简捷的旅行目的是纯粹地经过。

82. 一个人不能同时献身于两种天命。

83. 梦境永远是启示,而不是出离现实的道路。

84. 想象的脂粉涂满所见之物,令它们丧失本来面目。

85. 只有记忆,并无往昔。

86. 回忆翻新了旧梦。

87. 未来也许正是所谓的往昔。

88. 身在其中而奇怪地更加向往着它。

89. 真理般不可揭露之物的真理性。

90. 好的书名是书的一半。

91. 如何去获得适合日子结构(那并不同于生活)的文体?

92. 理论是安全的,虽然它更伤脑筋。

93. 文学翻译,将一件完成之作带向未完成。

94. 越过边界是一个妄想。

95. 从未来出发,朝向过去。

96. 企图在返回中找到进路:一种别样的理想主义。

97. 一意孤行是唯一的进路。

98. 完美全集的办法是比写作更为勤奋地销毁手稿。

99. 临终前枕边薄薄的自选集——希望它并不多于一排浪……

(1981—1999)

十二碎笔

1　死后的诗人

很有可能,甚至该肯定,对于别人,你会是一个死后的诗人。就像《经集》宣言的那样:"犹如蛇蜕去衰老的皮",你的裸露没有止境,完成了过分华丽的一生。惟当你死后,身体被收获,被鹰和猎人剖开又烹食,你细小的骨节才于夜半被一口口吐尽。——骨节在星下放出毫光,骨节才是你真实的诗篇。

2　仿佛一堵墙

仿佛一堵墙,没有人能既站在这边又斜靠着那一面。——我向一些人展示诗篇,却让另一些人(他们一点儿也不了解我写作的性质)出入我的个人生活。不存在骑墙者,这两种人是互相匿而不见的。但并非诗篇与个人生活匿而不见。墙没有分隔自身,它周围的世界也是同一个世界。

3　写作

长窗。光。寂寞的书桌。纸张反映出比户外更加明净(也更加虚空)的晴天,一队飞鸟裁开又渡过。要么是梅季,雨丝纤弱,灯盏点亮了更多的晦暗。在幻境里,烫金的书籍泛黄,旧时代的马蹄踏弯空气。这样我面前的簿册摊开,诗行草草,一支笔不再由手控制。一支笔有如诚斋所言:"正入万山圈子里","不要人随只独行"(《过松源晨炊漆公庙》《春晴怀故园海棠》)。

4　磨洗诗歌

磨洗诗歌,使之重新光洁。重新鲜明和重新尖锐。诗歌之刀传递到我们手上,我们多么不遗余力地昼夜操劳着。但越是磨洗,诗歌之刀就必定越瘦小。与原创的伟大诗篇相比,我们磨洗过的虽然可能更为锋利,但却是微型化了。那么,更付出十倍(甚至百倍)于磨洗的功力,另起炉灶,重新铸剑?这在今天会是可行的吗?

5　天光

本城唯一的自然景观大概是天光。石方、水泥、玻璃、塑料、上了漆的铁和上了漆的人心;树冠被定期修剪如仪;动物园的老虎学会了算术;河流和爱情因同样的腐蚀变得太黑;党支部书记带领孩子们捕杀野狗……在它们之上,日月轮回,群星不可能展示全体。在这样的城市里住得太久,甚至无法回忆风景。无法回忆,不可能深入,没有一支火把将影子投射到单调的天空。从我的诗篇里显露出来的,只是被天光照亮的文字幻化。

6　补充

关于我们这些(这一批,这一伙,这一群——肯定不是这一代)诗人,已经有不少想要或正在为之写书的热心人。而我或许能补充一部小说,一位虚构的短命天才的虚构的纪念集:像模像样的长序,三朋六友的追怀,他的书信、文论、自传、最后遗言和编者的说明。而小说的核心是这位据说死于自杀者的十四行诗组。——它最终会成为一幅漫画:诗人的大志、诗人的怪癖、诗人的孤注一掷、诗人自觉不自觉地摹仿了大师的内心生活,以及,莫须有的爱和色情……

7　诗歌

诗歌并不是最高方式,它也不是最好或最恰当的方式;对我而言,诗歌是那种最后的和最万不得已的方式,是无望抵达终点的方式。因此,我才把诗歌比作卡夫卡的"城堡",才把自己的抒写视作明知不可为而为之的努力。

8　种树和造屋

在写作中,一些词语凸显出来,成为重要、核心的部分,其余则是次要的,围绕在周遭。当这些词语越来越固执地不肯离开你笔尖的时候,你的诗有了自己的声音。不久你发现,那是你唯一的声音,同一个声音,不断重复的声音。于是你想要改变,有意找陌生的词语做你诗篇的重心。当你走出了最初的类型,不再令朋友、令自己厌烦地自我重复的时候,你却同时失去了本色。——开始的时候,诗歌就是生命,那些重要、核心的词语不仅是词语,更像是种籽,从你的血中破土成长。你写一棵树就如同种一棵树,你只需浇灌(甚至不必浇灌),它自然就有了树的形状。当你求变,你是在砍树、锯木头、造房子,只要技艺高超、材料足够,你可以造出你能想到的任何形状的房子。但是,你跟诗也已不再是肉身和精神的关系,你们成了房子与房主,房子与房客……

9　阅读

我总得为自己安排十年时间,不进行任何写作,只是静静地阅读。——并非为了挖掘、汲取、辨析和弃绝而阅读,仅仅为了消遣、为了享用,如同午睡以后饮茶和用点心一样去阅读。

10　漫游

不，我甚至不是个写作者。在开始的时候，我可能抽打和驾驭着语言，但最终必定是语言驮我到我从未梦见过的新省份、新国度和新家园。我已经记不起自己是否有过什么既定的目的地，我更像一个随意的漫游者。仅仅因为不愿让刚刚开始的谈话中断，我才告诉陌生人一个我临时想到的随便什么去处。我的回答或许每一次都有不同，甚至互为矛盾，令自己困惑，但我不虞前程的脚步是轻捷的。"我身上绝没有那种专横武断的思想，我是说，那种作为最后确定的思想。这种祸害我一向是远远避开的。"（玛格丽特·杜拉斯）

11　诗人之交的原则和兴趣

布罗茨基说："倘若一个人的作品出色而为人可怕，我必定是第一个去证实其可怕的人。"同样，庞德的说法也深得我心："我对朋友的邪恶一点兴趣也没有，只对他们的才华感兴趣。"

12　第一块园地

把一世的光阴作为种籽植入语言文字、纸张书籍，这样的毕生努力在于那些无望的期待：期待从中生长出可以比肉身更久远的精神；期待从中开放出可以将黑夜消退的光明；甚至期待从中缔结出可以令神圣显现的灵魂。——它是过分的,又是值得的,这就是为什么有人终于决定以此使自己这辈子过得孤独、苦难但却充沛。现在,正好是现在,又有一个人如此选择。这个时刻成了他的第一个时刻,这个夜晚成了他的第一个夜晚,这些字句成了他的第一块园地。

(1984—1988)

只言片语来自写作

1　文物

我拉开抽屉,去挖掘埋入纸张和黑暗的过时话语。在一张卡片上,我意外地读到了九年前匆忙写下的提要:来往信件;银钱用途;见闻和感叹;猥亵、阴郁、幻想的曙光初照的线描画;情人月经周期和记号;虚假的书;空洞的诗;枯萎的花……

2　一首诗

接近抽屉底部(那是另一个文化层),一首距今十八年的原始诗篇被我发现。它有一个朴素的标题,它使用一种我现在已感陌生的歌唱的语调,它显露出来的品质、格调、趣味、梦想和激情是我在最近写下的诗篇里未能捕捉和把握的……它早已不是我的诗篇了,就像一只飞鸟早已不再是一枚蛋卵。重要的是,它向我重现了写作的初衷。

3　光景中的写作

秋天我写得更多一些。心境,其实是光景影响书写。上海的好天气集中在秋天,特别是这个季候的上午,安静、明澈,这既是状态又是氛围,笔尖在白纸上可以像航空公司的喷气式飞机在晴空里划一条漫长的弧线。

4　欲望

对身体的欲望。只要躯干而不要她的头脑和容颜。但能够做到的,现在还只是在九曲桥凭栏(庞德:湖中游的鱼/甚至没衣服),用手臂紧搂她发烫的腰。欲望并不会就此满足,阅读的欲望正在转变成书写的欲望,——完成一组足以获取这身躯的诗篇。

5　短句集

[飞翔]在速度中转换。完成节奏。
[两种随笔]《枕草子》和《思想录》。
[海滩]肉的风笛。
[旅行]曾经履历。被回忆说出。用想象重临。
[废墟]革命先于我们,掀开了王朝的铁冠和头盖骨。
[日记]麋鹿(四不像)、素材、流动、虚构及孤注一掷。

[写作]语言的炼金术。

6　练习

但我更愿意把诗歌写作比喻为演奏。诗人即一个语言演奏者。我相信,每个诗人最终只会有一次最高意义的演奏。而为了那次演奏,你得要进行多少次练习?我寄希望于一次真正的演奏,所以我反复练习。反复练习,使得同一首诗、同一种语态、同一个句子、同一个词被一而再、再而三地重写。

7　工作

没有一种职业是值得欣赏的,但每一种工作都同样美好。工作意味着为了人的生存和生活心甘情愿地付出劳动。我想,最适合我的工作(虽然并不是最令我愉快的工作)是写作。写作令我早早地进入了所谓的工作状态。那是一种内心状态,一种"用心"度过此生的企图和可能性。

8　生活

它扩展开来,像湖上的波澜。激发它的写作是投入湖心的那枚石子。

9 语法和表达

我有过一次拍"纪录片"的经验。但那一定是最粗浅的"纪录片"。一个朋友为了带一盘家常录像给他远在德国的妻子,让我摄下他和他才刚刚会说话的小儿子在上海家中的一些镜头。用一台小录像机,我拍的是朋友和小儿子在一起玩耍和亲昵,朋友如何逗着小儿子吃东西,如何哄着小儿子睡觉,当然还有一些小儿子的特别节目——喊爸爸妈妈、敬礼和做鬼脸等等。我没有看到过那盘拍好的带子上的影像,不过我知道拍完以后它也就告完成了,即使(应该说肯定)它是凌乱不堪的,它也不会再有任何的后期剪辑和制作。它像是一个按原样呈现一段日常生活时光的真切纪录,但其实并不是。它是对一些日常生活时光的选取和拼接,尽管(可能和肯定)它语无伦次,却正好说出了那个远在德国的妻子和母亲想要获悉的内容。那个观看录像的人也知道,我那位朋友和他的小儿子在上海的日子,不会是录像带上的那个样子,不过她会喜欢那盘录像带所告诉她的。那样的影像对她构成了意义。真正可以被称作"纪录片"的东西,一定需要较为繁复的制作过程,远为高超的技艺和对事物更为特别的认知。然而,一次最粗浅的"纪录片"拍摄,已经让人能够猜测何谓"纪录片"了。"纪录片"实际上并不纪录什么,而只是要说出些什么,揭示些什么,赋予些什么。对一个拍"纪录片"的人而言,镜头不是眼睛,是语法,片子则是他的表达,是他表达的一个纪录。那份纪录,只在拍片人想象的、预料的和选中的观看者那里才显现出表达的确切含义。

10　风景明信片

　　过去,出门旅行前,我会准备一些明信片,贴上邮票,写上收信人的地址、姓名,甚至干脆把信的内容也填上。旅途见到邮筒,我就用这种事先收拾好的东西喂它。这样的明信片或许可以是我的某类短诗的一个比喻。——它们似乎寄自风景地,其实却出于一个没见过风景的城里人临行时的幻想。对于我,风景不是一种现实,而是一种超现实。这不仅因为风景是被所谓诗情赋予的景观,是被发现的、梦见过的景观,它并不实在,只是被想象力落实,这还因为,在上海,想象力也无法把大块的水泥变成风景。风景在上海是纯粹的幻想。在风景之中写出风景,是对风景更深刻的享用,它出于对风景的占有之心;而在上海一间"看不见风景的房间"里歌唱风景,则是出于对风景的热爱,是对幻想的充分肯定。我认为,幻想类似宗教激情。我诗歌中的风景正好来自这样的激情。

11　回到黑暗之城

　　九个白天的旅行之后——冬季,南中国的湖光山色比玻璃更为刺骨、耀眼、易碎和悦耳——站在雨中缓行的铁船前甲板,回到了黑暗之城。雾气紧锁江面,深深下陷的两岸的大机器……

12　景观

　　于八点和九点间斜穿上海,到长窗宽大的办公室写作。你会看到,一胎双生的直升飞机正渡过阳光密布的玻璃台板。

13　表现

　　表现是又一个诗歌幻象,当有人以为一首诗表现了什么,只不过是那首诗激发了他。——像一道好菜,它添加吃客的食欲,却并不表现食欲。

14　倾听者

　　他们是倾听者,但也是说话的人。——倾听者证明其倾听音乐的方式通常是说出那音乐,尽管他们知道音乐其实是无法说出的。但他们必须议论、评价和要求音乐、演奏者,因为他们要证明自己倾听了,而且是内行地倾听了音乐。——他们的耳朵没有问题,如果有问题,它总是出在音乐及演奏者方面。他们认为他们才是音乐和演奏的目的所在。没有他们,音乐和演奏就都不存在。没有他们开口说话,他们的倾听也一样不存在。

15　书

　　我已经不习惯呆在一间没有书籍的屋子里了。如果在房间里放上书,即使不去阅读,我也总能吸收到一些东西。这大概就是氛围带给心情的东西。书是我的一种精神氛围。打开书,阅读它,是修习,但更多的时候是享用、排遣;而将书放置在一个心灵的高度,仰视它,则其中的灵魂会对生命有真正的开启。

16　电影

我也极喜欢看电影,甚至能耐着性子看完一部糟糕的电影,只要其中的女主角漂亮。好的电影总是向我展开我的另一种生涯,这类似于做梦,当你坐在电影院里度过你生活中的这一二个小时,你又因电影而经历着别的生活,有可能是好几种生活。而梦也一样使你可以有好几条生命。有如梦想,电影常能激发诗情。

17　我之于上海

就像空气过于普遍而被忽略,对于一个生于上海,长于上海,在上海蛛网般交错的街巷间穿行,走到了人生折返点的人来说,这座城市也几乎是隐形的。——证明其存在的方法之一是证明那个人的呼吸。——当需要用语言把上海从他的浑然不觉和熟视无睹中勾勒、描绘、涂以颜色时,我发现,它是一言难尽且不能尽言的。通常情况下,我化入这座城市,或这座城市活在我的新陈代谢里。只有少数几次,譬如我出去旅行,以肉体的方式暂时与之相互脱离,仿佛宇航员能够回望一眼地球,我能够用普通话(而不是上海方言)不太有把握地谈论几句自己的城市。

18 "无限"

偏执于语言的神奇,但却认为诗更像音乐,在声音背后还有一个灵魂存在。我希望我诗歌背后的那个灵魂被称为"无限"。

19 永恒的真实

他可能是最后的来者,从黄昏的朦胧走向寂静和黑暗的人。他的退路唯有书本。他生活于词语中,在一页纸上花费自己毕生的时间,而又在同一页纸上获得自己所有的时间。他写下的诗篇,会被认定为仅仅是关于诗篇的诗篇;他使用的语言,也变成了否定语言的语言。沉默、无言、寂寞、孤高,在人群中再也找不到一个对手(更不用说找到同类或朋友了)。这几乎就是他的一切,其余的仅只是面具、画皮、旗帜和姿态。他在现实中反而是虚构的,而唯有被他高度虚构的诗之空无,才是最为永恒的真实。

20 上帝

我不太习惯也不太愿意谈论"上帝"。这个词——仅仅是这个词——对我没什么意义,也许可以说这个词对我来说已经死了。——可是它从未活过,在我这儿。

21　在服装店

诗人除去基本服饰,赤裸在试衣镜前,向女伴指出自己的胎记和最暗的痣。

22　黑暗的脸

所有的语言都围拢诗歌,伸出了手臂,但还没有谁能触摸到那张黑暗的脸。

23　读者

我所期望的读者,或许是不会误解我诗篇的忠实的读者。但有时候,误读、曲解、无中生有的领会正是使一首诗变成一首好诗,使一首好诗变成一篇杰作的催化剂。而且,"读错了"可能会是阅读过程中最美好的经验。所以,我所期望的读者,又或许是较有想象力的不太忠实的读者。

24　呼应

一位法国建筑师说:"雅典山峦起伏的线条在巴特农神庙的三角门楣上得到再现。"与汉语诗歌相呼应,进而达到完美对称的,会是什么呢?

25　抄录

抄录,一笔一画地把一首诗重写一遍,这是我认真读诗的唯一方法。

26　南方方言

南方方言是反书面化的语言。汉字无法传达南方方言。这可能是一件憾事,但却令南方方言可以保持一种自由和鲜活,成为官方规定的普通话以外极富个性的声音。一种新的、更成熟的语言之确立要靠书面的总结,新的汉语书面语不可能、也不应该大量吸收南方方言,否则,汉语的纯正将无从谈起。新的汉语书面语应该获得的是南方方言的精神,使语言始终充满活力的精神。这也正是诗歌的精神。这些年的诗歌写作已经为消解僵化的官方书面语作了充分准备。由于这些诗歌提供的也是一种书面语,用以消解另一种书面语,它会比方言口语更为直接有力。

27　"诗人是语言诸多功能的镜子"(布罗茨基)

诗人作为写作者,他是在日常语言对面运用语言的,——诗歌说到底只是语言的一个镜像。而镜子(诗人)的确是更有趣的东西,不仅凹镜和凸镜,甚至一块平面镜也一样歪曲它的反映之物。镜中世界看上去总是更纯净、更清晰、更鲜明和更简洁,尽管它并没有遗漏和添加什么,它只不过令世界在镜中改变了向度。

28　素质

暂不一一列举其余。对自己民族语言的爱是最基本,也是最重要的。

29　摘自一封信

在写作之余坐下来读诗或谈论诗歌。生活多么单调,但显得多么美好,多么有诗意和深度。而我宁愿把更多的时间花在散步、游泳、旅行、恋爱和喝茶上面。当然,还有睡眠。在这些之余,我写诗。——这大概可以算作是我对我生活理想的具体描绘了。但理想总是难以实现,而且对于我,事态常向着反方向发展,——我唯一的生活——我日子里的生活部分仅仅是写作。在写作内部(甚至并不是在写作之余)我散步、游泳、旅行、恋爱和喝茶。诗篇成为其余生活的一种替代物。

30　诗人

昆德拉说:"作家与小说家之间有一种特殊区别。作家有独到的思想和一种不可模拟的声音。他可以运用任何形式(包括小说)。不论他写什么,都是他作品的一部分:都是以思想作为标志,以声音结出果实。……而小说家不结出思想之果,他是个勘探者。他为了发现存在中某些不为人知的东西而努力探索自己的道路。他并不迷恋自己的声音,而对自己的探索形式有极大的兴趣,惟有这些能使他的梦想得以实现的形式,才会成为他作品的一部分。"诗人则显然奇特一些,他是作家中的小说家,又是小说家中的作家。他既不是作家,也不是小说家……他毕竟,是诗人。

31　沙之书

……以稍许不安,失明的博尔赫斯梦想和发明过包罗无限万有的书:书的页次排列不可预料,其页码则常常大到九次幂,要找到它的第一页或最后一页无非白费劲;至于那本书的内容,更是万花筒般的繁复和不确定……"那本书叫做'沙之书',因为,那本书像沙子一样,无始无终。"在虚构里,也许,博尔赫斯掂量和抚摸过那样一本书,并且领悟到它说不定是一个可怕的怪物。他因而把自己也设想成怪物:"睁着铜铃大眼盯着它,伸出带爪的十指拨弄它"——这姿势和神态,不是跟你坐在电脑显示屏面前的状况正相仿佛吗?而你面对和已经被卷入其中的那本"沙之书",经历了它的种种变形记,现在正好是所谓互联网,包罗近乎不可能的无限和万有……

32　侧影

有一次我问自己,能不能在诗歌里找到一座小教堂背光的侧影,让阅读的目光真切地触摸它?我为自己找到过一个否定的答案——在一本新近出版的译诗集里,我注意到其中作为插图的那些摄影。它们是关于同一座小教堂的,其背光的一面则全部被诗句覆盖住了。那些诗刻画钟声、十字架、彩绘玻璃、僧侣和圣洁,在其中并没有一个可以令嗓音变暗的音韵。

33　坏习惯

在上午写诗,这近乎一个坏习惯。相对于彻夜写作的人,我太业余了。上午短促,这是否影响了诗篇的长度?但上午的亮度是我所需要的。——太亮、太透明,以至可以被视为空洞和空无,——对写于上午的某一短章,有人(他认为自己是内行、合格的读者)下此评语。的确,上午令我黑暗不起来,而这又的确算是个坏习惯。

34　下午

而下午?我阅读。我认为我应该在下午阅读,可是我却总是离开那把用于阅读的临窗高背椅。我走在街上,或骑着自行车穿越广场的大片阴影,口袋或车斗里总是有一本读不完的平装本。有一回,我惊讶地——在等待一辆双层公交车到来的车站上——读到一行这样的诗:"……"——原谅我不引用:什么样的诗仍然让人惊讶呢?现在,又有什么样的诗仍然让我惊讶呢?

35　没有标准

对当代中国诗歌的评判既不来自读者,也不来自批评界,而是出于诗歌内部,其标准则正好是诗人的写作。而写作是那样私密、多样性、因人而异、不可一律。用写作来作为衡量写作成果的标准,几乎就等于没有标准。

36　无用性

无用的诗歌。它的无用性可以用什么来进行比拟呢？我没有能找到恰切的喻体。看来,在这个世界上,诗歌的这种无用性是唯诗独有的。它甚至无害,——多少诗人用文章(而不是诗篇)驳斥和证明了站在远处的柏拉图,说他对诗的看法有误。

37　在现实中

但在现实中诗篇却似乎有用,只不过诗篇的用途常常违背诗人的初衷,常常令诗人意想不到。一首诗赢来一桌酒菜,一首诗赢来一种爱情,一首诗赢来一官半职,一首诗赢来稿酬和奖金。一首诗,在革命时成为武器,在专政下成为罪证,一首诗被摘出一句用作墓志铭。

38 我的圣经

有人问及我备于手边、经常翻阅、反复诵读的会是什么书？——汉语词典！汉语词典是我的圣经。

39 精神之母

无法确切地说出我们是否有过一位或几位精神之父，但我们的精神之母是明确亲切的——汉语。我们由她而出生、因她而成长，我们也将为她写下自己的诗篇。

40 基本的诗歌观

对诗歌的好看法通常是老实的，正如好的诗歌写作通常不老实。现在，当要求我说出对诗歌的看法时，我希望我的看法是好的，是老实的，符合我所认识的诗歌实际。如此，我不能不重复别人早已说过的那些话，不能不重写别人早就写下的定义：诗歌是一种文体；诗歌是一种技艺；诗歌是一种精神但首先是一种物质；诗歌是被诗人写作诗歌、被读者读作诗歌的语言之梦。

41 现代诗歌

超现实主义精神已经变成了现代诗歌的精神。它主要包括：

寻求新奇;力图打破主观和客观、意愿和现实之间的界限;认为必须创造出一种比无比丑陋的现代文明更高的意境。超现实主义永远坚持使语言充满活力,这样,过去大家所知道的一切范畴都会瓦解,人的意愿将显露出那些范畴所不能显露的美。诗人们相信这种美。(爱德华·B.杰曼《超现实主义诗歌概论》)

42　后现代

埃柯:我认为后现代的态度可以比作一个男人爱上了一个有教养的女性,并且知道他不可对她说"我疯狂地爱你"。因为他明白她知道(同时她也明白他知道)卡特兰已经写过这句话了。解决的办法还是有的,他可以说,"像巴巴拉·卡特兰会说的那样,我疯狂地爱你"。

43　随笔

为阅读和构想诗篇而随笔。

44　完美的诗

有人说,一首诗只有在不能再修改时才算完美。他几乎说对了。正确的说法应该是:一首诗只有在不必修改时才可能完美。也就是说,修改过的诗永远不会是完美之作,即使它已经被修改到了不能再修改的地步。正如镶满了金牙以至于无从再镶上金牙的口腔不可能是完美的。一口好牙指的是全天然无需修补的健康的牙齿。

45　庞德

不过诗肯定不是一门口腔科学问。有时候外行反而是对的。庞德拿着那首修改出来的《地铁车站》从窗下经过。他是那种用自己的写作实践论证出既有的诗歌观念之陈腐,并创造出新的诗歌教条的人。他告诉我们的其实更旧:诗无定则。其表述方式则是新鲜地引用古典警句:日日新。

46　技艺考验真诚

我也相信庞德的另一句话:技艺考验真诚。对我来说,艺术的良知首先就是艺术的真诚,而这种真诚正表现为技艺。艺术家的责任,在今天与在以往一样,就是努力提高自己的技艺,精益求精地创造作品。

47　我写我力所能及的诗篇

我写我力所能及的诗篇,然后尽快把它们忘掉。我时常挂念的,是我企图去写的那些诗篇。当然,我知道,你只能去写你能够写下的,而无法写出你想要写下的。——完成之后你总会发现,它们并不是你所想象的。而想象的诗篇你永无法说出。

48　期望

当一位更年轻的诗人要我说出对他的期望时,我想到了我对自己的期望:不计后果地写作。

49　沉默

如果能找到一句话推翻我以往对诗歌的一切设想、一切认知、一切体会、一切书写,我的使命大概就完成了。如果说出这句话的方式是沉默,那么我为什么还没有闭上嘴?

50　继续挖掘

"这一切不是传统而是抄袭",欧赫尼奥·多尔斯说。令我没有关上抽屉,暂停挖掘的原因与这句话有关。我发现,我所说的,我所写下的一切并非真的出自自我。传统或曰抄袭是近乎意识不到的空气,令人不得不吸入和呼出。甚至靠一次长时间的屏息静气而独创的某个词,那也是因为抄袭的必需,需要在传统以外有一个小小的自己的传统。那么,我继续挖掘,直到抽屉底部。我看到薄板晦暗的纹理间,有一个仿佛眼睛的木节。

(1984—1999)

狱规摘录

语言人为。
语言由于假设和约定。
语言以假设和约定为条件。
假设和约定使语言成为语言。
语言即假设和约定。

语言命名和分类事事物物,命名亦分类。
语言区别和关联事事物物,区别亦关联。
语言使事事物物无非语言。

语言拟人。人拟语言。
人在假设和约定语言的同时假设和约定人。
语言将人命名为人。
语言是人之为人的条件。
语言使人成为人。
语言即人。
人即语言。

意义人为。
意义由于语言。
意义是语言的假设和约定。
意义是语言的意义。
意义是语言的语言。
意义由语言想到和说出。
意义即语言。
人即意义。

语言将人从事事物物分离出来。
语言将人跟事事物物联系起来。
语言使事事物物成为语言的世界。
语言的世界即人的世界。

人和(人的)世界由于语言而发生和存在。
人和(人的)世界发生和存在于语言之中。
语言说出人和世界。

由语言说出的人大于人本身。
由语言说出的世界大于世界本身。
语言指称且创造人和世界。
人和世界与人本身和世界本身的区别和关联在于语言。
语言赋予其指称且创造的人和世界以意义。

凡被语言说出的都有意义。
未被语言说出的亦有意义。
无意义也是意义。
无意义也是语言
无语言也是意义。
无语言也是语言。

人不以语言向(非人)世界说话。
(非人)世界却以语言向人说话。

……

(1997)

卡片匣

只有想象,并无记忆。

*

而记忆如此必要,尤其对想象而言。

*

当记忆者无法超越记忆,他成了自己的囚徒。

*

我愿意稍稍改动华莱士·史蒂文斯的那句话,把它当作铭言:写作是写作的终极主题。我也愿意把克劳斯的一句话当作又一铭言:当世界末日来临之际,我希望我正在隐居。

*

我不准备一以贯之。不同的甚至对立的想法并不像表面上那么不同和对立,很可能它们只是各个侧面和层次——厅堂接通几处不相干的走廊和楼梯。要是我有什么确定的想法,那大概就是,我选择了诗歌写作的一生,选择了维吉尔在《田园诗》里写到的"耽于不光彩的赋闲"的一生。

*

每天功课般的日记可以像运动员的常规训练一样,帮助你保持写作的状态。在我这里,那几乎是为恢复状态而努力。然而日记又刚好是写作本身,它有一种随遇而安的绝望气质,它只是在路上走,却并不指向一个地址,或只是路过一个又一个地址,并不进门。最终它也会成为一件作品吗?要是道路也会是一种建筑。写作的形态,在我这里曾经是,从某条道路出发走向一个地址,一座建筑,在行走的过程中你并不清楚你的目的地,但你的确有一个通过想象不断清晰和完善的目的地,就像你在不断接近它时渐渐看清了它,终于进入它。那看和进入,正是你的创造和完成。那样的写作仿佛才是真正的写作,我想我依然需要那样的写作,这种需要甚至是生理的——心理不是一种生理状况吗?至少,你走累了,会强烈地需要有一个歇息的地址。一个目的地,一个地址,一座在抵达的过程中被想象修造起来的建筑,会成为行走的最大满足,一种从累垮了的身躯里升起的成就感。这种成就感助你入眠,睡得安稳,也让你醒来后继续上路。日记则像是无止境地在路上,一直走到死。最好的形态是,让日记成为穿过你诸多作品的道路。就是说,只有当你的作品一件件成立,你的日记才有了意义(写作的和生平的),这一点或许最能从卡夫卡那儿显现出来。然而,实际上,日记正可以是唯一的作品,一件跟你的生活纠缠在一起的行为艺术,没有功用(它秘不示人的特殊性?)的装置,是它本身——像一条循环路,一条跑道和一条断头路?这也刚好可以从卡夫卡那儿最耀眼地显现……

*

日记,既是写作也是对写作的比喻,它照见一个人从昨天晚上的惑乱困倦里醒来,一头乱发,脸上印着绣在枕间的那朵牡丹的半个轮廓,眼眵迷糊了视线,冲着洗脸盆前的大镜子如在梦中……

*

写作等同于生命的不值得赞赏的激情。

*

"记忆的记录"是今天下午坐在被窝里翻看到的细江英公的说法,另一位摄影者南·戈尔丁则把她的拍照说成是"视觉日记"。这两种说法带来两种不同风格的照片,不,这两种说法带来两种性质迥异的摄影。记忆从来不是从远逝的时光里提取什么,而是滤去时光里的杂质,仅仅留下可以现有的想象力重新塑造的东西。记忆总是被挽留的忘却,就像太阳终于被山脉遮挡,余晖还在西天上泛红。记忆的记录于是成为创造性挽留,主要以一种创造的方式幻化记忆。它无中生有,它所记录的那个有,刚好只是有的影相,那个有本身则落山为无。记忆的记录里隐隐的,有时明显有着一种追悔,其追悔到的总是另一个,是剩下的余晖。它不再耀眼,却更加悦目,宜于观看。而"视觉日记"在于它的现在,它在现在看到现在,而不是从现在滤出往昔,甚至用现在去折照往昔。日记的意思就是在做的同时把它说出,所以,我想,最真切报导即时状况的完美日记写下的只能是"今天的日记是我在记日记"。你记下你所做的同时,你所做的是你正在记……那么"视觉日记"就是记录下正在看,除了我正在看见的,还有我正看见我正在看见。而我指望着我能记录我正看见我所看见的记忆的记录……

*

一整天没有出门,感觉有很久不出门了。能够想象从此不再出门了吗？这些日子两个写作者的形象一直萦绕心间：卡夫卡，他在我这个年龄已经离开人世；普鲁斯特，他到了我这个年龄几乎就不出门了，一心写他的《追忆逝水年华》。这两个人在四十岁上下似乎都有一种对写作的绝望，或者说把写作也看得跟人生一样无谓。这在卡夫卡那儿表现为临终前决绝地留下销毁自己完成和未完成的作品的遗嘱；在普鲁斯特那儿，更复杂，表现为以追忆的方式开始的另一生，一种不出门的，在纸上进展的超现实生涯。普鲁斯特的那种日子是在纸上回看生活，当然更是在以另一种方式重新经历过去的生活，并因而把他所回看到的过去的生活又在纸上的语言里过了一遍，然而那是完全不同的生活，不是重新过，而是另一生。有时候他会从他的另一生里出离，回人世走一遭，就像鬼魂到阳界出一趟差。传说他这么走一遭常常就只为了弄明白追忆中追忆不及的某个细节，而在书写时，他的寻访还是会被想象处理后再化作文字……表面看来，普鲁斯特全身心地投入了他的写作，写作跟生活完全成为一体。然而这种一体，在我看来，正是对写作本身的一种放弃，因为只要翻到钱币的另一面，你就会看到，生活的现实性已被他整个儿放弃了。他写下的生活只是追忆中的生活，因而也只是想象中的生活，超现实的生活。其朝着过去／已逝的向度，则把它变成一种只能越来越遥远，像在火车最后一节车厢的后窗所见的，迅速隐没于地平线的生活。写作列车上的那个写作者，越是写得激烈飞扬，就越快地远离了他所写下的。而他所写下的刚好就是他全部的生活，正像他在火车上所见的全部就是大地的不断退却和消逝。那么他的生活实际上只剩下"写"，然而要是"写"并不能够相对于生活，并不能够哪怕看上去可以进入生活,以至竟然就是生活,且仿佛追忆着其实却失去着生活,那么这种写作就并没有生活,进而也就并不是写作。那么它是什么呢?我认为只能是对写作的绝望。这种绝望就像对生活的绝望一样——认清了生活的无谓,而去即时尽情不计后果几近自杀地行乐复行乐——足不出户一气写下七大卷《追忆逝水年华》的普鲁斯特,也就是在无谓的写作中豪赌而已。当然,其中的巨大快感无法也不足为外人道,不过那也是绝望而无谓的……我一边猜测一边写下的这些想法,实际上几乎无关卡夫卡和普鲁斯特,它们只跟我自己有关。

*

一份诗人无法消受的不分行丽质……

*

如何从一个诗人返回,去成为一个人?

*

一个诗人也许缺乏生活的能力,但不会缺乏生活的勇气。选择"不光彩的赋闲"正是由于这种勇气。诗歌写作并非从生活退出,而是对生活的贯穿。我的目的(每一个诗人的目的)是自由和美感的生活。这种自由和美感,恰好属于诗歌。

*

不在同一空间里的诗人并不同时,并且,很可能,曾经在同一空间里的诗人却共用着同样的时光。

*

一生的诗篇完成于第一次被抹去的诗行。

*

无休止地生产着话语,因为真理太多或太少?

*

几乎不能将日子从汹涌翻腾的泥浆之海里打捞出来,使之成为卫护写作的稳固堡垒。很可能,只有用你的写作去构建一座堡垒,让泥浆之海在其中汹涌翻腾……你,你的思想和你的语言,还有你的体能,真的会形成如此伟力吗?真实的情形是,写作作为一叶孤舟,在汹涌翻腾的泥浆之海里挣扎。

*

散文的无力和不得体。我在散文面前的心理障碍。

*

我感到我的抒情能力正在削减。我的写作越来越向着散文倾斜。即使是诗歌写作,我的状态也是散文化的。青春似已完结,爱也不复激情,写作和诗歌革命,转变为检讨、修复和维护。我的诗歌时代大概已经过去了,我进入了自己的散文时代。这跟文体并无直接关联,而是跟写作的生理和心理相关。我还不知道将会走向怎样的新诗歌。我对自己的怀疑(多于对自己的肯定)一直没怎么改变。

*

我体内的诗歌领地缩小了,但散文领地正在扩大。这给我带来一丝忧虑却又伴随着喜悦。这种撤退和进展不仅在写作方面而且也在阅读兴趣上;不仅在我个人而且也在朋友们中间。它似乎也体现在古往今来的每一个读者、每一个写作者身上。是什么带来改变？阅历？年龄？时间？逝去的青春？某种机能或激情的衰退和某种成熟？——我体会着这种并非规律的必然……

*

散文方式就是减速的散步方式。诗的青春在快和更快的抒写中并没有完成，幸好也没有毁灭。这种慢悠悠（若除了慢，真的还能够悠悠的话）的写作要是能一直持续到末日，那也是好的。在写作的几次停歇处，我一再想到写作作为我的日子之延续，大概只有一条道走到黑似地把我带进死亡。不过，除了对写作前途的黑暗意识，也许，你还抱有从黑暗的隧道里终于穿出，站到亮光底下的梦幻吧。在世俗意义上——这么说的时候，我想我还是把写作视为一种行为化的信仰了（因为生活不可以没有其核心？）——许多写作者的确曾经站到过这种穿越了黑暗的亮光底下，然而，他们的眼睛却常常被过分猛烈的强光给刺瞎了。对这样的穿出，我早已不作指望。实际上，我想我能够就着从隧洞高深顶端上的某个小天窗透进的不明所以的稀薄幽光，坐下来慢慢写，一直写下去，就已经很不错了……那么，是有关写作的这些感想，让我没能写下去吗？

*

诗歌写作中的散文状态。

*

我常想到诗人写文章对于诗的无益有害：一个诗人去写文章，去向读者大众陈说他的诗篇和他自己，辩解、修饰、呐喊、挑衅、冲锋陷阵以及哀叹,其结果只能是给已经很难动弹的诗歌之马再套上一副多余的笼头,要么,更恶劣,杀马取革,为自己做一件漂亮的皮夹克。所以,出于对自己写作性质的考虑,聪明者如迪伦马特表示:"我承认我也有一套艺术理论,不过具有自己的一套理论并不是一件很舒服的事,同时,既然那不过是个人的一些看法,我并不想把它提出来(要不然,我就得实践我的理论),倒宁愿别人把我看作是对形式和结构缺乏正确认识的一个有些疯癫的自然的产儿。"而出于对作品生命的维护,谨严的福楼拜要求作者们不要去做"公众人物"——文章(而不是作品)则正像是演说辞——因为结果"受害的终归是他的作品"。昆德拉更把福楼拜的这种警告推向极端:"当卡夫卡比约瑟夫·K更引人注意时,卡夫卡死后的生命就开始结束了。"既然像卡夫卡那样厌恶成为公众人物的艺术家尚且可能被评论家和传记作者的生花妙笔所葬送,我们去自我宣传,写那种于诗有害无益的文章就更是自掘坟墓了……当然,我所顾忌者并非诗人去写文章,我意并不在一概反感诗人的文章。我只是反感于诗人写下羁绊诗歌和目的在于让人把目光从诗篇移开而去注意其人的文章——我所反感的,是诗人用形象遮挡诗歌,用文章把诗歌偷换成自我。说得更直接一些,我反感这个时代的成功……

*

世俗成功在于尽可能多地获取金钱、异性、赏识、荣耀和崇拜。对诗人而言,那就是膨胀的自我挣脱诗歌,并且再度、三度地膨胀,最终,诗歌完全消失在自我的"诗人形象"背后。明星诗人或即成功的化身,获取它的手段和代价只能是利用直至牺牲诗歌。最终被毒化、毁坏的,必是诗人的责任和良知。成功,它使得以灵魂为生活和诗歌核心的诗人丧失灵魂。

*

虽然诗歌的力量被一再设想为能把人引向"静穆"和"缄默",它却又总是派生出至少令诗人们热衷于"聒噪"的诸多话题。不管这些话题是重要的还是无聊的,不管这些话题对诗歌及其力量是真实的还是虚幻的,诗人们的言说和辩驳都格外大声,凑成"备受冷落的热闹"。如果,诗歌写作有时被声称为"严肃的游戏",那么诗人们就他们的话题写下长篇文章和短小随笔则显得还要"严肃",几乎已不像是一场"游戏"了。那么它们会是什么呢?我常常更为起劲地阅读诗人的文章和随笔而不是他们所写的诗篇,是否是由于这小小的疑问?对诗人们的文章和随笔——不管它写得多么过瘾或多么差劲——我的第一反应总是感叹:多么不同又相似的"说法"!而现在,当我想要把自己的一些多么不同又相似的"说法"连缀成文的时候,我意识到,"说法"正好是恰切的词,用以指涉诗人就诗歌话题所发的议论。那隐秘和公开的出发点,是诗人各自的写作性格和写作利益。这使得诗人就诗歌所谈的不会是"平议",也无所谓"理论"。况且,谁又愿意被自己的"平议"和"理论"羁绊住写作?而一种逃离自己对诗歌写作的"平议"和"理论"的诗歌写作,不正好将"平议"和"理论"变成了说法!如此,比起"严肃的游戏",那显得还要"严肃"的其实却并不"严肃"。只不过,也许,正好由于诗人们并不严肃的说法严肃了诗歌写作。我正写下的,大概也无非是一种"说法"。

*

对于诗,我少有憬悟,为议论诗而进行的写作于我就常常是困窘的写作。在这种写作里,回声和回声之回声充斥,借来的话语拓展纯属个人一管之见的视野,企图使之像一个洞见。其中的由衷之言,不少,却无奈地让位给了永恒的蠢话和聪明的废话。

*

……它们许多甚至(更加不美妙地)是在被催迫的情形里潦草而成的。不同于自由自觉的抒写,那种写作姿态,往往像一个勉强(也许应该说心虚)地回答问题的坏学生的低姿态。他说得越多,他的贫乏就暴露得越充分。实则,他一心想把自己变成提问的那一方。被催迫的写作伴随写作的疑虑,尤其是,当要求写作者以确定的语气和语调说话,去揭露真理般不可揭露的真理之时,这一写作就会成为困窘的写作。

*

我感到参加当代诗歌的议论就像走向易于迷失的凌乱的荒野。要想建立一种判断标准,要想为当代诗歌安排下秩序,大概就得如华莱士·史蒂文斯在《坛子轶事》一诗中所言,将一只坛子置于凌乱的荒野。这只坛子,我认为,正可视为"理想的诗"的一个拟喻。"理想的诗"与向来被热烈讨论的"诗的理想"紧密相关,"理想的诗"是放在荒野山巅的坛子,"诗的理想"则是这坛子的光辉。惟当有了"理想的诗"之坛子,对"诗的理想"的思考和论述才可能不偏离诗歌本身。当代诗歌讨论中对"诗的理想"的诸多论说并未指向诗歌核心,"诗的理想"被偷换成政治理想、哲学理想或宗教理想,诗歌问题被代替为意识形态、形而上学、历史学、心理学和社会学问题,原因不正是在于这种论说是在没有安放坛子的荒野里展开的吗?"理想的诗"高于实际存在的诗歌,它不仅能够使思考和评价实际存在的诗歌的活动得以进行,其意义更在于让诗歌本身获得方向。不过,正像坛子来自泥土,"理想的诗"来自我们对诗的基本认知。

*

在总算重新开始的写作里重新退回笔和纸的对话。退回到写作的当初。但是,你比我更清楚这不是真实情况。真实情况是,我要把写作退回到比当初更为久远的写作境地,退回到开始之负数,一个相反于我对诗有着巨大绝望的现在。我得把现在翻过来,然后,重新写。

*

仅仅为了寻欢作乐的写作。

*

然而我意识到,我正走向更彻底的绝望。这伴随着压紧胸口喘不过气来的沉闷和一点几乎要熄灭的信心之火。而那太微弱的火光想去照亮的竟然是写作。我告诉你,真正的写作开始于真正的绝望。只是,我不知道,当最后的绝望到来的时候,它会把我摧毁到什么程度?我是否在被摧毁后仍可以写作,仍被允许写作?也许,一种我曾经缺乏的,曾让我期待的,然而要带给我死亡的写作之黑暗正在降临,不,正在写作的内部生成,扩散开来。我手中的这支笔将对它无可奈何吗?我手中的这支笔会跟它较量吗?会像染黑一页纸那样,把一个写作者剩下的时日也染成黑色吗?

*

你只是打算写,但又不打算写点儿什么。你真正要写的不是什么而只是写……

*

我更大的疑惑一向不是为何写作,而是为何不写。

*

不论写什么,他都是自己作品的一部分。

*

那丰富的琐碎以毁坏孤独的方式毁坏一个人。

*

被布局、塑造的以往和今后的那些诗行,在我这里,终于只能作为暂时被触及、阅读和据以想象的形式,去提示我所向往的那种完成。正是被梦见却不可企及的诗之抽象曾经引领我,也让我如今重读那些写下的诗行却不能有丁点儿自喜自满。对已经写下的这些诗行的改动、修正、调整和推倒重来,带给我如履薄冰的恐惧,并让我回想起当初令它们在纸上现形的恐惧。我相信这恐惧里自有快感,就像你看一部惊悚片也收获了快感。

*

自律而自由,自由而自律,这是我对现代汉诗的大概认识。基于这种认识,也由于我向诗歌提出恳求的初衷,我的诗歌更神往于音乐的境地。我的想象常常因一种无词之意味而启动,终于穿越一重或多重词之境,差强人意地抵及一首诗。当我自问为什么选择诗歌的时候,我不止一次设想,很可能,诗歌只是作为音乐的替代品被我迫不得已地拣起来应用。那像是因为我不会音乐,退而求其次。实际上呢,萦回在我心间的节奏、语调和境界之表达,惟有以诗歌的方式,才更能曲尽其朦胧或明澈、幽微与晓畅、细碎及旷放、俯仰高低和张弛缓急……然而,要是我的诗歌航船有它自己的方向和目的地,我诗歌罗盘的指针,则总是被音乐的磁极所牵引。音乐像是个绝对和终极,高于进行时态的写作的诗歌,而成为所谓理想的诗。这种理想的诗,我曾想,要用异于日常话语的纯粹语言来演奏……那纯粹语言并非日常话语在某一方面(譬如说,语义)的减缩和消除,相反,它是对日常话语的扩充和光大,是语言的各个重要侧面同时被照亮,并得以展现。节奏——诗人因心灵的激情而强化了的生命律动,是令那语言的激情朝向音乐的关键……

*

古尔德"北方的观念",一种由语言的声音组成的音乐,(非比喻意义上的)诗之音乐的另一种可能性,不是靠写作,而是靠录音剪辑。在纸上,像马拉美探索过的,靠排版也能形成无声音乐吗?

*

[拼贴和并置][意象交错穿插的编织化漫延][宗教原型和世俗传奇的结构性讽仿][叠加和互文][调度和间离的戏剧效果][本地和本人的抽象][层层透雕的文体象牙球]

*

诗歌虽然动用语言,但却倾向于拒绝和排斥词语的意指,乃至彻底否定和摆脱语言。有这样一种理想的诗歌吗？——惯常语义的樊篱被斥除以后，读者体验的应该是那展开的无限。

*

选择诗歌，出于对语言材料进行"诗的"组合，从而摆脱语言的惯常意义，使之朝向无限的愿望。从这样的愿望出发，而今，我更去寻找诗歌层面的物我合一、天人合一。于是，诗是寻找，而非表现；表现并非诗的本质，也不是诗歌存在的目的。诗人以诗歌超越不能被接受的世界现实、超越自我，也超越语言。这不妨是诗歌的又一个定义。

*

诗歌仰望音乐的条件，努力接近并企图达到音乐的境界。然而诗人并不想借助音乐，他要创造仅属于自己的词语音乐。这却又意味着，诗歌虽然运用语言，反而倾向于拒绝和排斥语言。最为纯净的理想之诗，将彻底否定和脱离语言。在所谓理想的诗里，读者看不到词句，至少会忽略语言的意义——读者仿佛被裹挟，来到/面对诗歌背后的无限。

*

"理想的诗"是诗歌各要素在节奏运动中的完美表现和升华。

*

只能说它是一种设想：诗歌语言之不同于日常语言，在于把日常语言里相互分离的语音和语义融合为一，而这一融合的催化剂，则是节奏运动——这就是说，节奏不仅贯彻到语音之中，它也贯彻在语义之中。这种节奏的共同贯彻，能够统一音义，融合二者。

*

在一篇题为《总结》的诗论里,奥克塔维奥·帕斯写道:"一首诗是节奏的语言——并非有节奏的语言(歌曲)或仅仅是语音的节奏(各种语言都具有的特性,包括散文)。"破折号后面的那两句说明,较之破折号之前关于诗的简明定义更值得注意。附加于语义的声音运动或脱离开语义的声音运动,即所谓"有节奏的语言","或仅仅是语音的节奏",然而却并非理想诗歌的要件。要是认为诗歌应该是"有节奏的语言","或仅仅是语音的节奏",就会导致像有些人那样孤立地谈论诗句的吟唱,试图去规定节奏,规范诗句的音顿,安排诗行的音韵,事先为诗歌固定格律。新诗被发明以来,就一直有人提倡和实验借鉴西语诗歌和旧诗、民歌的格律化新诗或新体诗歌,然而其意向、其努力不仅未能达到预期目的,反而总是误入歧途,原因便在对于语言节奏的认识偏差。可以读一下奥·勃里克的这一段话:"必须把运动和运动的结果这两者截然分开。如果一个人在低洼潮湿的海绵质土地上跳跃,并留下脚印,这种脚印的连续尽管是规则的,它也不是节奏。跳跃可以按照节奏进行,但是跳跃时在地上留下的脚印不过是判断跳跃的根据。从科学上讲,不能说脚印的排列构成节奏。"同理,确定好的诗歌语言的语音排列方式,对"有节奏的语言"和"语音的节奏"的要求——"节调""押韵""顺口""易唱"、文字排列图形及语音格式,其实都只是要求和设定跳跃以后留下的脚印,却没有意识到跳跃本身才是诗歌。由于格律是从舍本逐末的片面认识里建立起来的,因此它不可能去成就所谓理想的诗歌,它提供的标准,只会是羁绊。这种格律还可能导致伪诗歌,因为不必跳跃,一样可以留下脚印。例子很容易从旧诗里找到。对于诗歌,节奏指的是诗人生命激情的律动。"一首诗是节奏的语言",就是说,并不是一首诗提供了节奏,而是节奏被语言化,形成了一首诗。对于一首诗来说,节奏是前提,节奏先于一首诗,决定一首诗。格律则是后于诗歌"节奏的语言"的附带结果,只是分析诗歌"节奏的语言"的一个图解。事先规定格律,并不能产生理想的诗歌。自由而自律的现代汉诗,不应该让"节奏的语言"投合于作为他律的格律,而应该去追循每一首诗自己的诗歌音乐——以其独具的"节奏的语言"创造出来的诗歌音乐。

*

要想认清我诗歌写作的真面目,大概要通读我全部的诗,就是说,要读很多坏诗。我认为自己所有的写作仅仅是为了去完成一首诗。那或许是一部宏大的诗,但也可能仅是一首十四行诗,甚至一个俳句。那首诗——终极之诗,是沉默的,空无的,肉眼无法正视的发光的洞穴。写下一生的诗篇,形成一个大的圆圈,围绕它,暗示它,传达它。谁把圆圈围拢了,谁一生的诗篇就算完成了。"每个诗人的写作都出自惟一的一首诗。衡量一个诗人伟大的标准在于,这诗人对这惟一一首诗是否足够信赖,以至于他能够将他的诗意纯粹地保持在这首诗的范围里。"——海德格尔在谈论特拉克尔时,说的是跟我相反的意思吗?

*

马克思说:"解除精神折磨的惟一手段是肉体的疼痛。"如果他说得不错,我将相信,写作对于我近乎一种肉体的疼痛。……但有时也是肉体的欢乐。

*

阅读与写作、人生与诗歌的关系似乎被倒置过来了……这只能是因为,写作实已成为我的一种生命形态,我因它而"在"着。刚开始写诗的时候,我常常听到周围一些诗人朋友的一句话:"诗歌是一种生活方式",有时候自己也不免这么说,然而却说得有点儿轻易。现在,我很少听到有朋友这么说了,我自己也不再随便这么说。因为,诗歌作为我的生活方式已严重到如此程度:要是没有了诗歌,那也就没有了生活的重心和围绕这重心运转的生活。

*

阴影是怎样投射到我习惯在明亮的上午铺开的稿纸上的呢?我并不赞同1989年报废了中国当代诗人之前的诗歌写作的说法——所有的努力都不白费,至少,在我这里,从开始至今的诗歌写作并没有白费。对我来说,从诗歌写作的炼金术里抬起头来重新打量眼前的现实,包括一向不愿意沾边的政治,既是对现实的直接反应,也是我的写作行进到某一时刻的一种需要。并且,惟有出于诗歌写作本来的需要,这种打量和更深入的观察才会内化为一个诗人的经验和感想,才会带来诗歌写作的新意。其生长点,则刚好而且只能是你先前的写作。这番打量并没有改变我的诗歌追求和语言态度,只是,我的写作姿势有所不同了,或许我的写作姿势也并无不同,只是,我侧转了我写作时候的身体方向。于是,政治、现实、时代、日常生活里的杂质和历史图景里的乱象,这些我在过去的诗歌写作中并不迎面相向的东西,现在需要我透过诗歌将它们正视。要之,需要让诗歌跟它们建立一种不同于以往的更正常的关系。诗歌既不隔绝和回避它们,也不过于简单地(依那种流行说法)"介入"它们——看似体现诗人主动性和承担意识的所谓"介入",却常常令诗歌最终不过是譬如说政治事件里一个"反对"的小摆设,诗歌实际上弃其自主,不由自主地被非诗化、被消化了。现代汉诗就像现代汉语,不应该被容纳,而应该有一个可以容纳和消化杂质的健康的胃。基于此,相较于 80 年代那种明净、细致、口味挑剔的写作,我 90 年代直到近期的写作就相对开阔,相对和多少有点儿晦暗和不洁。真理和绝对悬而不论,我的写作并不急于抵及和触摸它们——既然无所谓终极之诗,那就令诗歌朝向无限。我想要做的,是让世间万物在一首诗里翻江倒海——这倒是对位于马拉美"世界为一本书而存在"的说法……

*

未来又如何?也许它就是往昔。它在我的写作之中,还得由写作来编织(我记得,瓦尔特·本雅明在《普鲁斯特的形象》里说,拉丁文"文本"的原意即为"编织")。如果我继续写作,往昔的写作也终于会被今后的写作编织进去,往昔和未来也终于会被写作编织为一体。

*

我时常玩味自己的成长历程——生于 60 年代,在"文化大革命"期间接受造反教育,演练斗争技艺……到了 80 年代读大学时开始写作,投身中国新诗的现代主义运动,在纸上想象又实践着造反和斗争……这种可以被称为"从红小兵到先锋派"的历程,几乎是我这一代中国诗人的普遍历程。我曾计划以一种诗和随笔相互交错穿插的著作形式来详细讲述和深入探究这一历程。它的书名,也许就题作《从红小兵到先锋派》。

*

对于一个越来越只是在纸张书籍间出入,有时甚至只是在纸张书籍间枯坐的写作者,文字正成为他以往时光的最佳墓园。

*

一个人的自传往往会是一次自我修正。所有未曾和未能在已经死去的那部分生命里存活的,他都要努力在追述中存活之。夸饰、弥补、挪用和掩盖并不会少于真相。

*

吸引我的是维特根斯坦《战时笔记:1914—1917年》的张力,而这种张力跟书中"私人部分"和"哲学部分"形成的强烈反差有关。身处战争前沿,在那种命运不测、生不如死的极端困境里,维特根斯坦呼告着用思辨这样的工作恩惠于他的上帝,同时又那么想:"遭到了枪击。这是上帝的意志!"就是在同一天的笔记里他也会有两副笔墨,譬如"私人部分"说:"晚上又手淫了(一半是在梦中)。这是我极少、甚至几乎没有做任何运动的结果。"接下去,他的"哲学部分"则说的是:"显然,人们必定可以在没有提到任何名称的情况下来描述世界的结构。"它们塑造出来的这位天才的早年形象,就像一帧对比度过于鲜明的黑白照片,给人的印象深刻,然而却掩藏,不,略去了什么。所略去的或许是维特根斯坦出于性格和信念的原因而不愿一顾的东西。他在驶向毁灭的战舰上写道:"不可言说的不可言说。"那么,不愿一顾的不屑一顾?

*

要是诗歌活动是一种诗歌生活的轮廓,那么它多少也是一种诗歌生活的态度。无论它对诗歌有什么意味,有多少意味,这个轮廓摆出的至少是一个针对世界之凡俗庸常的反抗姿势。当然这远远不够,并且你得要辨明这轮廓的姿势里那模糊不清的、虚妄的、容易让人上当的、有意误导和欺瞒的企图。然而诗歌活动怎么也不算多余。对我而言,它不必太多,不要让我迷失进它的"开心馆"就好,能让我借机会每年会会新朋旧友就好。

*

我这辈子一直就没怎么离开过上海。活在上海而做一个诗人,我最大的感受就是没有环境!别的且不去说它,就说诗的语言环境吧,几乎没有!当代诗人一再提起,也一直自鸣得意的一点是用口语写诗。意思是说写下的诗歌中的语言要像口语,因为那实际上并不是口语,只能假装是口语。我每天挂在嘴上的口语——上海话,我却实在没办法把它写下来。那种语音、腔调、说法、切口,没法用汉字写下来,也一时找不到别的办法把它们写下来。于是,尽管你是用汉语在写诗,但你所用的绝不是你的口语,你的母语。这种感觉或这一事实,成为我更加努力去找到和造就一种自己的诗歌语言的重要动因。……我的这种语言处境,或上海诗人的这种语言处境,大概可算是中国当代诗歌、当代文化的一个寓言……

*

尽管仍然习惯于把大大小小的街道都叫做"马路",可是在上海,现在能让你看到马匹的地方,大概只剩下马场和动物园了。如果有人这时候骑着马在内外环线的滚滚车流里奋力加鞭,那会是一件足够引起惊讶和滑稽感的事情。当然,对这位都市骑手及其坐骑而言,这又会是一件多么英勇的事情!——这几乎就是诗人和诗歌的现实处境。在上海,当然不止于上海,诗艺有着跟骑术一样过时的传奇性。它因为看起来一无用处而一无是处,被市民们目作荒唐的奢华。这在80年代初,在我下决心去做一个诗人时已然如此,而且实际上早就如此了。马是相对于汽车和助动车日常的一番稀奇,是所谓"浪漫世界的最后高蹈"……哪怕这高蹈着的盛装舞步有堂·吉诃德遗韵,哪怕被讥笑说"写诗的多于读诗的":小众化,小圈子化,毕竟透着孤傲和优越。我想说,谁要是拿"写诗的多于读诗的"作为讥笑的口实,谁就已给出了被讥笑的口实。至少,我相信,奥登会对这种讥笑反唇相讥。他实在不耐烦诗歌被错当成大众读物:"数学家的处境多么幸福!他只由造诣相当的人来评判,而标准又那么高,任何同事或对手都无法获得与其不相称的名声。没有任何出纳员会写信给报纸,抱怨现代数学无法卒读,并把它与往昔的惬意时光胡比一气……"可以想象奥登这番感叹的针对性——我们的当代诗歌,也一样领教过出纳员级别的理解力、收银台电脑吐出的评论和换季大甩卖现场高喊的"读不懂"。不过,应该说幸好,这番热闹算是过去了,当代诗歌回到了它的寂寞时光,也相应地有了去享受奥登所羡慕的数学家那般幸福的可能性。要是把奥登的类比再推进一步呢?——诗歌在当代生活中的位置,正不妨是一种语言的纯数学,甚至是一种美的纯数学。忙于在每天晚上的黄金时段做电视剧算术的人们可以不知道它,凑热闹去电影院解豪华巨片应用题的人们可以不理会它,读低俗小说的、弄居室装潢的、搞广告设计的、想旅游休闲的,出入于如此这般化学和物理学的,似乎也全都没必要同当代诗歌有什么瓜葛,但他们却并非没有被诗歌的示范之光照耀,去领受诗歌确立的语感法则和美感法则。但愿,他们不读诗,不去对诗歌有所置喙,不是由于过于麻木,而是因为有了不具备跟诗歌之纯数学"造诣相当"的自知之明。就像有人说的那样:诗只写给潜在的诗人看。诗的读者不一定是文字的诗人,但一定是生活的诗人。诗歌世界的秩序,少不了"写诗的多于读诗的"这样的体现。

*

用普通话谈论一座方言城市。

*

上海话近乎一种"绝对口语",因为它不能被汉字书面化。如何用汉字写一首上海话之诗?也许答案是写一首错别字之诗和令人无法卒读之诗。上海话跟许多方言的差别,正在于它的"绝对口语",如果方言不等于口语,那么,这种"绝对口语"也许表明它甚至还不能算作方言?实际上,我们所用的诗歌语言也不过是一种方言。汉语或英语也不过是放大的方言。只不过这种方言有一套成熟的语法和书写系统,并且由这种方言(语言)说出的文化和精神之丰沛,已经成为一种伟大的民族传统和人类传统,这反过来改变了其方言的表达和书写性质。汉语、英语或其他语种的表达和书写,不仅是民族的方式,而且是人类的方式(我想,正是这种人类的方式保证了它们可以被相互翻译)。某地方言可能是相对于书写中的汉语传统的陌生和新鲜的部分,对某地方言乃至对所有方言的运用,前提是这种地方声音可以也的确值得融入表达和书写的民族方式和人类方式。但上海话却还不能融入尤其是书写的民族方式和人类方式的表达,至少在诗的层面上,上海话还做不到这一点。我认为不可能有所谓"口语诗",其感性的出发点也许正在于我对上海话这种"绝对口语"的体会。诗已经是语言书写系统里一种特殊而严格的方式,但是口语,就其绝对而言,是相悖于书写的。只有上海话这种不能被写下的"绝对口语"才能算口语,可以写下的,我认为,就不再是真正的口语。被抛出的所谓"口语诗",其口语的实质又在哪里呢?它至多也不过是一种仿口语的诗,一种风格化(且不论这种风格是否低劣)的诗。而这种仿口语的风格单一的诗被大量仿作,真的就如同流水线生产的塑料蛤蟆了。即使像上海话这种"绝对口语",也不得不在具体说话时以本地普通话的发音大量纳入书面语——自从有了书写以后,口语和书面语就形成了一个语言的循环,在这个循环里,书面语主导着口语,书面语通过吸收一部分新生的口语,令其获得长久的生命,书面语也通过拒绝更多口语,令其在短时间内消失。而口语除了其物理性的交流用途之外,也起到了为书面语之酒盲目提供粮食的作用。在一种口音和发声之下,这种书面语和口语的循环就构成了方言系统。我们称之为汉语的系统,也就是放大了的方言系统,是诸多方言系统的集合。所以,"雅言"之诗的给养主要来自方言而不是口语。口语总是不能被书面语完整地复述,而只能被局部嵌入书面语,"雅言"和"雅言"之诗,则常常只是简便地改变其吸收的口语/方言的发音而改变了它们的内涵。

*

多数人信赖说法,少数人热爱语言。

*

语言调节你跟世界的关系和距离。

*

语言自身的修辞皮肤。

*

阿波利奈尔有言:人想要摹仿走路,结果发明了轮子。他让人们领会了何谓"超现实",而"超现实"说出了人的创造性。当我想戏拟阿波利奈尔,我似乎有了自己的发现:人想要摹仿世界,结果发明了语言。

*

语言游戏,是否也算玩世?

*

文字记载被当成了历史,而诗人改造语言。

*

语言才是所谓的"阿涅阿德斯线团"。

*

超现实主义大概表明了现代诗歌对于我的意义所在。超现实主义令诗人的寻找有可能朝着健康、乐观、清晰、透澈、光明和圣洁的方向发展。诗歌会成为真正的语言艺术;诗人以语言变形而又引导事物;以语言否决虚情假义和污浊丑恶;以语言去发现与理想和梦境相吻合的真诚、真实和真意。

*

超现实主义提供的方法,要求诗人全身心投入,排除一切杂念,专注意愿本身,以期最终找到诗的纯粹、诗的无限,抵达超越语言的了脱之境……这的确会让人想到禅的方式。也许,我感兴趣的,正是二者相契的"禅的超现实主义"。

*

对超现实主义的接受,首先在于对它的剔除。其做法,不是像剪枝工那样把超现实主义之树删修如仪,而是像采玉者那样,剖开超现实主义之石,获取它的核心。梦是一切诗歌的核心美玉。任何诗歌,其核心部分总是超现实的。剔除那种姿态之梦——那为了让众人怵目而采取的诗歌以外的风暴般的行动;剔除了它的书写之梦——那同样远离了诗歌的心理自动记录;超现实主义之梦正是伟大的诗歌之梦。

*

宇宙大生命中的无言状态是一种清醒,工具语言则把人类带入沉睡。超现实主义要使语言变质,用语言做梦,用诗歌的幻象之美对应真实世界,去回忆沉睡以前的清醒。超现实主义之梦提供给人类的,是理想主义的空中花园,绝对自由的乌托邦。梦境永远是一种启示,而不是重返真实的道路。超现实主义作为以语言做梦的诗歌革命,其任务不在于解放人类或改变现实,而在于纯洁灵魂和更新智力。

*

超现实主义之梦是这样一种魔力:它首先是镜子,以它的纯净反照现实之丑陋;然后是一场革命,扒去意识虚假的外衣,让这个世界裸露真实。

*

诗并不能突破人类的睡眠和大梦——清醒的真实世界之诗,并不能够用语言成就。

*

尽管我确切地说过"诗不是语言",但诗人的语言却不得不几乎就是诗;或,诗歌意识首先是一种语言意识。而我的语言意识,正是,当然是,也首先应该是对现代汉语的意识。在我的写作里,就语言的层面而言,对汉语性或中文性的追求,其重要程度正如在诗的层面上对音乐性的追求。然而,就像我可能以具体的诗篇去演绎和神往于诗之音乐,却不能将它抽象地讲述,我也不能给我所谓的汉语性或中文性下一个定义。现代汉语的汉语性或中文性有如现代汉语本身,在慢慢成形,渐渐成熟,它会在未来的回看之眼里更加明晰和确切。

*

被废物利用的诗人。

*

一个诗人的生涯要是可以被称作"诗歌生涯",那么一个诗人的生活大概也就可以被笼而统之地称作"诗歌生活"了。实际上呢,一个诗人真正的"诗歌时刻"在其一生里是如此之少,就像足球前锋,他将球射入的时刻,跟他在场上卖力奔跑的时间相比,实在是少之又少。如果让我列出自己那些刀之锋刃般的"诗歌时刻",它们或许仅只是几个象征性的时刻:我第一次因一首诗而浑身颤栗的时刻——那是一首别人写下的诗,但却点燃了我诗情的导火索而更成为我的诗;痛快淋漓地写下了力作,或怎么也无法用自己的语言捕获幻听到的那个诗之声音的时刻……我不知道,假如有一天我意识到自己不能再写了,企图归于诗的终极沉默,那一刻是否也算是我的"诗歌时刻"。对"诗歌时刻"的这种认定并不太苛刻,尽管它的确个人化了一些。谁都知道,诗歌从来不是一个行业,诗歌是每个人的人性流露和体验。所以,我欣赏在讲行话的讨论会上有几个诗人的打死也不开口发言。在我看来,诗歌首先是个人的事情,甚至是个人的一番隐私——由于对对称于语言的"语言之反面"(或可称之为"语言之异性")的生理性觉察和想入非非而产生的写作冲动,跟一个人的性萌动一样不足为外人道。当然诗歌被说成是最为高贵的人类活动,但它的引人入胜,却并不因其高贵而可以随便言表。我想说,诗歌带给我们的语言欢乐透过我们各自的感官抵及灵魂,这就足够了——也只有这样,诗歌对于我们才算足够。

*

我总是对文人圈里的谈话和做派有所不适。

*

疏于那种"行会同仁"间的往还,只是在自己的无所事事里悠游，生活正驶向另一条道路，它较之曾被想象的写作生涯更为单一、寂寞、乏味和幽暗。表面上，它似乎比诸每个上午或夜半埋首于书籍纸张、电脑键盘和显示屏间苦心孤诣的写作要欢快、热闹、千姿百态以至光怪陆离，实则却是以不断加码的速度朝黑暗冲刺……重新去写点儿什么能够如何呢？减速，稍停片刻，折返——要是这些并不能指望，那么，就请将一头撞向黑暗的生活（局部）纳入写作的视野吧！实则，写作生涯也不过是为一头撞向黑暗的生活添加一面镜子，它从来不会像灯盏一样照亮前路，它的作用是让你后视，回看来路，当然你从中也看得见自己疲惫困顿或亢奋欣快的赴灭表情。写作并不是另一条道路，它是对道路的一个记忆、反思、回溯般的观照，所以它也是一种想象，仿佛想象着未来，却仅仅跟过去相关。

*

尽管我一向羞于谈论诗歌——我怀疑过这种谈论的真实和必要性，并且知道（因为怀疑吗？）自己谈不好——然而，我仍然经常用散文去为诗艺描绘后者力所不逮的完美。在这种谈论里，梦想主义会欺身而上，把技艺当成了纸上的魔术。

*

一个诗人必定对诗有所体会，但不应对诗有所成见，他尤其不应把他的体会当作成见去议论诗歌。

*

写作有时候会带来一种写的惯性，推动你去这里那里花笔墨添加一些言辞，似乎这样才成其为写作，才能达到平衡。不过今天,我只能用省略号代替言辞。

*

一切都变得那么容易了。浅薄和无聊不仅无可指责,而且大行其道,既然意义被揭示为无意义,所有的执著就都并无那执著之根本……

*

更多的时候我们是无视的,在漫长的一生中,我们所见的总是太少。

*

因理解了死亡而充满活力。生的标志是学会去死?

*

当你远远地看见你新的出发点,你的新旅程也就开始了;当你来到你认定的那个出发点,你的旅行已经历了小半程。但愿是这样吧。可是为什么要重新开始呢?对过去的自我不满意,要去重新做人?"诗人也许在将自己创造成一个人物"(大卫·丹比《伟大的书》第二章),大概,不仅是诗人,每个人都想要把自己创造成另一个人,只是诗人对此更加有意为之,也更加矢志不移。那么,重新开始是什么意思呢?把过去那个你像一张写到一半发现不甚满意的稿纸那样揉成一团或撕碎了扔掉,然后铺开另一张白纸重新去写?普鲁斯特写下《追忆逝水年华》第一行时是个怎样的情景呢?那部大书的写作,在多么强烈地将自己创造成一个人物啊,不过它动用了作者的全部过去,不是追忆,而是重塑——在一个新的出发点回看,用凝视之刀雕刻往昔,使之成为他全新的旅程……

*

绝不去成为权势欲火的无辜柴薪。

*

不属于任何人、任何势力的时候,却仍然不能够属于自我。

*

说起来,人生当然是盲目的,不堪的,然而一种自我完成的意愿却依然是航向。况且,读写是一种最高的乐趣。

*

旧稿里时见以往不察的稚拙偏颇,因为能藉以想象当初的不老练而觉得可爱;无可挽回的缺憾却是,已经不可能重新返回那样的心境、状态和笔法了……

*

我身上尚没有任何不接纳福楼拜之血的抗体。

*

福楼拜总是立刻让我去想象自己那种幽居一隅闭门读写的向往,也许我正在实施中。福楼拜给我注入一种颓废和创造的混合激情,每次都是这样。读与之有关的书并不是在阅读,而是从中获得自我提示,看到自我可能的形象……

*

在传记中,有时在写作中,赛林格和卡夫卡成为我的英雄。

*

没有终于被说对的真相。你写下的不会是真相,然而却会成为(被误作)真相。

*

从既有的文学成就、事实或僵尸里逃逸。这不是新的冲动,然而却自有新意。

*

我并没有抒写情感和思想——"伟大的思想不过是空洞的废话",纳博科夫说。而充沛的情感并不是一大堆泡沫?——我继续写,试着以语言抵及音乐。

*

至少在监禁中,我丧失了写作能力,然而我却还在向往着写作的欢乐。

*

就那么简单地把几首或几十首诗装订在一起提供给读者吗?更需要着意把自己的诗集变成一本书。如果每首诗是一株树木,让它们成为房屋,就还得费上伐、锯、刨、剀、钉、制、构、造等一系列功夫。还得有一颗建筑师的头脑,还得要一颗炼金术士的心……

*

耻笑自己过去那种激昂决绝的语气,那些极端的说法;然而同时耻笑自己并无自我耻笑的资格……

*

似乎想现在就集成或销毁自己的写作成品,然后让一个别人从我中诞生,并以那个别人的名义开始属于他的写作,使自己能够

只言片语来自写作

成为那个别人……

*

当它们以,譬如说,"相对于正版更是其正版的自我海盗版"问世之时,我会在卷首提及:我不同意把收进这"自我海盗版"以外的其他诗行算在我名下——诗人的写作是雕刻活儿,被凿去和删减的石料不该视作其作品。

*

不出版的自由和出版的不自由。

*

一支歌可以众人齐唱,一首诗只能默然细读。

*

当诗歌朗诵是一种朗诵的时候,它就一定不会对头。

*

默读是更多地运用想象力的读诗方法。默读令一首诗的声音之想象尽可能充分和丰满。

*

我对所谓"口语诗"的反感,是因为觉得那其实并非"口语"诗,而是塑料蛤蟆一类的假东西,一种冒牌为口语的书面语。到了某一层次,诗就是跟口语全然对立的东西。古诗创造了一种只属于诗的语言,新诗的语言,也可能会走向这样的雅言。不过,新诗语言的标准,或新诗语言的中文性,却不应从古汉语中寻找依据。依据只在新诗语言自身,来自其内部。新诗语言的中文性,其雅言,最终会对立和对话于别的语言。它只能自己创造它自己。

*

我能做的,也许,只是从出发点朝反方向而去……而这并非不是一个表态。

*

卡尔维诺的区分:晶体派和火焰派。我会毫不犹豫、心安理得、自然而然地站到晶体派旗下。

*

阴影总是伴随着人。只能接近却无法达到顶点光明。我们如此过分地想要飞起来,远离现实不沾尘埃,其实是一种可能走向反面的绝望。

*

读到过佩索阿的这样一段话:"假如有一天,我碰巧有了一种无忧无虑的生活,有世界上写作的所有时间和发表的所有机会,我知道我会怀恋眼下这种飘摇不定的生活,这种几乎没有写作而且从不发表什么的生活。我的怀恋不仅因为这种普通的日子一去不复返,不再为我所有,而且是因为在各种各样的生活中,都有各自特别的品质和特别的愉悦,一旦我们走向另一种生活,哪怕是走向更好的一种,那特别的愉悦就会泯灭,特别的品质就会枯竭。它们总是在人们感到失去它们的时候消亡。"但是,我想也许只有在写作中事情才变得很不一样,如果写作的确是一种纸上的生活,那么在写下以后,这曾经的生活就再也不可能被随意抹去了,哪怕时间,也很难抹去已经被修辞了的纸上生活。写作生涯跟平常人生的不同正在于:写作不断积攒下写作者度过的每一种纸上生活,保存每一种"特别的品质和特别的愉悦";而平常人生的所有经历不过是逝去,不过是增添一个人的"怀恋"。将佩索阿关于生活的另一句话"我们把生活想象成什么样,它就是什么样"改为:"我们把生活写成什么样,它就是什么样",大概足以说明纸上生活的性质和它对于我的意义所在。

*

闲暇这种人生目的被推迟给晚年甚至死后……

*

"诗人何为"是古老的一问,它在90年代,尤其在它开头的那几年被一再提出,常常被诗人拿来自问,大概不仅由于敏感,更是出自于焦虑。诗人何为?一个时代提前到来了。说时代提前,是因为它到来的时刻和方式出人意料,因为它的开始突入了世纪末收拾一切的结束之中。突然的改变要让人想想,是否有必要把手头正做的那件事继续?所以,那古老的一问在90年代的第一层含义是:要不要放弃?而的确有人在自问后放弃或暂时放弃了。我猜想,放弃的理由是大致相同的。那些并未放弃的,则每个人的理由各不相同。90年代的时髦说法,那近乎同义反复的"个人写作",如果正是以这种出发点各异的继续为依据的话,也许就不算是什么无聊。

*

相对于时代所需的各种声音,诗歌是多余的声音。使一个时代成为时代的东西,是它的经济生活和政治生活,是它的社会秩序、宗教信仰、权威话语和流行时尚。诗歌却刚好不是这样的东西。诗人的声音在时代中听起来总显得过于个别、幽独、天真或邪恶，它太激情洋溢、违反规则、标新立异和自由豪放；非但不正其行、不切实际，而且不伦不类、不知所云。即使在一个被误认作诗歌的黄金时代的时代，李杜之流的声音也还是跟时代生活之所需不合。诗歌才能也许是那个时代的谋生工具，但是诗歌——诗人的良心和梦想，他的存在意识、自我意识和关怀意识，那些基本人性和人类精神，却不会见容于那个时代。诗人们最好的诗篇，总是被看作无用的牢骚。诗歌于时代生活的处境如此，但诗人的声音却并不因此而可有可无。

*

需要诗歌的是比时代生活远为持久，近于永生的人、人性和人类精神生活。诗人发出自己的声音因为他必须如此。诗歌出于人和人性，而不是出于时代。诗人之成为诗人，是由于他的诗艺，而不是他所处身的时代生活。当然，诗人无可避免地处身于时代生活，他写下的诗篇也无可避免地是处身于时代生活里的他之语言和灵魂的镜像——时代局限诗人，并不造就诗人，时代生活提供给诗人的往往不是可能性，而是对他的埋没！屈原被有些人说成是他那个时代贡献出来的一位大诗人，但屈原不正是被那个时代歪曲和扼杀的一位诗人吗？屈原的精神远不是那个时代提供给他的，正如屈原的语言并不是那个时代的功劳。事情正相反：屈原贡献出他的诗歌语言和精神却不被见容！实际上，诗人虽处身于时代生活，却总是以拒绝普遍的时代生活的姿态来确立自我，以语言和梦的炼金术士的角色（当诗人还穿戴着他的角色的时候）开口说话。他不对时代说话,他仅仅对人说话,不管是对自己,对一个或几个特殊读者,还是对全体人类。从诗人,进而从诗歌的立场来看,所有的时代都是近似的,大致相像。诗人们也许更愿意说:所有的时代是同一个时代。我相信将这个诗人和那个诗人,这首诗和那首诗区别开来的不是时代或曰时代生活,而是境遇或曰个人生活(它也包含着诗人的生命形态和才分)。个人生活是私下的、内心的、千变万化、一生鲜活,而时代生活是公共的、肤浅的、雷同的和短暂的。

*

有一种诗人希望因为他写下的诗篇而成为时代的证人,但是,如电影导演克莱尔所说的:"并不是有人想成为时代的证人,他就成为时代的证人的。有时,人们是偶然成为时代的证人的,那是在我们的后代认为他配当这个证人的时候。如果一个作家想不惜一切代价当这个证人,那他反有制造出一种假证的危险。"(《大演习·几点说明》)真正的见证之作并不是有意为之的。作为见证的诗歌如果成立,原因不会是它作证于时代,而是由于它亲证了生活,尤其亲证了诗人的内心生活。一心为时代作证者可能仅提供假证,一心为时代立言者则可能写下歌功颂德的伪作。即使像荷马史诗这种展现一个时代的作品,它的主题也是个人性质的、情感的和心灵的。真正打动我们的是阿基琉斯的愤怒、海伦的懊悔、奥德修的智慧和他的思乡之情。并不是说读者不曾从诗歌里看到时代,时代生活无可避免。但时代生活肯定不构成诗歌中迷人的那一面,并且在诗歌里,时代生活只有作为生动的个人生活的影子才会是生动的。诗人所探究、处理和歌唱的,或诗歌最核心的部分,总是那些不为时代所动的千古一贯之物,那也是诗人们热爱和追寻之物:梦想、真知、爱情、自由、光荣和美……"只有意识到我们热爱的一切正处于被践踏的危险之中,我们才意识到了时代"——也许是现代诗人中最关心时代问题的米沃什如是说。一个诗人对时代生活更有效的关注,我猜想,惟有以这些真正切身、基本的事物去达成。

*

相对于观点,我需要语调。

*

说出即虚构。

*

回忆从感官抵及精神。回忆是欲望,一种生命力。

*

尽管越来越愿意置身于中国当代诗歌圈之外或自我边缘化,但一个曾经的参与者和依然为抽屉添加诗篇的人,却不能不以内部的、仍在其中的视点回看"文革"以后的现代汉诗。这个视点游走变换不确定,所谓"横看成岭侧成峰",因而要去选出,譬如说,过去三十年来的三十首诗,就成了一件太难也太容易的事情。之所以为之,是由于这种挑选被我理解为特殊的写作:去创造一个在过去三十年里仅写了这么三十首诗的中国当代诗人(谁能说他不是个大诗人呢?)。当然,这创造只是即兴,另一时刻、另一境况,到来的就会是诗人的另一张脸;并且,我知道,哪怕即兴也深思熟虑,找来了最完美的五官部件,却反而拼不成完美的脸——那么,

只言片语来自写作

我是否又该把这种挑选只当作一次没什么特别的"个人写作"?

*

中国诗歌继续在抗辩反叛中不断争取属于自己的位置,一个或许边缘化了的当代位置——这种自我边缘化的努力,恰是"文革"结束至今,中国诗歌越来越具独立自主性的体现。当代诗歌已经返回诗歌本身,并从这一立场出发开拓出更多的新诗歌领地。过去三十年中国当代诗歌的风貌,可以说是一种奇观——那么集中地涌现了数十位(我认为不下三十位)在诗歌观念、诗歌语言、诗歌技艺和诗歌境界方面有着划时代的重要发明和发现的诗人,这在世界诗歌史上怕也是绝无仅有。这数十位优异的诗人并不能相互替代,也并没有谁可以作为这种奇观的代表或象征。所以,我愿意把过去三十年的中国当代诗歌视为一个新的"诗经时代"。我想,这个"诗经时代"的奇观已经结束,不可能再现,许多能量甚至已在其中耗尽。那么,就更值得多多去回看这种奇观,好好去研究这种奇观。

*

"诗人谈论最主要的问题",勃朗宁夫人说。这最主要的,当指心灵问题。她那个时代,心灵问题或犹可"谈论",而今天,一个"空心人"几成全体的时代,从容"谈论"最主要的问题几乎已不可能。到"空心人"时代去唱心灵之诗,无异于对牛弹琴(做错事情的更像是那个弹琴的家伙),"其读者是不可预测的"(这是蒙塔莱的说法)。诗歌不再是言说,而是历险,有点像反向的普罗米修斯盗火:普罗米修斯把神的物质带给人类,却须经受宙斯的严惩;历险者要做的,则是把人类的勇气和力量之火点向神界,其结果往往是世人的不解和排斥。诗人的精神历险正被视作一种疯狂,他变成了大众的异端,被惩戒的人,美的牺牲品和诗歌的自焚者。为了在神界点亮心灵之火,诗人得要燃烧自己。有人坚持、固守,但突围和冲刺更像一个诗人的姿势。在"空心人"时代,心灵问题更加凸出、重要、严峻和致命,更加具有实质意义,诗人更须成为紧追不舍最重要问题的那个人……于是,历险所依据的不仅是语言,它需要一种精神状态,一颗决心和一个信仰,它要求诗人真正懂得阿莱桑德雷的一句诗:"要怀着希望。"

*

诗歌,真实世界之外的真实世界。

*

诗歌,它最终的胜利在于退出。

*

"诗人角色"这样的说法让我感到不太舒服。角色是装扮出来的,其做作、虚饰和舞台腔,跟我们要求诗人的诚恳亲切相差何其遥远。当然,我知道,当一个诗人从孤寂的写作中抬起头来,渴望他的诗被人们传诵,他那"诗人的角色意识"就不可避免了。因为他考虑到读者,他认为自己的写作将产生(他指望自己的写作去产生)某种影响力,他就多多少少把自己设想为一个公众人物,要设计一下自己的公众形象了。这其实也无可厚非,难道你真的只是为抽屉写作,为自我写作吗?何况读者也可能正是你自我需要的一部分呢。……诗人愿意让自己的写作跟他的自我保持一致，在回答诗歌对于诗人意味着什么的时候，许多诗人都选用了"生活""生命"这样的措辞。所以，一个诗人向公众推荐其诗人形象，哪怕表演他的做派、名声和惊世骇俗，依我的理解，他真正想表白的还是他的写作；要是他的这种表白是夸大的、泡沫化的、无耻地贬低和践踏其写作的对手而往自己脸上贴金的，那又何妨宽容一些，何不将其视为对自己写作的期望和梦想呢？同样，诗人对于其写作的表白，像什么未来主义宣言、超现实主义宣言和1986年我们读到的那么多宣言，还有有关自己是某某代，是某某写作之类的宣扬，也一样可以被当作对其诗人形象和名声的描画，并且，在那些表白其写作的文章和言论里，诗人的写作和诗人的生活、身份，常常，不，总是混为一体的。如此，也可以说，在诗人设想和设计其写作的时候，甚至在诗人仿佛直抒胸臆奋笔疾书的时候，他那"角色意识"，就已经不可避免。写作很可能是一个诗人扮演其角色的时刻，实际上我自己也有所体会。而像佩索阿那样在写作中分饰不同的角色，更是让我佩服不已。不过，即使如此，我还是不喜欢"诗人角色"这样的说法。当诗人是一个角色的时候，总让我觉得他就不再是一个诗人了，或至少他不再是一个完全的诗人了。角色——启蒙者也好，革命者也好，知识分子也好，异议分子也好，介入者也好，旁观者也好，其形象从诗人位移出来，不再重合于那个诗人。当然这的确毫无办法，就像不可能有纯诗，也就不可能有纯粹的诗人。但实际上真正让我不喜欢的恰好是诗人去扮演一个"纯粹的诗人"。正由于那个"纯粹的诗人"不可能存在，被人扮演才有可能，其表现在各个时代或同一个时期里并不一样，但有一点是共同的——其言谈行为会让人一下子（但常常只是一时间）就把他当成诗人了。那很可能就是所谓诗人的艺术家角色,只不过他是扮演出来的。这很讨厌,但我要说,……也还是可爱。因为这毕竟反映了他的人生理想。另外这种扮演也的确需要功力,反正我是自叹弗如。——我真正想说的是什么呢?我对诗人的角色意识态度暧昧,也许是因为我认为在写作中这种意识不可或缺,但是我不想称之为"角色意识",我也并不认为可以在写作中扮演什么。我觉得只要不扮演就行,自然、不矫情就好。一个诗人在世上的最好表现是体现其本白,而其写作则不妨是一副棱镜,将那种本白分解为七彩——"杂于一"则是更高境界了。

*

诗人在其诗歌里一吐肺腑之言,也许最符合人们对诗人真诚写作的要求。然而一个只会扯着本嗓唱歌的歌手一定不是怎么好的歌手。热衷卡拉OK,模仿歌星腔调的家伙更等而下之。所谓以流行口吻在诗歌里吼两嗓子的,就属此类学舌鹦鹉。然而诗人不仅是一个发声的人,还是一个倾听的人。我认为一个诗人的听力有时候更为重要。真实和准确的差别,很大程度上正在于诗人的听力。一味真实的诗人听力稍逊,学舌鹦鹉则没什么判断力和自知之明,而准确首先要求诗人耳朵的灵敏,他的辨音力,他听觉的想象力,甚至从幻听里捕捉声音的能力。我相信准确是更高的真诚,是所谓经受着技艺考验的真诚。它在诗歌写作中的表达,常常是诗人说话的不同口吻和不同声音(缘于他的确听到、幻听到和想象了这些声音)。这仿佛扮演,但绝没有扮演个什么角色的考虑。扮演者太想让人以为他前后一致、性格鲜明、真实感人,是个什么性情中人了。可是要扮演真实又谈何容易。另外,实际上

只言片语来自写作

这里需要谈论,或者说我更想谈论的,是诗人和其诗歌写作的关系问题。诗人在其诗歌里以什么样的口吻和声音说话,我觉得要比诗人在其写作中扮演什么样的角色这种说法更容易让我接受。一个诗人以不同口吻和声音在诗歌里说话,实际上是因为诗歌的需要,是因为诗人更多地考虑了诗歌的形象而不是他的自我形象。追求真实的诗人很可能仍然让他的诗歌写作为诗人服务,而企图准确的诗人则尽力让诗人为诗歌服务。

*

使诗歌成为诗歌的一切元素和材料无不来自现实。要说诗人的现实感,那就是他感到(意识到)自己是一副呼吸的肺。他吸入空气般无所不在的现实,将其中的诗之氧分提供给血液,然后呼出不受用的废气。更现成的是辛普森的那个比喻:胃。那就是说,诗人的现实感主要在于他对现实的消化:他面对怎样的现实,他怎样处理这现实,他要把现实处理成怎样的诗。诗歌规定着诗人现实感的方向。诗人——至少在他写作的时候——更多关心的并非现实,而是他正创造的新现实。他创造出来的那个新现实越不现实,越清新别致、美轮美奂和令人惊讶,越接近绝对和邈然虚空,就越会是一面世界的照妖镜——以对照的方式毕现诗人不能接受的现实之丑陋。也许,可以说,诗人的现实感强烈地表现为他要尽可能地把诗歌跟所谓现实拉开距离,因为他知道,正午的太阳提供给你最小的阴影。那么,诗人处理现实的能力就成为关键,而认识到这一关键的诗人,是高度关心现实的诗人。比喻中的肺叶和胃,有如一套净化系统,现实在这里得以转化。一个诗人对现实的关心,如果并不以其写作才能和诗歌技艺为前提,如果并不侧重于转化,那就是徒劳,甚至伪诈,就像贪污了治污专款的官员在大会小会上侈谈环保。

*

对世界的虚构往往就是对世界的认知,诗人们对此早已了然;从虚构所想象的认知出发,有时候,诗人竟然抵达了本质。

*

奥德修倾听赛仑的故事意味深长。这位返乡英雄得神指点,既领受了至美之歌,又抗拒了死亡的诱惑,终于重返伊大嘉岛。那算是黄金年代,在那个年代,诗人像另一奥德修——心灵的奥德修,精神漫游的奥德修,回到既定家园的英雄。而今诗人已不复英雄,他不知家园何处,他的漫游变成了寻找归宿的流浪。今天,诗人因焦虑而变得极端,他封住自己的倾听之耳,或沦陷于赛仑之歌和鸟儿居住的"开花的草地"。丧失,要么献身!再没了奥德修那样的好事儿两全。"太阳溶于海水"的荷马可以是另一"声音的光源",但人们却只能在回忆中触摸那英雄奥德修——最终成为英雄的诗人,或正是放弃去成为奥德修的那种人;贪听"会增加许多知识"的诱惑之歌,到达诗的黑暗深底和夸父进入太阳的死亡。赛仑家园已替代了诗家园,——如今也没有了那种英雄的故里伊大嘉……

*

戏剧:宣泄必不可少的愚人节激情。

*

杜尚送尿斗参展这样的故事,总是提醒我们现实和艺术毕竟不一样。被提取的现实之物,到了美术馆之类的艺术场合,才可能成其为艺术。它们是否成为了艺术姑且不论,至少它们已经是非现实。再来考察诗歌艺术。诗人一直在做的事情大概也差不多。诗人们处理包括梦境在内的一切现实,目的无非是要使之成为诗。那些最"叙事"的,最"当下"的,最"日常"的,企图最"直接"地诉说现实经验的诗人写下的东西是否是诗歌姑且不论,但是它们不可能"及物",它们在"诗歌场合"里,也已经不再是现实。我倒是觉得"诗歌远离现实"这种议论并无大错,就像要是有人说"飞机不下蛋"一点儿也不错一样。——专门去做这样的说明不是过于幽默,就是太冒傻气,但尚可供人一乐;而以此指责诗人,进而以现实为指标衡量诗歌,就让人哭笑不得了。当然,实际上,被置于艺术和诗歌场合的非现实又同时作为新现实进入并改变了世界现实的序列,也就是说,非现实的诗歌和艺术本身又是一种现实。所以,无论如何,指责诗歌(任何诗歌)"远离现实",倒是有点远离现实了。

*

诗歌不属于真实世界,作为人的创造物,它跟真实世界相并列。然而,或许,"美即是真,真即是美"。对此,埃利蒂斯有他的所谓"对称理论":"当我们发现山峰具有这样或那样的形态时,它们肯定对人的精神有所影响,肯定也有其相对称的一面。"反过来讲,诗之梦、超现实之梦的神奇虚构凸显的美,一定提示着被各种假相遮蔽的大生命之真。

*

令写下的诗行非比寻常地不可翻译。

*

我倾向于认为,译诗作为一种再创造,必须游离于原作;译者比原作者更是译诗好坏的关键。

*

糟糕的译者注重所谓的"文字功夫"。然而透过外语,优秀译者要比诗人更为确切地知道应塑造怎样的现代汉语。

*

学到一个词——"洋泾浜"中文。诗人们写下过那么多"洋泾浜"中文。

*

对现代汉语"翻译体"的反感会是一个也许的困惑。然而什么是"翻译体"呢？难道一个译者的首要依据不是他的本民族语言吗？难以想象如果他不是一个熟练驾驭其母语的写作者甚至文体创造者,他会如何把一件外语作品变形为本民族语言的作品。以写作的标准衡量,肯定能衡量出译得不好甚至极坏的作品,这大概是由于他没能理解他要译述的外语作品,但这更是因为他不能较好地运用本民族语言,更不用说创造性地运用本民族的语言了。优异的、作为写作的文学翻译,会是对本民族语言和文体的一种贡献、一次丰富和一个提升。笼统地反感和反对"翻译体",奇怪而可笑。特别是,"翻译体"这个说法含混不清——对于我们,用以译述外语作品的只能是汉语,任何一种汉语;那么,大概任何一种汉语就都有可能成为被反感的所谓"翻译体"。譬如说,林琴南的译本和译体就不算是"翻译体"吗？反对和反感所谓"翻译体",也几乎是在反对和反感汉语本身。或者说,"翻译体"特指"欧化句式"的汉语,然而那不是汉语的可能性吗?为什么只能有别的可能性而不允许有这种可能性?我想重复的是:对于现代汉语,正好是作为写作的翻译起到了提升它的作用。难以想象离开了文学翻译,现代汉语及其文体会怎么样。

*

诗歌作为仪式……在一篇终于未能动笔的关于仪式的文章里,我想讨论仪式这种人类戏剧的意义。仪式的假设性,仪式的程式化,仪式以间离日常生活的方式去肯定、充实和维持日常生活的策略,以及仪式编结、翻新、升华和平伏激情的能力……

*

假如诗歌要么成为一种部落仪轨,要么成为一种无论在理解的难度还是应用的间接方面都不妨用纯数学来类比的东西,我就需要找到诗歌以外的另一种方式,一种能更直接,不,更有效地跟我生存其间的整个世界对话的方式。

*

同时代的诗人们并不共时,每个人在各自的空间里写作,每个人要去创造自己的诗的空间。这的确是因为中国新诗仍然在它的创世纪里,它跟当代或以往的别的诗歌都不一样。

*

全民集体写作的时代已经到来,写作正在成为一件索然寡味的事情。卡夫卡的遗嘱说烧毁他的所有手稿;兰波终于彻底否决他的诗作并对诗歌不屑一顾;另一方面,普鲁斯特退居隐声匿迹,开始写他的《追忆逝水年华》。

*

陶渊明"今我不述,后生何闻焉"跟赫伊津哈"时不我待,我要么写,要么不写。而我的意愿是写"的千差万别。

*

文体常常在将写之际消失不见了。

*

杰作如此之多,以至于不必再有新的杰作了。

*

在幻觉中,人能够心安理得地度过一生。幻觉如此重要,我们只是为幻觉而活,也一定更愿意为幻觉而死。

*

旧貌被翻新为比之更早传统化了的那种假古董。

*

阅读也不妨是一种写作,而写作却只是阅读的继续。写作翻阅读之水为天上的云霞,而天上云霞如果终归于阅读的海洋,用写作去跟阅读"争胜",那也就不过是在如来佛的手掌间翻跟斗而已。如此,你的写作不是出于阅读的需要吗?对我而言,它是这样的:由于无从读到我所渴念的诗歌,所以我提笔涂抹;由于震撼于我所读到的杰作,所以我被激励,企图写得更杰出一些……当然,你所读到或没有读到的不仅仅是诗歌,阅读从来不限于纸张书籍。写作是对全部人生的阅读笔记:由于世界的丑陋,我抒写理想的诗歌;由于生活的魔幻,我欲以写作的超现实揭示其虚像……

*

　　房间里排着那么些书架,架子上几乎没了空隙,排满了书。要是你想坐下来读书,从哪一本开始呢?要是你想把那本《色情史》读完,那么,作为其后续读物的应该是福柯的《性经验史》、霭理士的《性心理学》、列维-斯特劳斯的书、弗洛依德的论著或金赛的报告、直到《肉蒲团》和《金瓶梅》吗?在阅读这些后续的相关著作时,又会出现那么多可选作后续的,要将你引向新方向和新去处的各类书目。那简直是一个迷宫,的确就是一个迷宫。每一本书是一重时间,一条曲径;每一本书是所有的时间,所有的道路。它们排列、叠加、缠绕、交通,把你围拢在以书为墙的那间书房里,你在其中的命运无非是不知所云——你在其中,譬如说,阅读了一辈子,那么你这辈子不是一次阅读的迷航吗?书籍为你照亮和指引了什么呢?下一本书籍,下一层深意,而你想要从中找到的真理永远不在你正阅读的这本书里,那么,真理永远在你来不及阅读的那本书里吗?阅读跟旅行常常被扯在一起,这让人想起列维-斯特劳斯的疑惑(尽管看起来他说的是写作跟旅行)——"为什么要不厌其烦地把这些无足轻重的情境,这些没什么重大意义的事情详详细细地记录下来呢?……像服兵役那样非进行不可的一千零一种烦人而又不做不行的杂事,把光阴平白地消耗掉,毫无结果……这并没有……增添任何价值,反而应该看作一种障碍。我们到那么远的地方去,所欲追寻的是真理,只有在把那真理本身和追寻过程的废料分别开来以后,才能显出其价值。……我们可能必须赔上半年的光阴在旅行、受苦和令人难以忍受的寂寞,但是,再拿起笔来记录下列这类无用的回忆与微不足道的往事：'早上五点半，我们进入雷齐费港口，海鸥鸣声不绝，一队载满热带水果的小船绕行于我们船只四周。'这样做，值得吗？"可以玩味的恰是他那所谓"真理"的概念——首先他认定，有一个叫做真理的东西存在，在还没有开始将它追寻之时……再者，他知道他所欲追寻的真理可能或刚好在他要去的那么远的地方……并且真理本身是如此绝对和纯粹的东西，以致于其价值可以使其余的东西只能是废料。只是，我不知道，在从未追寻到真理之时如何便预知有一个真理，如何料定它绝对地在那里、在远方呢？又如何将它跟经验和生活设定为一种对立和对应的关系呢？这不刚好也是阅读的问题？你如何便知你会在书中遇见真理先生呢？书中真的有可能住着一位真理先生吗？唉……有时，你庆幸你刚好是一个写作者，你的阅读于是照亮和指向了你的写作。而你的写作呢？不正在作为又一岔路加入到书的迷宫里面吗？你只不过是自我迷失，葬身于书海而已。那么用于排遣和消费时光的阅读呢？为了享乐的阅读呢？是啊，要不然你做些什么呢？要是不曾迷失于纸张书籍，你可能迷失得更甚，你可能会死无葬身之地呢。然而，所以，瞎鸡巴读吧，为了消遣而读，为了沉沉睡去而读，然后把它带入梦中。

*

阅读者关心诗，而非诗史。

*

在我对诗的阅读和我写下的诗歌之间，没有那种长时间的空白。

只言片语来自写作

*

由阅读带来的自我伤害。

*

三四十年前,读书无用之论颇为时尚。更惊心动魄者,家里藏几本书都是罪过,要赶紧找一口锌铁皮桶拿到卫生间,把书一本本扔进去烧掉……经历过那种场面的人,当时的印象感受一定至今都不能磨灭。二十多年前,像是突然变天,又流行起了读书有用,连过了正经读书年龄,已经上班做工下地种田结婚生子的中年人也把什么都放下来,只一心读书去了。要论那些年里读书不读书的原因目的,实在都非常功利。读书向来是功利之事,中国的传统尤其如此。生活是一回事,读书则是另一回事。那关系就跟活命和吃饭相似。吃饭是为了活命,于是吃饭就成了生命的头等大事,所谓"食为天"是也。近来听一笑话,说有人问绝食艺人为啥做那种表演,答曰:"还不是为了混口饭吃!"对吃的高度重视后来变本加厉演化成了吃的文化,吃的哲学,吃的事业和吃的人生,仿佛活着就是为了吃饭。美食家不再把吃当作完成其人生价值的物质补给,而认为吃才是他人生价值的最高体现……读书的情形似也这样,出现了一种叫做"读书人"的人,读书成了他的生活指向,读书并不带来黄金屋和颜如玉,读书就是黄金屋和颜如玉……这种超功利,细究起来也还功利,或更为功利。于是,十多年前,我对自己说了这么一段话:"我总得为自己安排十年时间,不进行任何写作,只是静静地阅读。——并非为了挖掘、汲取、辨析和弃绝而阅读,仅仅是为了消遣,为了享用,如同午睡以后饮茶和用点心一样地阅读。"其意大概想表示另有一种既不是为了讨生活,也没有变为生活目的的更为随意安闲的阅读。那或许也还会被以功利论,但却是属于写过《英国诗人传》的约翰生博士所谓"普通读者"的阅读。维吉尼亚·伍尔夫,一个总是站在女性立场上看待读书和写作的了不起的女性,在两个世纪后追认约翰生博士的"普通读者"概念,有过这样的描述:"他没有那么高的教养,造物主也没有赏给他那么大的才能。他读书,是为了自己高兴,而不是为了向别人传授知识,也不是为了纠正别人的看法。首先,他受一种本能所指使,要根据自己能捞到手的一星半点书本知识,塑造出某种整体——某位人物肖像,某个时代略图,某种写作艺术原理。他不停地为自己匆匆搭起某种建筑物,它东倒西歪、摇摇欲坠,然而看来又像是真实的事物,能引人喜爱、欢笑、争论,因此也就能给他带来片刻的满足。他一会儿抓住一首诗,一会儿抓住一本旧书片断,也不管它从哪儿弄来的,也不管它属于何等品类,只是投合自己的心意,能将自己心造的意象结构圆满就成……"这倒正跟陶渊明先生的"好读书,不求甚解;每有会意,便欣然忘食"相合。只是伍尔夫讲得更具体,态度也更现代,并且更多一种兴之所至和随心尽意……

*

1913年泰戈尔得诺贝尔奖的时候,中国还没有发明嫁接自西方的所谓新文学。十年以后他来中国,一些已经开始在中国得势的新文学人士成为他的主要接待者和陪同者。泰戈尔在中国被视为大师,除了跟他在各个领域的杰出成就有关,也跟他曾得了那个瑞典文学院颁出的,西方标准的文学奖有关——应该说,大为有关。在整个20世纪,诺贝尔文学奖本身差不多就成了文学之圭臬,在中国,至少一个时期以来,它还成了诸如"我们也要有原子弹""我们也要有万吨轮""我们也要有人造卫星""我们也要拿世界冠军"之类的奋发图强的硬指标。尽管文学从来就不是体育比赛,但是来自西方的文学奖游戏还是让人觉得文学写作也可以是比赛,也得要"物竞"一番。更何况,近代以来,许多中国人头脑里被注入的,正是文学进化论的观念。泰戈尔作为第一个(要过半个多世纪以后才有了第二个)出自亚洲的摘取诺奖者,一方面让同是东方人的中国作家们略有胜出西方作家之喜,另一方面却多了一层负于邻家之哀——看人家印度也已经得了,而(像闻一多要"爆一声"的)"咱们的中国"呢?那其实是觉得,泰戈尔代表印度文学在西方那儿得分,也就意味着中国文学在西方那儿更失分了……泰戈尔的获奖理由里有这么一句:"……他那充满诗意的思想业已成为西方文学的一部分。"想要进入诺奖大家庭的愿望,正是想成为西方文学一部分的愿望吧。这个愿望,一直以来都那么强烈,它的一些变体里,以坚拒西方的文学观和价值观,坚决和坚持走民族化或传统化文学道路的主张最为极端。这主张有个依据说:越是民族的,就越是世界的。而"世界"之谓,在这里除了意指西方,还有什么呢?这主张,可以跟想要用中国功夫赢得世界杯的主意媲美。因而在中国,泰戈尔的形象既是东方的文学英雄,更是西方的文学英雄。

*

美术馆正成为另一种教堂,其建筑风格也越来越逼近超凡的宏伟。在美术馆里,看不再首要,求知欲旺盛的孩子们更愿意围绕作为艺术代言人的讲解者,以聆听的方式完成他们的礼拜。那开口说话的人,俨然牧师。甚至耳朵和唇舌都不重要,在美术馆,屏息静气的姿态才是第一位的,以这种姿态定期出现在美术馆里,就足以表明一个人作为艺术的虔敬教徒的体面身份了。但也可以更进一步,走向其反面,也就是说,定期到美术馆里指手画脚,轻蔑和斥责那些作品,那些作品背后的手艺匠——这样,有一天,他很可能会以一个改教者、一个癫僧或一个否定者的形象被刻画,被安置悬挂于美术馆。从看(通过非看)到被看,他终于真正进入了美术馆,这正像一个进出教堂的人,目的是要融入以教堂为模式的永恒的天堂。

*

传媒变成了我们每天都接触和碰撞的东西。可是诗人和诗歌又能对它说些什么呢?它们是时代生活的一部分,大部分;相对于好的和坏的部分,它们是平庸的部分;或,它们同时属于好的和坏的部分。但它们不属于诗歌和诗人,虽然有时候诗歌和诗人会以令人失望的方式属于它们。

*

次要笔记的特点是零碎、浅薄,只对笔记本构成字数的意义。

*

写作,又将从整理一堆旧笔记开始。而其中一本旧笔记的扉页上写着:"将我的写作以这本练习簿为界分别看待的时候,你会说,他后来的写作里出现了笔记。他以往的那些零星笔记,也总能在这本练习簿中找到。有一天,当这本练习簿就要被搁置一边,我又把它草草翻看了一遍,在扉页上,我还会写上怎样的句子?"

*

结束并不意味着完成。

*

在道路尽头写上"尽头",它就是尽头。

*

它们不过是以往的只言片语。它们并不能成为我的以往或以往的一部分。也许当值得留存的笔记和日记被留存下来,留存本身恰在把它们一点点销毁。

(1989—2009)

诗话

入剑门

费尔南多·佩索阿想象或论说过一种头脑里的旅行："这种长旅指向我还不知道的国家,或者指向纯属虚构和不可能存在的国家。"他把出发时的情境规定在"黄昏降临的融融暮色里……",并且其履痕是从梦中升起的韵律开始的。这不免让人想到诗,尤其是那些似乎从来都不时髦的、被嗔怪为没有现实感的,因而据说是无法穿越历史的梦幻之作。然而,化一下那首最伟大的梦幻之诗《神圣的喜剧》的起首句,不妨这么说:如果你迷失于人生的中途,就会需要一座虚幻的森林……

实际上呢,人们习惯于夹着本导游册踏上旅程,从一堆言说,或从头脑,而且常常是别人的头脑出发,进入一个个实实在在的风景胜地。在其中,人们想见且终于得见的,却常常是被引向虚构和不存在的另一番景致。——这里,刚好有一票诗人的活计:虚构和不存在附丽于言说被传扬开来,以致只有当现实被超现实,人们才以为它是现实的。

这大概也算是"把真相愉快地伪装成幻象"吧。其魔法的入口会在哪里呢?多少年前,有一天,天将擦黑,弄堂里响彻孩子们的喧闹和大人招呼那些在游戏里意犹未尽的孩子回家吃饭的叫唤,邮递员送来了晚报和一封寄自德国的信。来信者张枣,才从四川外语学院去了德国的诗人。那时候,我已读过他几首敏感混合着曼妙的短诗,却还不曾跟他见过面。就在他给我的这第一封信里,一个象征性的魔法入口被专门提及了——他描述了一番四川的风物,宣扬过"蜀雄李杜拔"之后,引了两句陆放翁的诗:

此身合是诗人未?
细雨骑驴入剑门。

显然,他愿意去想象和认定一个历炼诗情的众妙之门。比方说,一旦进入过,你技艺的童男之身也就被取消了,此身也就算是个诗人了。

放翁那两句剑门诗的效应,也许跟毛泽东"不到长城非好汉"的效应相似。剑门因而成了那么一种绝对,那么一种标志,那么一种奇境,那么一种此生必去的多少个地方之一,且最好是细雨中骑毛驴前往……而在这个细雨骑驴的剑门商标被注册之前,其超现实的现实进程早就并一直在延展着。当你想要再一次讲述这一进程,你不知道,这是一次头脑里的旅行,还是从头脑出发朝向一个真实地址的旅行……

这更多的是一次言说之旅,剑门并不被看见,而是被所指,被说出。进入关内五百来米的幽谷,"天下雄关""剑门天下雄""第一关""剑阁七十二峰"之类的碑刻就时常把你的视线带到别处。你真切的、第一次的新鲜快感到哪里去了呢?你一再被提醒,在你来此之前,这道深峡早就被前人玩了无数次。

令剑门倍感荣光,必须告知每一个新来者的,大概会有这么些名字:

司马错——他带着秦军铁骑汹汹来灭巴蜀,从此挺进,直让两边绝壁疼痛不已;

诸葛亮——五伐中原,于此往还,反复进退,历时甚久;

唐明皇——安史之乱里跑来临幸,弄得"翠屏千仞合,丹嶂五丁开,灌木萦旗转,仙云拂马来"(《幸蜀西至剑门》)什么的;

……直到……李自成、张献忠……等等等等。

不过,真正值得夸耀的,还是那些以言说夸耀了剑门的大小诗人们。其中,李白和杜甫,当然是必须提及不能遗漏的。说起来,李白和杜甫对剑门的夸耀如出一辙,一个在《蜀道难》中说:"一夫当关,万夫莫开";一个则在《剑门》中说:"一夫怒临关,百万未可傍。"考其来源,还民间得很,是比这两个诗人先入了剑门的那些人发出的慨叹。似乎,这历炼诗情的众妙之门在令诗人才华激射的同时,也给出了一条仿佛规定性的言说之道。

是那种自然地理的、几可类比于人体生理的规定性,让人们众口一辞吗?反正,把剑门的真实存在引向虚构和不存在的方式和方向如此一致。翻看着旅游书跑剑门来的人,总想要趁一个细雨天气,骑一匹收费毛驴,拍几张作态歪照;总是在剑门找寻那些也许存在的遗迹旧踪;总能于山势峥嵘崔嵬间体验其险,在七沟众谷之上收摄其雄,因千姿百态形形色色的苍松古柏而赞赏其翠,从大小洞穴和乱石嶙峋里认出其怪;至于它的雾海么,更像是遮掩其本来面目的一派文饰……

关于旅行,费尔南多·佩索阿还说过另一句话:"旅行者本身就是旅行。我们看到的,并不是我们所看到的,而是我们自己。"但有时候你所见的甚至并不是自己,是别人的言说。

现在,为了有点儿突兀地结束掉这篇还没怎么展开的小文,我想还不算突兀地引几句张枣的《断章》。因为,是他当年的来信,令我对剑门有了点儿想法:

  ……春蚕入眠
  而客车却继续跑动
  是呀,宝贝,诗歌并非——

  来自哪个幽闭,而是
  诞生于某种关系中

(2005)

旧情怀

走出大理汽车客运北站，就看见街对面的塔吊和作为其背景的洱海。一个小区正在兴起，工地周边围以矮墙，精描细画着楼盘广告，道是"从今天起，做一个幸福的人……面朝大海，春暖花开……"。

这广告截引海子的《从明天起》：

从明天起，做一个幸福的人
喂马、劈柴，周游世界
从明天起
关心粮食和蔬菜
我有一所房子
面朝大海，春暖花开
…………

为啥不干脆把"我有一所房子"也抄上广告呢？这句才最对位于楼盘和不动产。至于喂马、劈柴、周游世界、关心粮食和蔬菜之类太"慢"的旧时代事物，不被广告例举，倒是可以理解。"快"是时代强音，所以"今天"按揭"明天"，洱海边塔吊下那个地块差不多还空旷荒芜，开发商就赶紧要把未来大概会有的每一幢楼都给卖出去——现钱跟现在才具"快"感。借来海子诗句的广告最点睛者,正是那个改成的"今"字。这广告假装开发商卖的是诗意,而且是眼前的。可即便将来在这儿"有一所房子",是否诗意也还难说。

对未来诗意世界的想象,却常常指向往昔,例如陶潜《桃花源记并诗》,例如叶芝《茵纳斯弗利岛》。楼盘广告要你花大钱在洱海边上过未来此刻"面朝大海,春暖花开"的诗意生活,免不了也将它宣扬成旧日子。柏桦有诗题作"惟有旧日子带给我们幸福",倒是又能给推销客户去"做一个幸福的人"的开发商用来发挥为墙上广告。

旅游业就更是标举诗意——大理出了名的"风花雪月",营造出来的便是由导游详细讲解的旧情怀。实际上,名胜古迹最爱自夸的就是其旧,譬如大理三塔前头那一联:

任随雨打风吹,千年古塔凌云立;
几历唐移宋替,不朽丰碑百世存。

人们心中的这种诗意跟人们赶来访得的境界,也跟上下联一样对位吗?待我行到古城丽江,会觉得更对位一些吗?只不过,丽江的旧诗意跟商业买卖又对起位来了。且不说四方街及每一条老街都已像是装修得古色古香的南京路步行街,就连过小年时纳西族人对歌的旧俗,也被"对"到对面排开的那么多酒吧里成了夜夜笙歌。

那晚上丽江云淡风清月明星稀,于狂唱滥吼间忽听有人在一楼头高诵——又是海子的《从明天起》。上去一看,原来是一生意不太好的酒吧老板在以此诗招客。我却想起西川提到过的一则海子逸事,刚好是当前情景的一种反对位:有一次海子走进昌平一家饭馆,他对饭馆老板说:"我给大家朗诵我的诗,你们能不能给我酒喝?"饭馆老板说:"我可以给你酒喝,但你别在这儿朗诵。"——诗跟现实的关系在这种反对位里不免让人感受复杂。

无论如何,诗修改甚至修正现实世界;或曰现实世界总是会对位或反对位于一个诗意。

昆明滇池边,过冬的海鸥全都飞回了西伯利亚,留下水泥堤坝上白花花的鸟粪。春日油亮的湖面反光刺眼,散出令人捂鼻的异味。而且,号称五百里的滇池,三分之一早就被填成了陆地,早就有开发商在填实的滇池上拿下地块,建起也可以用"面朝大海,春暖花开"来做广告的楼盘。不过,真正强有力的广告仍要数大观楼的那副长联,乾隆年间昆明名士孙髯翁撰,估计许多人都会背诵:

> 五百里滇池奔来眼底,披襟岸帻,喜芒芒空阔无边。看东骧神骏,西翥灵仪,北走蜿蜒,南翔缟素。高人韵士何妨选胜登临。趁蟹屿螺洲,梳裹就风鬟雾鬓;更萍天苇地,点缀些翠羽丹霞,莫辜负四围香稻,万顷晴沙,九夏芙蓉,三春杨柳。

> 数千年往事注到心头,把酒凌虚,叹滚滚英雄谁在?想汉习楼船,唐标铁柱,宋挥玉斧,元跨革囊。伟烈丰功费尽移山心力。尽珠帘画栋,卷不及暮雨朝云;便断碣残碑,都付与苍烟落照。只赢得几杵疏钟,半江渔火,两行秋雁,一枕清霜。

这长联对位于滇池风光和历史,跟眼下的现实滇池却是反对位。它比它所赋的景色更为出名！到如今，更是让人只愿意在它抒发的旧情怀里观想滇池了。尽管滇池很可能从来都不像孙髯翁对位得那么诗意，何妨且认定当初这副长联是依景构画的呢？现在及未来，要想改善和复原滇池——除了依据长联提供的诗意，还有什么呢？——令其又再现往昔明丽的旧景，那就只有让现实世界比照对位诗意去增删了。

（2008）

沧浪亭

苏州以园林名世,可以说,星罗棋布的园林构成了苏州被世人目作天堂的部分,而作为部分天堂的苏州园林,恰是苏州之为苏州的所在。苏州园林"天堂性"的筑居布局置境借景,楼榭该怎样参差,曲廊该怎样蜿蜒,草树水石该怎样奇秀清明诸如此类,匠人和专家们全都有一番讲究,成一套规矩。这不免让人想到近体诗——有时候,在一座苏州园林那由区区方寸之地收摄无限的小宇宙里"独徘徊",我几乎能确证其造园原则跟一首七律的对应关系。当然,其实并不可确证,因为它们都缘于梦想。龚自珍《己亥杂诗》有句:"三生花草梦苏州。"这"梦苏州"三字,又何妨解作苏州是被梦出来的呢?

我常常去的苏州园林是人民路边的沧浪亭。到它那儿的交通便利,再说它又算苏州最早的一座园林。然而细想,原因却更简单,我常常去沧浪亭,只不过是因为沧浪亭名以"沧浪"。说老实话,我不觉得那是一座如何奥妙,如何了不得的园林。可要是它名曰"沧浪",它就会让你觉得奥妙和了不得!——"文革"期间,当它被改名叫"工农兵公园"的时候,我不知道人们把它看成了什么?——沧浪亭让我寻思,这其中并不能卷起一丁点浪花,只是别具一格地绕以"广水"的地方,又"沧浪"在哪里呢?

以"沧浪"为名,显然取意于《楚辞·渔父》中渔父开导被放逐的屈原的《沧浪之歌》:

> 沧浪之水清兮,可以濯我缨;沧浪之水浊兮,可以濯我足。

这是一首古歌,在楚地流传久远,其喻人不仅要刚直进取,也须豁达心胸的道理,如果还不能算是中国精神,至少可算是一种中国文人的精神。要是把《沧浪之歌》译得更庸俗点儿,那大概就是什么"达则兼济天下,穷则独善其身"了。有意思的是,《楚辞·渔父》将《沧浪之歌》跟屈原"宁赴湘流,葬于江鱼之腹中,安能以皓皓之白,而蒙世俗之尘埃乎"的决心相对立,或者见出屈原之坚贞,或者见出渔父之高超。实则呢?怀沙自沉不过是一种最极端的独善其身。可能正由于作如是想,苏子美,这位一时处境近于《史记》所述屈大夫"谗人间之,可谓穷矣"的诗人,才有了不像屈原那么极端的态度,更愿意"避世隐身,钓鱼江滨,欣然自乐"(王逸《楚辞章句》),从东京汴梁跑到苏州,造了这沧浪亭,号起"沧浪翁"来。

沧浪之水或即红尘,然而若将滚滚红尘作沧浪观,境界可就大不相同了。苏子美在其《沧浪亭记》里述自己"以钱四万得之,构亭北碕"的这座园林,对他来说要紧却又不太要紧,真正要紧的,是给它起了个要紧的名字,以使"予既废而获斯境,安于冲旷,不与众驱,因之复能乎内外失得之源,沃然有得,笑闵万古"。所以,他那首自得的《沧浪静吟》才这样写:

> 独绕虚亭步石矼,静中情味世无双。
> 山蝉带响穿疏户,野蔓盘青入破窗。

二子逢时犹饿死,三间遭逐便沉江。

我今饱食高眠外,唯恨澄醪不满缸。

与其说这个沧浪翁在沧浪亭里的形象是从生活到诗歌的,不如说仅仅是一个诗歌形象。《沧浪亭记》谓:"予时榜小舟,幅巾以往,至则洒然忘其归。觞而浩歌,踞而仰啸,野老不至,鱼鸟共乐。形骸既适则神不烦,观听无邪则道以明;返思向之汩汩荣辱之场,日与锱铢利害相磨戛,隔此真趣,不亦鄙哉!"则是从诗歌形象出发对自己的检讨。

那首《沧浪之歌》,显然成了被削官为民的苏子美生活态度的指针,它也用作了苏子美苏州生活场所的提示。有研究者云,沧浪亭实乃中国园林史上"突出个性,突出主体情致,强调自我实现的文人写意山水园"的一大经典,换言之,它具备真正的诗歌精神。这种诗歌精神在沧浪亭里的具体体现自可明细。要之,这座园林是诗人命名和诗歌想象的产物。并且,透过一首诗,沧浪亭可以被再造一次和数次——欧阳修的《沧浪亭》诗可以为证:

子美寄我沧浪吟,邀我共作沧浪篇。沧浪有景不可到,使我东望心悠然。荒湾野水气象古,高林翠阜相回环。新篁抽笋添夏影,老枿乱发争春妍,水禽闲暇事高格,山鸟日夕相啾喧。不知此地几兴废,仰视乔木皆苍烟。堪嗟人迹到不远,虽有来路曾无缘。穷奇极怪谁似子,搜索幽隐探神仙。初寻一径入蒙密,豁见异境无穷边。风高月白最宜夜,一片莹净铺琼田。清光不辨水与月,但见空碧涵漪涟。清风明月本无价,可惜秖卖四万钱,又疑此境天乞与,壮士憔悴天应怜。鸱夷古亦有独往,江湖波涛渺翻天。崎岖世路欲脱去,反以身试蛟龙渊。岂如扁舟任飘兀,红蕖绿浪摇醉眠,丈夫身在岂长弃,新诗美酒聊穷年。虽然不许俗客到,莫惜佳句人间传。

欧阳修从未到过沧浪亭,可沧浪亭在欧阳修的这首诗中又被发明了。

要是在沧浪亭游园手册的扉页上印上奥斯卡·王尔德那句"不是艺术摹仿生活,而是生活摹仿艺术",此一断言会不会显得更有道理呢?

(2006)

扬州慢

当有人向我转述萨义德的"东方主义",言及"东方"如何以一个他者形象被"西方"生产出来的时候,我会(并非不恰当地)想到,"古代/旧时代"作为一个时间里的他者形象,一个文化旧梦,又是怎么被"现代"生产出来的?十几年前,还没有听说过萨义德及其"东方主义"的时候,这样的思虑就曾从一次不期然的扬州之行里触景而生,不过也因为步移景换,那想法当时就烟消云散了。

这天黄昏开始下雪。几个人刚刚还在南京东郊一家小馆子里温酒闲扯,一个莫名其妙的召唤,杯盏就被抛下,一辆面包车就驰过了长江大桥。车上有时在南京农业大学教英语的柏桦,有因为一句诗而从上海跑去跟他晤谈的我,有骑着自行车从牡丹江到西藏,又从西藏经蜀道转往江南,身体历险了一年多的宋炜。这是趟灵机一动的诗人行,再恰当不过地把扬州选作了他们的目的地。几个人都是头一次探访扬州,之前对这座古城又都满是向往,所以,当天黑了还没有抵达,就不免在内心催促飞快驰行的面包车开得再快些,更快些,好让他们快快进入那慢的境地。另一方面,车上的每个人又都在内心为自己减速,只言片语谈及的,是一个尽管尚未亲历,却仿佛了如指掌的扬州。后来黑灯瞎火地走入扬州的街头巷尾,去一家小旅馆安歇,他们夜视的想象之眼,从看不见里看到的,也几乎不是正履历着的那个扬州。至于一晚上梦见的,当然只能是彻头彻尾的扬州梦了……

八百多年前,也是一场夜雪之后,姜白石过维扬,慨今昔,自度曲,他抒写扬州最点睛的一笔,恰恰是他创建的词牌"扬州慢"。要是改动一下李清照的词,就可以说:扬州,真一个"慢"字了得。然而扬州也曾经快过,这地方是中华民族的发源地之一,春秋时期就已建城,因其优越的地理环境和良好的自然条件,一直以来都是东南地区的经济、文化中心,出现过"即山铸钱,煮海为盐,歌吹沸天"的盛景。正是扬州的极尽繁华,才有了"腰缠十万贯,骑鹤下扬州"这样的豪言和神话。除了它的铺张,让人感兴趣的是这说法里的速度——急疾飞往扬州是为了尽快消费吗?想来是为了做买卖吧。相对于牛耕的农业生活,扬州城里的商业文明可是乘在马车上的。要想超过它,你就得比它还要快。扬州后来的慢,很可能,正因为它竟然那般快过。待姜白石所谓"胡马窥江",扬州城的灿烂华美一再被洗劫,明末清初更遭惨绝人寰的屠城!

文明相比野蛮,其生命力和进取心都要弱一些,弱得多,以至于颓废。然而,我曾讲过,"物质新鲜的光泽消损,它一旦陈旧,诗意的光芒就开始焕发了"。姜白石词中"废池乔木,犹厌言兵"的扬州,却不厌"二十四桥仍在,波心荡冷月无声"。几个诗人懒觉起来后在扬州城里四下找寻的,也是"月明桥上望神仙"(张祜《纵游淮南》)之类的感觉。日常被略去,在扬州,人们要看的是"天碧台阁丽,风闵歌管清"(杜牧《扬州三首》),是"画舫乘春破晓烟,满城丝管拂榆钱"(郑燮《扬州》),是个园、何园的水石花木,是瘦西湖的纤秀,是春风十里和明月夜,至于扬州干丝和皮五辣子,那也已非它们本身,而是他们对一个扬州梦轮廓的勾勒之功。符号化的扬州比现实具体的扬州更属于扬州。那是现代人心目中的古扬州,一段似乎可以重回的慢的时光,一座让你以为能够静看现代之轮飞驰远去的湖心亭。——到扬州旅游的人们,并未到过扬州而想象着扬州的人们,还想再去扬州和再也不想去扬州的人们,期望的都是这么个扬州,一个古代/旧时代,一个现代的他者。对此,诗人们分外上心来着。

不过,日常生活中的扬州其实要快得多,或正从慢中快起来。一份报告显示,扬州一度曾把"现代工业城""大学科技城"作为苦苦追求的目标。扬州的高速公路和环城高架路应有尽有。扬州通镇江的长江大桥已经架设。扬州的网吧里,女孩子们(她们和那什么"扬州美女"刚好是两回事儿)在屏幕上开的聊天窗口一点也不见少。只不过,当扬州人以导游或隐形导游的身份跟你谈起扬州,他就会有意无意地迎合你心目中的那个慢扬州。对那些名胜古迹文化符号的着意保护和旅游经营,则算得上是扬州慢的最佳快法(然而它是否无可避免其快餐的快法呢?)。那个作为他者的扬州,实在是扬州的自我塑造。说起来,一个现代扬州,也一样需要一个作为自身他者的古代/旧时代的扬州啊。

头一次扬州之行以后半年,一个酷暑天,我又为印第三期《倾向》诗刊往扬州去了一趟。快船从镇江开出,正午十二点行到长江江心,头顶的烈日强光和四边江面的反光聚焦,把船上每个人都变成了烤炉里的野味。这时候,遥望隐约的瓜洲渡,想象着"竹西佳处"的扬州,不知道现代化的快船怎么会比扬州还要慢!……那期《倾向》的稿子里,有一首柏桦就头一回扬州之行所写的

只言片语来自写作

诗——《广陵散》,说是——

   一个男孩写下一行诗
   唉,一行诗,只有一行诗
   二十四桥明月夜

(2003)

登泰山

杜甫青年时代所写的五言《望岳》，要算最为人们熟知和赞赏的泰山诗了。它是这位大诗人现存诗篇里年代最早的一首，结尾两句说"会当凌绝顶，一览众山小"。这口号一向深入古今，之前以后，总是有很多人去爬泰山。

《望岳》的最后两句有个出处，即《孟子·尽心上》："孔子登东山而小鲁，登泰山而小天下。"泰山海拔1545米的主峰玉皇顶之所以被认作天下"绝顶"，跟孟子传说孔子的这两句话大有关系。可以读作又一传说的，是亦伪亦真的《孔丛子·记问第五》中的一则，它也提到了孔子和泰山：

> 哀公使以币如卫迎夫子，而卒不能赏用也。故夫子作丘陵之歌："登彼丘陵，峛崺其阪。仁道在迩，求之若远。遂迷不复，自婴屯蹇。喟然回顾，题彼泰山。郁确其高，梁甫回连。枳棘充路，陟之无缘。将伐无柯，患滋蔓延。惟以永叹，涕霣潺湲。"

《丘陵歌》的基调，跟另一首相传孔子所作，同见于《孔丛子》的《获麟歌》一致，所谓"唐虞世兮麟凤游，今非其时来何求，麟兮麟兮我心忧"。那么，"题彼泰山"或登临泰山，除了小天下，大概还得忧天下吧。唐虞以来封禅泰山,也少不了历代帝王的系天下之心。

有论者谓,泰山之于中国人,几乎构成了心理情结。如果去找寻古今人士泰山情结之来历,前面所述或许是一条途径。至于泰山情结之表现,把登泰山当作朝圣仪式是一种,反复用诗词文章碑铭勒石涂抹泰山,甚至以"到此一游"的方式把自己的信息涂鸦于泰山,是另一种或另外种种。正是攀爬泰山和于登山前后登山当时的各式各样的涂抹涂鸦,令这座突兀于华北大平原上的山岳越发成为中国人的精神图式和象征。这却又让人越发要去登这座泰山。非如此,如何去解开那个情结?

一路登上去,诸如"蒲阳陈国瑞子玉恭谒白龙池祠俯洞酌泉小憩而返政和丁酉夏前二日","清邑刘纯叔同李无悔崇宁癸未四月廿五日游此","德充忠玉国宝文仲绍圣丁丑三月九日"之类的题刻摩勒颇为触目,它们让人想起经常能在古旧图书字画上见到的表示收藏占有的墨迹和印章,收藏占有者往往以这种方式附庸自己于奇珍异宝。题刻摩勒也许煞风景,但毕竟令涂鸦者跟泰山发生的关系同泰山一样不朽。另有一路题铭,则可以比作美人身上的彩绘和刺青,像经石峪坊北的"云路",快活三里上段的"曲径通霄"或玉皇庙山门里的"天左一柱",给游人添加了许多玩味。它们参与乃至提炼了泰山,使之从历史发展为神话。

中国的神话正不妨是历史,或中国人愿意从历史中编织神话。三皇五帝不去说它了,始皇帝直到乾隆以及后来者,也渐渐变成了传说和传奇。云步桥侧的五大夫松即一显例。说是秦始皇登封泰山,中途遇雨,避于树下,因树护驾有功,遂封该树为"五大夫"爵位。树后来被雷劈了,清雍正年间又补植五株,今存两株,却仍然非要誉作"秦松挺秀"。这就跟孔子"登泰山"和"题彼泰山"的故事一样神话了。有意思的是,乾隆又要在这历史传说成神话的故事里添上自己的一笔,跟他在许多名胜处做的一样,他写了首《咏五大夫松》,刻成诗碑立在那儿:

何人补署大夫名,五老鬏眉宛笑迎。
即此今兮即此昔,抑为辱也抑为荣。
盘盘欲学苍龙舞,谡谡时闻清籁声。
记取一支偏称意,他年为挂月轮明。

诗写得好不好没啥关系,重要的是你跟这神话发生关系了,就有可能成为神话的一部分。

真正被神话化了的,当然是这座泰山,而泰山神话是由于它的历史,至于泰山的历史,却少不了将之涂抹和涂鸦的一切文字。作为景象,它在你爬到岱顶大观峰崖壁时最集中而直观地展现在那里,不免让你惊叹,这一大块被文字包裹得严严实实的峰峦,恰是泰山缩影——夕阳映照里唐玄宗御制《纪泰山铭》金光灿灿,它的夺目除了体伟幅巨、气势磅礴之外,还因为在它周边,唤作弥高岩的巨石上刻满了五花八门各种言辞篇章,据说其中还有天书般无人能识的神秘符号——整座泰山,不也早已被文字书写成了另外一座山?

它甚至被书写成了好几座山。登山者不仅踏在尘世人格的山路梯级上,也攀援在通往天国的峻峰崇岭间,"中天门""南天门""天街"之类的命名,把已经从历史而神话的泰山又神话了一番。

相较于杜甫的《望岳》,李白"旷然小宇宙"而不仅"小天下"的《泰山吟》,什么"弃世何悠哉",什么"朝饮王母池,暝投天门阙。独把绿绮琴,夜行青山月。山明日露白,夜静松风歇。仙人游碧峰,处处笙歌发。寂听娱清晖,玉真连翠微。想象鸾凤舞,飘摇龙门衣。扪天摘匏瓜,恍惚不忆归。举手弄清浅,误攀织女机。明晨坐相失,但见五去飞",才是更为豪放淋漓变幻离奇的泰山诗呢。

如此,元好问《登岱》诗里的两句:"眼前有句道不得,但觉胸次高崔嵬",又何妨读作面对被以往那么多文字书写成于"胸次"间"高崔嵬"的泰山,已经让人无话可说?所以,接下来似乎也只能"徂徕山头唤李白,吾欲从此观蓬莱"了。

注意一下,在元好问眼前的已不是景,而是句。不过道不得还是可以道,泰山正是在古今不断的道中越来越成了一座非常山。要是英国登山家乔治·马洛用"因为它在那儿"就能把"你为什么攀登珠穆朗玛峰"给对付过去的话,从天子王臣到缙绅商贾到画匠诗家到旅人游客的登泰山者却还得添加点儿,也许用"因为对它的说道在那儿"才能回答"你为什么要爬泰山"吧。

(2008)

东山姿

王羲之《上虞帖》：

> 得书知问。吾夜来腹痛，不堪见卿，甚恨！想行复来。修龄来经日，今在上虞，月末当去。重熙旦便西，与别，不可言。不知安所在。未审时意云何，甚令人耿耿。

这封东晋永和十二年（356年）的回信是写给谁的，已经不得而知，就像此帖原件是否依然存世已经不得而知。这似乎也不怎么"令人耿耿"。不过，因为曾在上海博物馆里得见《上虞帖》的唐摹本，我对上虞，尤其是上虞上浦镇的那座东山，倒有些"耿耿"了——大概猜度王羲之当时"不知安所在"的那个谢安，正隐在上虞东山，于是不免要像李白在《登金陵冶城西北谢安墩》那首诗里所写的那样，去"想象东山姿"……

这大概还因为，就在看过唐摹本《上虞帖》前后，我听说了"浙东唐诗之路"。它指的是一条始于钱塘江边的西兴渡口，沿运河从镜湖、曹娥江、剡溪至天台石梁，登天台山的贯穿浙江东部的古代旅行线路；在《全唐诗》收录的两千二百余位诗人中，竟有四百多人曾经走过这条线路，并且留下了大量与之相关的吟咏踪迹、叹赏景物和怀古幻梦的诗章——要是探寻其中缘由，那就绕不过上虞东山。

　　从地理位置来看,上虞并不在此线路的起始或终点,而是处于转折之地。顺水行至东关镇境,地势拔起,峭然兀立,定会让人一醒倦眼,惹得旅行者把兰渚、法华、云门、会稽、称心诸山一座座浏览,一座座踏勘。到得百官镇境,在西岸为投江抱回父尸的孝女曹娥所立的大庙里,曹娥碑碑阴蔡邕所题"黄绢幼妇,外孙齑臼"八个字总是会引来好奇,据说那是"绝妙好辞"的隐语,算是中华第一字谜;东岸,大舜庙巍峨,庙里竟有三座戏台,再加上舜井、重华石,所谓"三宝",让人留连。经此二庙,再乘舟江上,几经曲折,于上浦镇境,会见到江边山崖高出地面两丈处有一块长约丈余的怪石,横出路面,直指江心,而它的对面则为琵琶洲。"指石琵琶"——这便是东山的重要标志了。尽管上虞东山也像许多地方那样被数到了十景,可是真正奇特的,在我看来,还就是这处。临江崛起的另一块大盘石,则为谢安钓台。相传当年谢安与高僧墨客曾在此二石间弹琴下棋赋诗作书垂钓唱咏,留下了许多佳话。

　　谢氏家族,一时名门。从谢安的祖父谢衡开始,乱世避祸,落籍到了兼有水陆之利的上虞东山。谢衡来时,东山除了国庆寺,几无其他名物。是他修整国庆寺,疏浚始宁泉,继而在东山上建造了供谢氏族人居住的大宅始宁园。谢氏家族曾在东山上经营的建筑和景观,还有东眺亭、西眺亭、白云轩、明月堂、蔷薇洞、洗屐池、调马路等等。只是,这些当时名胜,连同后来谢氏几代辉煌的许多证据,早就泯灭,多已不存。登上这座复归普普通通江南一丘的上虞东山,看见燕子往还,还真会想起"飞入寻常百姓家"这样的句子。尽管东山上修了个谢安墓,谢安在东山留下的,实则就只有"东山再起"这么个成语了。

　　谢安如果不能说是个神童,也一定算是天才少年,识量清远、儒玄兼通、隽秀超群、风采条畅,年纪轻轻就成了名士领袖。然而他在二十一岁时辞官,携妻刘氏回到东山祖居之地,过起了高谢人间的生活,"出则游弋山水,入则言咏属文",家训子弟,雅聚时流,挟妓放任,啸傲林泉;直至四十一岁时,于国势衰微,社稷危艰之际悚忧而起,应召出山;宵衣旰食,再无懈怠,指挥若定,奇迹般地大获淝水一战之全胜,矫正了版图,尔后则又素退为业……独善其身,兼济天下,功成身退,名士风流,这些中国知识分子的人生指标,在谢安这里百分之一百地完全做到了,这的确古今少有。要是比较另一个常常被中国知识分子推崇的人物——从卧龙冈出山的诸葛亮,那么这位蜀相,显然远未达标,由此就更见出谢安的非凡。

　　如此近乎传说的人物事例,很快就由真实颂扬成了神话。而这种质变,常常使得中国历史和总是与之缠绕混合的中国风景显得迷离,引人迷思。它们会是一连串的意象、典故、寓言和象征。它们无法返回了,永远不再是它们本身。

　　"东山再起",这个体现出中国文化和中国心理某种奥义的成语,给了上虞东山一个强大的气场。诗人们被这个气场吸引,朝这个气场汇聚。"浙东唐诗之路"的精神指向,正是这座小小的东山。在某种程度上不妨说,"浙东唐诗之路"的走通,全然是为了走向东山,走向那个曾经隐于小小的东山,中年再起的谢安。

　　可以用李白作为证明。这位最可表征唐代气象的诗人,不远千里,跋山涉水,进上虞,登东山。他一生追慕谢安,赞美谢安之作,多达一十八首。其"想象东山姿"的重点,总也离不开谢安;

"安石东山三十春,傲然携妓出风尘"(《出妓金陵子呈卢六》),"谈天信浩荡,说剑纷纵横。谢公不徒然,起来为苍生"(《赠韦秘书子春》),以及"安石在东山,无心济天下。一起振横流,功成复潇洒"(《赠常侍御》)等等。再如白居易《东山寺》:"茫茫宇宙人无数,几个男儿是丈夫。"咏的也是谢安。杜甫则有句云:"汉主追韩信,苍生起谢安。"(《宴王使君宅二首》)

在对东山的咏叹里,展现的总是谢安的身姿。诗人们所谓的"东山姿",跟谢安的人生姿态合而为一。它几乎就是中国诗人的人间诗意——一个典型的中国诗人对人生得意的理解和追求,也许正在于重合着"东山姿"的谢安之姿。如此,可以说,上虞东山将中国风景的某种特性发挥到了极致。

我一直不知道如何道出中国风景的那个特性。要是站在东山顶上,一定还是不能道出。然而,你会觉得,哪怕你登上东山,什么也没有看到,你仍然享用了一种风景的迷醉……

陆游这么写:"地因人胜说东山。"(《东山国庆寺》)

东山,还真是如此罢。

(2011)

池上楼

谢灵运到永嘉做太守时,东晋已为刘宋所废,他那袭封得来的康乐公被降一等,成了康乐侯。这个以谢康乐知闻的名公子孙的才能,似乎也因之被降了一等——谢灵运自以为足可参与时政机要,可是宋文帝对他却"惟以文义见接,每侍上宴,谈赏而已"。所以,在永嘉,谢灵运颇觉失意,"既不得志,遂肆意游遨,遍历诸县,动经旬朔"。这种作为,看起来似乎消极认同了朝廷对自己的降格以待,似乎他主动对自己的才能也降格以待了。然而,他的颓废其实提升了他的才能,加之跟当时虽然还是所谓荒僻东夷之地,但却山钟灵秀、林毓幽美、草木蒙茸、溪江漫流的永嘉两相化合,令这位诗人有了甚至可以赋予其现代意识的"风景之发现",写下了一系列具有开创意义的山水诗。如此,那位不准谢灵运去时政机要的烂事里瞎折腾,只是跟他开开文艺座谈会,特别是故意将他下放到远方去深入基层、体验生活的宋文帝,倒显得颇有识才慧眼,不妨称其为谢公之伯乐矣。

宋文帝将谢灵运外放永嘉做太守,仿佛还有更深远的企图——经由谢灵运写下的那些山水佳句,一个新永嘉被诗歌造就和推广,并且在时间里传诵至今。这或许可以视作统治者以文化提升地方软实力的一个经典案例。谢灵运以后,永嘉竟变得那么有名;自此谢灵运和永嘉这两个名字合一,具备了一种品牌效应。李白特意跑到这儿,但见"江亭有孤屿,千载波犹存,谢公离别处,风景每生愁"(《与周生宴青溪玉镜潭》)。杜甫送友遥想着那儿:"孤屿亭何处,天涯水气中……隐吏逢梅福,看山忆谢公。"(《送裴虬作尉永嘉》)到了清代,王士禛还在说:"遂渡永嘉来,言寻谢康乐。康乐不复有,但存谢公岩。"(《寄万开来永嘉诗》)……无论才能、诗艺、语言、意志、认知、智识、时代感、历史感、使命感诸方面,这些后辈诗人明显都要强于谢灵运,但他们却未能从谢灵运那儿夺走永嘉而惟有致敬。大概,再没有谁的诗笔,比谢灵运更适宜永嘉山水了。谢灵运最为人传诵的一联诗,所写的恰好就是永嘉:"池塘生春草,园柳变鸣禽。"(《登池上楼》)有意思的是,这两句诗对于永嘉的意义,并非是它们如何神妙地揭示了永嘉,而是因为它们在文学史上的划时代性的某种折射。

折射之一种便是,到了温州,我就打听,是否当地还真有那么个池上楼?得到的答复是:池上楼在温州中山公园积谷山西麓,谢灵运任永嘉太守时,在那儿开凿了一个水池,后人遂把水池叫作谢公池,池畔楼曰池上楼。这个答复,可说是折射之又一种:很难说谢公《登池上楼》写的就是谢公池畔楼,也很难说,谢公在时,他开凿的水池旁边是否有那么个楼。不过,反正,因为一首诗,出现了一处名胜地址,并且在历史上时常被经营。到了清道光初年,任湖南粮储道的温州人张瑞溥引疾辞官还乡,在谢灵运"池上楼"旧址旁购置田地,临池建屋,取名"如园"。

我是在瓯江北岸的一个晚宴上打听池上楼的。晚宴结束时已近乙夜,而且下着细雨,但那个告诉我池上楼情况的朋友还是引我即往池上楼去。渡过瓯江,温州城里的万家灯火朦胧迷离,我们拐向一些暗处,似乎穿越了什么深巷,然后又见灯火,走过一片稍觉空阔的场地,就到了如园跟前。

这个于2000年按清式样貌修整的如园如今开设为一家茶馆,跟内里的雅致清幽相当,门前并不炫耀,夜里也没什么光照,楣上一匾隐约是"如园"二字,似乎清秀着,但看不真切。朋友说门厅原有一联是梁章钜所撰:"楼阁俯城隅,一角永嘉好山水;风流思太守,千秋康乐旧池塘。"现在被收起,换作了跟茶相关的两句。

茶馆的主人是朋友的朋友,而且也是个诗人,有爱情十四行诗集行世。他带着我们到幽静的如园里转。由于雨夜里没什么茶客,四下的安宁显得有点儿寂然。由于从雕花木窗里映出些茶室昏黄的光芒,周遭的黢黑成为斑驳,淡作阴翳,可以隐约看出假山、六角亭、老树、井栏⋯⋯当然我们走到了那个池塘跟前,它的大小和其中的水色却没法儿看清。不过,到了跟前而仍能对它保有想象,不亦佳乎?池对面即中山公园,也看不清,所以,也很好。

接着,我们就直接朝向了我们的主题。从一个略觉逼仄的楼梯口,踩着木阶登池上楼。这楼面阔三间,为重檐歇山顶建筑,楼上东边是走廊,廊外侧设置椅靠。从楼上能面对那泓池水,能听见雨没水面的细声,好像偶尔还听见了蛙鸣。楼上的房屋不太大,做成一间间茶室倒正好。茶室里放些古色古香的桌椅、座榻,墙上字画,在真迹和赝品之间。茶馆的主人说,这儿曾经被用作卫校。这让我想起了苏州沧浪亭,有一阵子做了美专,又有一阵子做了诊所。夏天的时候,在那时候的如园,在池上楼下,也有"忧郁的护士仿佛天鹅/从水到桥,从浓荫到禁药/在午睡的氛围里梦见了飞翔"这种我许多年前在一首题作《病中》的短诗里展开的景象吧?

　　我们坐下来喝茶。茶馆的主人说,前两天,有一位曾被划为右派的老诗人也刚来登了池上楼。不知这老诗人登楼,会是一番怎样的心情。我们聊起谢灵运登池上楼的心情,说他要是没那么点儿低沉忧郁怅惘,今夜我们就不会在此了。这么一说,我们也不知我们在夜里的池上楼懒散开来坐着,啜着茶,听着雨,相看着该是怎样的心情了。我们又讨论起这池上楼该不该开成一家茶馆,明知道没有也不会有一个结论。我倒是觉得,让诗人入驻其间,无论如何也算合适,尤其在如今这么个时代的温州。后来我们讲起了不可思议的温州方言,茶馆主人举出一些词例和音读,逗得我们大笑。我想起作为绍兴人的谢灵运来此温州,如何对付这听不懂的语言呢?他的诗里,有温州方言的营养吗?不过,他发明的谢公屐真是有意思,为什么没有温州人做谢公屐的生意,既然温州的鞋业这么有名?我这么想着,还没把它说出来,突然意识到我们并非只是在池上楼喝夜茶。

(2011)

钗头凤

抵达绍兴之前,你早已抵达过多次——在《越绝书》和《吴越春秋》,在《国语·越语》和《越中杂识》,在鲁迅和知堂老人的多重讲述里。对绍兴的所有讲述作为记忆被你想象,以至你再也到不了绍兴——跟文章所述不同,你看到的绍兴仿佛不是,不再是绍兴。而你感兴趣的那些地点(已经被称作景点),诸如三味书屋和兰亭等等,全都因文章而名世,被文章塑造,也被文章所覆盖。你所见到的格局样式摆设,更是按照文章来造作修葺的,看上去,它们反而是对应于文章的"栩栩如生"呢。你拿出相机为它们拍照,像是在为一些字句的描写拍照,为你记忆中读过的篇章带来的某些想象画面拍照。你站在其间留影,是为了把自己嵌入篇章字句和记忆与想象吗?

那些地点(景点),则正好是语言文章篇什字句嵌入自然造化的证明。沈园是这方面的一个小小的典型。它坐落在绍兴城东南角,离鲁迅纪念馆不远。粉刷过的院墙里围着个葫芦形小池,上架纤瘦的石板桥,点缀些假山,据说都还是宋时旧貌……这儿因陆放翁的《钗头凤》而有了存在和被人参观的理由,而那首词几乎没涉及沈园,只是题写在了当时的沈园之粉壁。

《齐东野语》说,陆务观初娶唐琬,伉俪相得,而弗获于其姑……既出而未忍绝之,则为别馆……然事不得隐,竟绝之。唐后改适宗子士程,曾以春日出游,相遇于禹迹寺南之沈氏园,唐遣致酒肴,陆怅然久之,遂作词叹息:

> 红酥手,黄縢酒,满城春色宫墙柳。东风恶,欢情薄,一怀愁绪,几年离索。错,错,错。
>
> 春如旧,人空瘦,泪痕红浥鲛绡透。桃花落,闲池阁,山盟虽在,锦书难托。莫,莫,莫。

尽管没有在字里行间多提沈园,更别说对沈园有什么"栩栩如生"的着意描写,陆游情真辞显却不太高妙的一首词,还是把沈园从它的环境和周边建筑里凸显出来了——像虚掉背景聚焦于前景的一具石头女体的照片——像前景里那具斧削出来的石头女体般引人注目,它会不会如同皮格马利翁所造的塑像那样获得体温,活动起来,变成一个现实中的超现实女性呢?不用猜想,《钗头凤》的作者一定指望,自己的笔力不止于勾铸一只想象的金属鸟王簪于云鬓,那只凤凰最好能自钗头振翅,盘旋和鸣……

那么,接下去的诗歌接龙就算和鸣吧。开始的时候,它仍然没怎么提起沈园,不过还是为沈园加了分。一首据说是唐琬作答《钗头凤》的《钗头凤》被杜撰出来:

> 世情薄,人情恶,风送黄昏花易落。晓风干,泪痕残,欲笺心事,独语斜阑。难,难,难。
>
> 人成各,今非昨,病魂常似秋千索。角声寒,夜阑珊,怕人寻问,咽泪装欢。瞒,瞒,瞒。

故事又被添上了唐琬"未几,以愁怨死"一段。这首没有题写在沈园粉壁的伪作,也被放进了沈园这只承盛诗词和故事的匣子里,现在更和放翁的那首词并排镶嵌在沈园的一堵影壁之上。

再接下去的诗歌接龙之和鸣,似乎就紧紧环绕着小小的沈园了。《齐东野话》又说,放翁晚年居鉴湖之三山,每入城,必登禹迹寺眺望沈园,不能胜情。——爱人泯然,就只有向爱的遗迹抒发诗情了——

重游沈园时陆游六十八岁:"林亭旧感空回首,泉路凭谁说断肠。坏壁醉题尘漠漠。断云幽梦事茫茫。"

再游沈园时陆游七十五岁:"城上斜阳画角哀,沈园非复旧池台。伤心桥下春波绿,曾是惊鸿照影来。"

又:"梦断香消四十年,沈园柳老不吹绵。此身行作稽山土,犹吊遗踪一泫然。"

七十九岁时,陆游梦游沈园:"路近城南已怕行,沈家园里更伤情。香穿客袖梅花在,绿蘸寺桥春水生。"

又:"城南小陌又逢春,只见梅花不见人。玉骨久成泉下土,墨痕犹锁壁间尘。"

八十四岁,陆游去世前一年,又作《春游》一绝:"沈家园里花如锦,半是当年识放翁。也信美人终作土,不堪幽梦太匆匆。"

沈园完全被诗篇锁定,移作懊悔、伤感、怀恋和空梦人生的吟唱对象,似乎当年沈氏家族筑园的用意,只是为了让人、特别是让诗人陆游凭吊旧爱。放翁的诗词文章不仅嵌入了人家的园地,更将那园地重新塑造,在语言直至现实的层面上将之占据,以致八百年后,沈园又再添陆游纪念馆及连理园、情侣园等蛇足新景,几可直接被目作陆园。为中国爱情诗词大奖赛设一座"沈园杯",并在沈园举行颁奖式之类,则真要把沈园当成了那什么"爱园"!

  在一个冬日乘火车来到绍兴又踏看了沈园的那个人免不了失望……为什么呢?……站在沈园的放翁桥上,你想起你在造访这地方之前的另一个冬日,曾以曲解和猜测重新思量和假设过陆唐两首《钗头凤》及其本事,也曾把沈园那想象的荒芜当成一种情境、意境、心境和身体境况,让一个正在从石头里挣脱出来的女性置身其间……那首诗,看起来也不过是沈园诗词接龙的又一环,甚至,尽管,也许,这一环并不恰切合度:

废　园

风暴到来以前,店铺关门的黄昏
追悔的心情像这座废园
寂寞的女子临窗远眺
她知道那个人
已骑驴进入雨中的剑门

每个夜晚有一次期待。鹰的栖息
瘦小的街景和雷霆之怒
春天的女子在暗影深处
她手边一封信
泛黄了灯光

这时候一匹马突围又突围,有如
羽箭,从驿站向下一个驿站

钗头凤

飞射——它想要击中那
缟素的心——在黄昏过后
被传递的词章已扩散开来

她甚至分辨了最弱的音节,这
废园的耳朵,这废园的相思
她唱和的笔端伴以残酒
她知道那个人在同样的灯下
在倾听同样的风暴灌满

(2005)

曾埋玉

围绕某地方景点处所编辑诗话,猜想起来,跟西湖相关的会最丰满。尝见一书目单上列有《西湖诗词新话》,心知当然就还有旧话。只是时到今日,旧话新话都未觅得,还是无法于用时不用时从架上抽取。不过有一则那些新话旧话里肯定没有收录的话头,会在憾于不能斜依侧坐半躺着将它们乱翻之际偶尔忆及。

1995年,张枣曾跟我从上海到杭州一游。这个二十出头就去了德国,三十大几才得以回来探看,对所谓江南虽有个概念,但还没什么体会的诗人,在白堤上走了一程,过断桥,过锦带桥,站到平湖秋月三面临水的茶室石台前,置身于波澜初收,千顷一碧,而又旁构轩檐,装饰着曲阑画槛和樱花烟柳的境地,不免叫道:"啊呀我知道了……我知道那是怎么回事了!"后来我们又上了游船,渡向湖滨,其间时而谈景论诗。上岸那会儿张枣问我:"你觉得现代诗最难的会是什么?"我一时不知如何设想,也不打算把玩乐途中的话题拽离眼前形胜,就随口答曰:"最难的大概是用现代诗去写这一泓西湖。"略想了一下,我记得张枣浑身一凛……

《冷庐杂识》云:"天下西湖,三十有六,惟杭州最著。"《履园丛话》则说西湖周遭"古迹之多,名胜之雅,林木之秀,花鸟之蕃,当为海内第一。"这湖其实不大,几乎浅显,绕行一周也就15公里许,平均水深只约1.5米,但它却的确算是个渊薮,其间汇聚着诸多新语佳话旧梦传奇,以至古代文明和古典文化从风物到风流的千面百态,都在它的水痕间有一个精致缩微的盆景式倒映。不会被忽略,因为总是用作夸耀的,是古诗词跟西湖的对位关系。譬如这湖先是"负郭而西也,故称西湖云"(《西湖游览志》);后来苏东坡有"欲把西湖比西子"句,它便成西子湖而简称西湖了;再后来,清人又画蛇添足要把它名作美人湖,却鲜有响应,想来"若把西湖比西子,西湖原是美人湖"这种句子太过蹩脚了。又譬如西湖的白堤和苏堤,之所以如此命名,仿佛是这两个曾在杭州为官的诗人下令筑此二堤,实在是西湖要以此方式纪念白居易和苏东坡写下了与西湖相关的传世诗篇。举凡湖上风光景致,沿湖山寺市井,酒肆茶村,岩泉花树,也全都以其殊胜而被歌咏,又靠着歌咏的妙意点化出奇入神,西湖更加名世而最著,成为海内第一了。

只需看一下西湖及其周遭美不胜收的风景,再听听那些新旧风景的命名之辞,什么"雷峰夕照""三潭印月""满陇桂雨""宝石流霞",你就能意识到此地和彼词间那种气息韵致同构相通的诗意和谐。探究下去,命名之辞和被命名的风景深处,是历史和传说,政治和艳情,掌故和小说,逸闻和戏文,当然更在在少不了丽句清韵及其本事。还需要例举那些耳熟能详脍炙人口的西湖诗词吗?张祜的"碧湖深影鉴人寒",钱起的"渔浦浪花摇素壁",白居易的"柳色春藏苏小家",柳永的"杨柳岸晓风残月",杨万里的"一杯痛饮吸湖山"和林昇的"山外青山楼外楼"……要是并不认为古典诗人也有他们的写作母题,那么西湖至少像是个母体,以自身为题材繁衍了那么多名篇佳构。

值得玩味的,是西湖风景的人工化,其草木鱼鸟、砖瓦土石、长堤曲径和光影建构,都是那样的适度有致,玲珑精纯;其法则,总归跟讲究的诗律平仄起承转合、词曲音准乐调合辙庶几相似。转念一想,西湖之成为例如被那个超级孑遗张子宗魂系神牵,"无日不入吾梦中,而梦中之西湖,实未尝一日别余也"的所在,难道不是由于它几乎是墨客骚人们生养出来的吗?它的那种温柔水灵,鞣化婉约,明媚旖旎直至云谲雨蒙,特别是它的"浓妆淡抹总相宜",难道不是被诗词曲赋们当作了女儿又兼情人地娇宠羡爱的结果吗?名姬而水色,西湖而西子,香草美人的屈原以降,诗人的语法往往如此,往往最喜欢沉湎其间。西湖呢,刚好能完成最惬意的沉湎。走到断桥旁边的苏小小墓前,你就会读到慕才亭上的这句上联:"湖山此地曾埋玉"……

卡夫卡写道:"一只笼子去寻找鸟儿。"我则以为,不同的笼子要找的鸟儿并不一样。反过来说,诗材也只心甘情愿于合适的诗式。西湖显然最和古诗缱绻缠绵,这当然跟它们或可类比为两小无猜的来历有关,也因为这两者的确声气相求,水乳相融,精神相通,心心相映,不断完善着相互塑造,直到仿佛完善过了头。要是再略分古典诗式,我会觉得,词和楹联才最般配于这泓西湖。现代诗之难以把这泓古典情怀的西湖拥抱进自己的情怀,似乎不言而喻。也的确没见过一首把西湖写得像模像样的现代诗;试图去写西湖的现代诗,也并未见有像模像样的。和对位于西湖的古诗大异,西湖的情趣,跟现代诗几成反对位的关系,其格格不入者,正可从现代诗之否定古诗的一般基础这一出发点见出端倪。西湖和古诗实为一体(删去了诗词曲赋的西湖仍然还是西湖吗?),那么,用现代诗去写这一泓西湖,难就难在这就相当于用现代诗去写一首古诗!无论如何,西湖都是诗的,太诗的,这种被浸泡得太多太久太湿的诗,现代诗几乎欲以制罪!可难就难在现代诗并没有资格怪罪西湖——这跟你不能去怪罪跟别人恋爱得死去活来,却根本不回应你写给她的不得体情书的美人还不一样——要是"啊呀我知道了……我知道那是怎么回事了!",那又如何将那所知的道出来呢?强调自我的现代诗要是也想像纳西索斯般揽西湖之镜自照一番,湖面上现出的一副尊容,怎么也不会是古诗词的人面桃花吧。或许,现代诗更欲探身进去,打捞淹埋于湖之镜相背后的金玉。可难就难在,这样做,自己都觉得煞风景。

(2005)

此地何

出杭州东北向约一百八十公里,便到了上海。这座城市夹黄浦江和苏州河峙立,吴淞口内外巨轮往还,陆海空阔。跟西湖之水晴光雨色的闲静安逸截然不同,二小时车程以外,是河海江洋的滔滔浊浪,为上海带来疾疾催迫的拍岸涛声。要是诗人们仍然愿意以流水比拟光阴,那么上海的时间节奏,它的时态,就像它水质的泥沙浑然,何止相差西湖两个钟点!要是真可以杜撰一种诗学的空间地理,那么咏上海之诗的节律音量速度语调比诸杭州诗词,一定较黄浦江、苏州河跟西湖、钱江的距离还要大,该是十万八千里而非一百八十公里吧。

站在外白渡桥头作此感想,我又记起曾读到过1904年《警钟日报》上蔡元培题作《新上海》的社论,说是:

> 黑暗世界中,有光艳夺目之新世界焉。新世界安在?在扬子江下游,逼近东海。海上潮流,紧从艮隅涌入坤维,左拥宝山,右锁川沙,近环黄浦,远枕太湖,遵海而南,广州胜地,顺流而下,三岛比邻,占东亚海线万五千里之中心,为中国本郡十八行省之首市。此地何?曰上海。美哉上海,何幸而得此形势!

要把如此这般设想的新上海当成想象中的新世界大肆夸耀讴歌,最配合西湖的旧诗词显然太过拘泥,几乎难展张力。甚至连十几年光景后开始刊行的胡适之温和尝试的白话诗也还不称职,大概得惠特曼那样欣然豪迈的声音才过得去——从那篇社论里,或已能辨出这种声音——而惠特曼的声音,实乃周行不已于现代诗声音穹窿的一颗太阳!后来抒写上海的现代诗,譬如80年代宋琳等人的上海城市诗和2000年张枣赠我的《大地之歌》,正时不时闪现这种声音的强光。大概因为,上海刚好"得此形势",它那些摩登摩天的玻璃幕大厦,最能反映现代诗的光影幻化。

不过,上海的艳阳天不多,尘蒙烟霾不少。在它被喻为(誉为?)"东方巴黎"的诞生成长拓展繁盛里,其苦闷的阴翳和恶的华美,却刚好又要被波德莱尔那般现代诗星空里的冷月照临。回头再读一下,咏上海的诗篇从来都不阳光普照,声音里甚至总有着恍惚忧郁和黑暗决绝,康白情的《送客黄浦》可算例外吗?那么郭沫若的《上海印象》呢?更别说王独清的《送行》,胡也频的《惆怅》,徐志摩的《西窗》,艾青的《春》和路易士的《潮》了……即使特朗斯特罗姆满是喜悦好奇,"因踏上这条街的甲板而感到幸福"的《上海的街》,也还有其"疲惫时出现"的"腥涩"。

抒写上海的诗篇在上述两类光芒里移转——现代诗声音的日新月异,也许还没有最淋漓、贴切、摄魂动魄地嚎呼啸叫或浅唱低吟出相称于上海那太过迅疾的日新月异,但上海的诗歌可能性,因为其鲜明不含糊的现代性而只属于现代诗,却实在早已不会被怀疑。就像现代诗是世运时势发明给汉语的一种诗式,上海也几乎是世运时势发明给中国的一座超级都市,两者间的对位同构,甚至比西湖之于古诗词还要恰巧密合。

无法在此全面探讨,那么且先试讲一端:上海得以从旧世界里翻新为新世界,其中正不乏翻译功效,有如现代诗所操的现代汉语,怎么也逃不脱翻译的干系。要是嫌谈论上海人徐光启以翻译启发汉语新词扯得太久远,就不妨说,现代汉语的许多词汇,恰是从上海制造局制造出来的——傅兰雅(John Fryer,1839—1928),这位英国传教士为使译事有序而订立的几条造词标准,几乎是伴随现代汉语生成的最初规则。

而现代汉语活力的生成,跟上海人对另一种语言规则肆无忌惮的破坏相关——那种典型皮钦语的洋泾浜英语,在现在筑起了高架的延安路一线活跃了上海人的话语方式及其思维,它蔓延开来,在速度中变异,也为汉语带来了新的说法——为此,杨勋特意戏作了《别琴竹枝词》百首,记咏当时上海洋场的滑稽怪话,这倒也算是另类"诗言志":以诗的方式志录言俗——忍不住,我要抄下三两首好玩的在此:

清晨相见谷猫迎,好度由途叙阔情。

若不从中肆鬼肆,如何密四叫先生。

谷猫迎:good morning。好度由途:how do you do。肆鬼肆:squeeze,敲诈。密四:mister。

小车名片总称揩,灰二车轮沙四鞋。

买得尘帚勃腊喜,照牌新做煞因排。

车(car)、名片(card)在洋泾浜英语中均读作"揩"。灰二:wheel。沙四:shoes。勃腊喜:brush。煞因排:sign-board。

割价泼来四克丁,临期握别说青青。

雪唐因碎雪里破,坐卧安然在内庭。

泼来四克丁:price cutting。青青:chin chin,此处为再见之意,源于汉语的"请、请"(?)。雪唐因碎雪里破:sit down in side,sleep,下一句"坐卧安然在内庭"即此句的汉译。

实在那一百首每首都好玩,都值得玩味。它们非诗而诗,非汉语而汉语——当然我无法说"雪唐因碎雪里破"之类英语而非英语或非英语而英语——它们似非而是又似是而非,要看你从哪个角度去看它们。竹枝词本为泛咏风土的传统诗式,杨勋在此将其打油化,盖因一本三正经的古诗正道实在无奈于不三不四的上海洋场,其以滑稽为策略,似可化解这种尴尬。不过其滑稽感的产生,却来自认同那个滑稽之对立面的语言态度。

语言态度有时几乎是一种世界观。我想说的是,当有人把这种翻译间的语言别扭翻过来对待,翻过来期望,一种全新的诗歌方式几乎就产生和成立了。站在这全新的诗歌立场上,上海就不会是一个滑稽或一种尴尬,而是一个值得去追问"此地何"的所谓"新世界"。回想起来,现代诗到了黄浦江边就这么追问着,绝不像旧诗词对西湖那么有把握。尽管上海这个新世界之现代性的确立仿佛早已不在话下,可现代诗还是要追问"此地何"。它也一直在反躬自问着。

(2005)

随笔

三 题

丧失了歌唱和倾听

布罗茨基在论述曼杰斯塔姆的一篇文章里说:"'诗人之死'这几个字听起来总是比'诗人之生'这几个字更为具体。这也许由于'生命'和'诗人'就它们实际的模糊性而言几乎是同义词,而'死亡'——即便作为一个词——也跟诗人自己的作品,即一首诗那样明确。"布罗茨基的这一说法是否关照了有关诗人之死的另一个事实呢?——诗人之死总是要令人思索那个死亡事件背后的含义,正像一个合格的读者总是要发现一首诗的真谛。现在,当我面对两个诗人,海子和骆一禾的死亡,我所关心的也不仅仅是这一事件本身。

海子死于自杀。1989年3月26日下午五点三十分,他在山海关和龙家营之间的一段慢车道上卧轨,被一辆货车拦腰轧为两截。他带在身上的一份遗书说:"我的死与任何人无关!"海子把遗稿全部托付给了骆一禾,这些遗稿包括巨制《太阳》(由诗剧、长诗、大合唱和小说等构成),三百多首抒情短诗和一些其他作品。在海子离去后的第四十九天(5月14日),骆一禾因脑出血晕倒在凌晨的天安门广场。他被送往医院做了开颅手术,但是不见疗效。昏迷了十八天之后,他于1989年5月31日下午一点三十一分在北京天坛医院病逝。骆一禾的绝笔,是5月13日夜写成的纪念海子的文章《海子生涯》。

我曾见过骆一禾一面,那是去年夏末一个黄昏,在北京的鲁迅文学院。当我走进屋子,一禾正凭窗而坐。他在倾听——鸟啼、虫鸣、黑夜落幕的声响……他是那种南方气质的诗人,宁静、矜持、语言坚定。他谈的是海子,说话的时候,眼光闪现出对诗歌音乐的领悟。一禾给我来信,谈的也是海子,以及海子之死。

由于他那凭窗的姿势,我把一禾看成了一个倾听者,一只为诗歌存在的耳朵。而海子则是嗓子,海子的声音是北方的声音,原质的、急促的、火焰和钻石、黄金和泥土。他的歌唱不属于时间,而属于元素,他的嗓子不打算为某一个时代歌唱。他歌唱永恒,或者站在永恒的立场上歌唱生命。

海子的悲哀可能是,他必须在某一个时代,在时间里歌唱他的元素。他带着嗓子来到世界,他一定为这个世界上的迅速死亡——尤其是声音的迅速消失而震惊。这个世界迫令他在短暂的几年里疯狂地歌唱,并且不满足于只用一副嗓子歌唱。海子动用了多重嗓音,鸣响所有的音乐,形成了他那交响的诗剧。美丽、辉煌、炽烈,趋向于太阳。如此广泛和深入,如此的歌唱加速度,逼使他很快到达了声音的最高度,到达了令声音全部返回的洪钟的沉默。永久的沉默。这样的沉默过于彻底——海子自己扼断了自己的歌喉!

海子趋于最优异的歌唱。与海子的歌唱相对应的,是骆一禾优异的倾听之耳。一禾有同样优异的嗓子,然而其倾听尤为可贵。

他谈论的始终是他的倾听,他愿意让其他的耳朵与他共享诗之精髓和神的音乐。一禾的这种优异,集中于他对海子歌唱的倾听。当一些耳朵出于不同的原因纷纷向海子关闭的时候,一禾几乎是独自沉醉于海子的音乐,并且因为领悟而感叹。今年春天,一禾以演讲"我考虑真正的史诗"透彻地分析了海子。那是对海子诗作颇多创见的丰富。

对于诗歌,歌唱和倾听同样重要,有时候,倾听对于诗歌实在更加根本。在海子和骆一禾之间,事情就是这样——由于一禾特别恳切的倾听,要求、鼓励、磨炼和提升了海子的歌唱;由于一禾特别挑剔的倾听,海子的嗓音才变得越来越悦耳——

黄金在天上舞蹈
命令我歌唱

倾听者正是歌者的黄金。

他们毕业于同一所大学,如此年轻,又如此杰出,在这个世界上短暂地停留。死的时候,海子二十五岁,一禾二十八岁,他们最重要的作品都还没有完工。他们是一对密友,互相敬佩和热爱,生活在同一座城市,一个尽情歌唱,一个就倾听和沉思。他们对大真理怀有同样的热情和信心,竟然在同一个春季相继离去。当一个扼断了自己的歌喉,另一个也已经不能倾听;当优异的嗓子沉默以后,聒噪和尖叫又毁坏了耳朵。由于这两个诗人的死,我们丧失了最为真诚的歌唱和倾听。

(1989)

诗歌烈士

海子曾写过一首有关法国天才诗人、通灵者兰波的短诗,题目叫《诗歌烈士》。当我们谈论海子,我们有理由用对兰波的敬意来称呼海子自己。说海子是"诗歌烈士",当然跟他年轻的死亡,跟他选择的死亡方式有关。那次死亡对海子和他的诗并不意味着结束,而是意味着超越。骆一禾曾以一个比喻论说海子,他写道:海子的生涯"等于亚瑟王传奇中最辉煌的取圣杯的年轻骑士,这个年轻人专为获得圣杯而骤现,惟他青春的手可拿下圣杯,圣杯在手便骤然死去,一生便告完结"。这似乎说,跟大多数死得太晚和死得太早的人不同,海子死得其时。

法国作家马尔罗在小说《人的命运》里借吉佐尔之口说:"造人九月,杀人一日⋯⋯造人岂只九个月,而是需要六十年。六十年的牺牲、意志与其他种种!而当此人一旦造就,当他身上再没有童真、青春,当他真正成人,则惟堪一死。"这话在相反的向度略似中国古训:朝闻道,夕死可矣。只是马尔罗要比孔子极端。而海子,我们看到,他用冲刺的速度,以全部青春生命和意志为诗歌牺牲,最终选择死亡来标点他灿烂诗篇的惊叹号。

海子熟悉的尼采认为,死亡是人生应该学习的最美的庆典。死得其时,则生命意义完全发挥,命运被战胜,并且带给生者激励与应许。海子的死,或可作如是观。

自杀前一个月,他谈到对自己和诗歌的希望:"我的诗歌理想是在中国成就一种伟大的集体的诗。我不想成为一个抒情诗人,或一位戏剧诗人,甚至不想成为一名史诗诗人,我只想融合中国的行动成就一种民族和人类结合,诗和真理合一的大诗。"海子的诗,正是他所希望的越来越趋向行动的诗,而他的诗歌行动,则以青春生命为手段和代价。他的诗歌走向导致了他的1989年3月26日黄昏——这次自杀作为一项最后,也是最初的行动,又反过来成为海子诗歌重要的一部分。

他所选择的死亡满是独特的诗歌仪式——那像是刻意的诗歌行动!现在我们去诵读他的诗篇,会发现许多成为谶语的句子。诗剧《太阳》里,海子写道:"我已走到了人类的尽头/我还爱着。虽然我爱的是火/而不是人类这一堆灰烬。"并且,他几乎预言了自己死亡的方式,在《弥赛亚》的《献诗》中他说:"让我用回忆和歌声撒上你金光闪闪的车轮,/让我用生命铺在你的脚下……"在《太阳》里他又说:"我的太阳之轮从头颅从肝脏匆匆碾过","那时我已被时间锯开/两头流着血,碾成了碎片"。海子也谈到了他的死跟诗歌的关系:"我们在碾碎我们的车轮上镌刻了多少易朽的诗?"他断言:"幻想的死亡/变成了真正的死亡。"海子还告诉我们:"尸体是泥土的再次开始/尸体不是愤怒也不是疾病/其中包含着疲倦、忧伤和天才。"这些诗句,直接指向了海子的行动。

海子是在那些被称为天才的诗人的影响下开始写作的。他称他所热爱的诗人为"王子·太阳神之子"。在海子的众神谱里,有三种诗人。除了集体祭司——他们是荷马,《圣经》和古印度史诗作者等一些口头诗歌的创作和吟唱者——和太阳王子外,还有被称为王者的人物:但丁、歌德和莎士比亚。海子"珍惜王子一样青春的悲剧和生命",同时又渴望上升到王者的高度。但是,就像海子自己所说,他最想要做的是"融合中国的行动成就一种民族和人类结合,诗和真理合一的大诗"。他希望把诗歌重新带入"人类集体宗教创作"之中。海子发愿道:"但丁啊,总有一天,我要像你抛开维吉尔那样抛开你的陪伴。"他预感并且欣喜于"当代诗学中的元素倾向与艺术家集团行动集体创造的倾向和人类早期的集体回忆或造型相吻合",海子问:"人类经过了个人巨匠的创作之手后,是否又会在二十世纪以后重回集体创造?!"

骆一禾指出:"海子是从激情的道路突入史诗型作品的诗人。"这表明,作为生命,海子渴望燃烧和爆炸;作为英雄,海子渴望伟大和永恒;而作为一个贡献给诗歌的人,海子渴望投入到像金字塔那样浩大的真正的史诗中去。海子的诗歌走向,是回溯的,并不以到达源头为终止,而是要进入到石头里去。这种诗歌走向跟我们许多人从浪漫主义通过马拉美走向现代主义的顺流方向相反——从王子,通过王者重回民间、口头吟唱和真实的行动,这绝无仅有——其核心则是越来越激烈喷发的激情和天才。海子想用跟马拉美相反的方式解决马拉美提出的"缺憾不全的语言"无法传达和保持"血肉俱全的真理"这一命题。海子没有虚构一个对应的纸上乌托邦来抗衡表象世界,而是以一个采玉者的手段,剖开表象之石,去获取核心的美玉。他的回溯因此也不可能以诗歌的源头为终点,而终于要走出诗歌,进入真实世界。海子最后的诗篇,的确是这种从头脑返回了身体的诗歌,具备着伟大的民间性。

海子的短诗从神秘到真理,从美丽到朴素,从复杂到单一,从激情到元素。而在他的《土地》《太阳》《弥赛亚》等长篇巨制里,除了这些特性以外还有血腥、粗暴和大力的行动。海子的诗就像他自己所说的,已经涨破了诗歌的外壳。那不只是巨人,而且是恐龙。他的作为诗歌行动的年轻的死亡,其性质也已经不同于他所敬佩的太阳王子们的悲剧。因为海子的死不是由于命运,而是由于反命运。他用他自己独创的诗歌走向代替了宿命,去完成他所相信的美的庆典。他的诗人生涯就像是夸父与太阳竞走。他的死亡是因为这样一个灿烂的事实:进入太阳,然后"弃其杖,化为邓林"。

我们可以说海子是死于不可能的伟大梦想。但他的死提醒我们抬眼去看见曙光,令我们重新思考诗歌的远景。从这一意义上说,海子就更是一个"诗歌烈士"了。

(1989)

偶然相逢

去年秋天我到北京,某日与几个朋友驱车昌平。车过中国政法大学门前,朋友中的一位突然提起了海子之死。没有人搭腔。车开得飞快。也许,在90年代差不多已经过尽之时,又跟80年代末的那次死亡偶然相逢,不免让人有几分恍惚。不安的沉默过后,车厢里未能把话头变成接力棒的那位,用"在我们和海子之间竟已有十年距离"这样的叹喟,收束了没怎么打开的话题。现在略记当时情景,我又联想到米沃什一首以"驾车奔驰"开头的短诗。它正题作《偶然相逢》。诗人忆及"猛然间一只野兔在路上跑过,/我们中有人用手指点",但"那是很久以前。而今——/那野兔和挥手的人都已不在人间"。——我们则还坐在奔驰的车里。跟米沃什的诗意不一样的是，让我"感到纳闷，惊惶"的并不是"他们在哪里?"而是我们"去向何方?"十年过去了，尽管海子之死依旧是疑问或神话，海子现在"在哪里"却越来越明白无误。对于读者和研究者，厚厚一册的《海子诗全编》已不算陌生，用以"指点"海子的词则（奇怪地）越来越确定，就像海子这个名字在文学史的某章某节里会有一个确定的位置。青春，抒情，纯粹，激情，即兴，才气，隐喻，梦想和乌托邦——这样的海子对于仍坐在奔驰的车里，与之"偶然相逢"的我们，又是一个奇异的标识物：似乎"我们中有人"以怎样的方式"用手指点"，就足以表明指点者"去向何方"。但出于褒扬或贬抑的对海子的"指点"，能表明的只不过是"指点者"并不确知该"去向何方"。重新注解那几个确定下来、局限了海子的词，90年代，甚至将度过90年代的"我们中有人用手指点"，要将他跟我们——永远处于现在的我们——区别开来，因为海子是80年代的，说不定更旧，是农业时代的。这样的"指点"让我们自信我们的汽车"奔驰"得真快。跟用于海子的那些词大不相同，"我们中有人"已经中年或后现代了，叙事、复杂、反讽、冷静、控制、操作、拒绝隐喻和只想着当下。这样的指点者"偶然相逢""在路上跑过"的"一只野兔"，那么，不成熟和不够伟大的也许只能是被指点者。

海子之死翻过了被称为80年代诗歌的那一页，接着的一页——90年代诗歌，才得以翻开。它尽量要人把它看成另辟的一章，像汽车拉力赛之于长跑的另一项运动。汽车拉力赛之于长跑倒的确是另一项运动，但绝不是更好的运动，正如90年代诗歌如果是比80年代诗歌更近于现在的一章，却未必是更新鲜的一章。

当我们仍坐在奔驰的车里,与一个死者的身前所在地或他的忌日偶然相逢,无异于"很久以前"那个在车上"用手指点"的人,我们中又有人"用手指点"。这一次,很可能,被指点的正是当年的指点者。而当"我们中有人"也像十年前的海子,从奔驰的车上下来,并成为"野兔在路上跑过",他是否有幸跟仍"驾车奔驰"的那些人偶然相逢呢?他是否也值得"有人用手指点"?"有人用手指点"说这儿或那儿的时候,他是否清楚自己在哪儿?他又会在哪儿被人指点?仍坐在车上的"我们中有人用手指点"不在车上的这个或那个,他是否能够意识到,被指点者因此更在我们中间?

(1999)

四 题

诗歌圣徒

奥顿的《小说家》开头道:

> 装在各自的才能里像穿了制服,
> 每一位诗人的级别总一目了然;
> 他们可以像风暴叫我们怵目,
> 或者是早夭,或者是独居多少年。

> 他们可以像轻骑兵冲向前去:

接着转而论小说家——却让人以为全篇所议皆是诗人。

显然,前几句所提及在写作内外,主要是在个人生活内外发展其形象神话的这路角色,刚好为小说家所不屑——昆德拉这么说:"当卡夫卡比约瑟夫·K更引人注意时,卡夫卡死后的生命就开始结束了。"福楼拜这么说:"小说家的任务就是力求从作品后面消失。"纳博科夫发誓:"任何传记作家都别想瞥一眼我的私生活。"福克纳则只愿意"作为一个私人从历史中消失和隐没,不留下痕迹,除却印成的书籍之外不留下任何废物"。而当有人问恰佩克为什么不写诗,他回答:"因为我讨厌说我自己。"

——小说家尽量避免去成为明星:

>　　　　……他
>必须挣脱出少年气盛的才分
>而学会朴实和笨拙,学会做大家
>都以为全然不值得一顾的一种人。
>因为要达到他最低的愿望,
>他就得变成绝顶的厌烦,得遭受
>俗气的病痛,像爱情;得在公道场
>公道,在龌龊堆里也龌龊个够;
>
>而在他自己脆弱的一生中,他必须
>尽可能隐受人类所有的委屈。

跟"装在各自的才能里"的诗人不同,小说家是一个不断的放弃者。不仅放弃(挣脱)才分,而且放弃自我。这种小说家式的放弃,到了诗人这儿,几乎要造就圣徒——这种样式的圣徒,在诗人们中间的确稀缺。而要真有所谓诗歌圣徒的话,他的某个剪影,或许,会很像奥顿所写的小说家。他得学会放弃自我,超越成功,在热爱中完满。一个诗歌圣徒最终能达到怎样的完满呢?……他有着对诗深切的理解,他具备创造杰作的智力和心力;他的生活倾向于诗;诗,成为他每一个行为的动机和准则,成为他的信仰和目的。

(1990)

技艺真诚

老庞德说:"技艺考验真诚。"技艺对诗人的确致命——如果真诚算得上诗之生命的话。一个诗人,他可以装扮成思想者、宗教狂、愤世嫉俗的人,装扮成见证、担当或声称去介入的角色,但他却不可能装扮成语言演奏家。演奏家无法装扮,他得靠考验真诚的技艺来确保。

总有些诗人喜欢尽可能高深莫测,却不愿意(其实是不能够)具体而微地谈论技艺。相比起来,真正的演奏家没有半点儿心虚。他们绝对注重技艺、衷心热烈、明白无误地谈论其细节。

海菲茨会说:"在弓根换弓时,应当感到弓是手臂和手腕的延续。"拉吉罗·里奇会说:"在颤音的训练中,练习短的、快的颤音比练习长的、慢的颤音更有价值。"托西·斯皮瓦可夫斯基则会说:"如果以较平的姿势持琴,那么不管演奏哪一根弦,都可以充分利用弓的重量。"

伟大的语言演奏家,也更以那种匠人或教师的真诚关心着诗的技艺细节。布罗茨基在做关于现代抒情诗的演讲时告诉听众:"做诗的时候,你必须将形容词压缩到最低限度。设使有人用一块能隐去形容词的魔布盖在你的诗上,纸上应仍然是一片黑压压的名词、副词和动词。而名词是你最好的朋友。另外一条,不要用相同词性的词押韵。你可以押名词韵,而不应该让两个动词同韵,押韵的形容词则是诗家的大忌。"说出了有关技艺与真诚那句名言的庞德,则有这样一个故事:他的一个年轻同胞来到英国,带了一些诗作向他请教;好长一段时间,庞德端坐着为一首诗绞尽脑汁,最后抬起头来说:"你要用上九十七个词,我发现它用五十六个词就行了。"

(1991)

光风霁月

在夏天午睡的凉榻上读周作人译式亭三马《浮世澡堂》,注意到译者引言所录为永春水的一篇短文。短文称式亭主人"性素拙于言辞,平时茶话尤为迟钝,故人称为无趣的人,且是无话的人。贾客而是骚人,背晦而又在行,居在市中而自隐,身在俗间而自雅。语言不学江湖,妄吐之乎者也,形容不仿风流,丝毫都不讲究。豪杰的结交,敬而远之,时流的招待,辞而不到。既非阴物,亦非阳气,不偏不倚,盖是中通之好男子也。偶对笔砚,则滑稽溢于纸上,诙谐走于笔下",所以,"恰如光风霁月云尔"。

"光风霁月",原是黄山谷比喻周茂叔胸中洒落的说法(《宋史·周敦颐传》),周作人认为"这里拿来应用得恰好"。像这种清雅守中、不逞其才、洁身自适的洒落襟怀,虽然属于美好或丑陋的旧时代,已经很难在今生今世重新得见,但却(奇怪地)仍然是眼下人所熟知、景仰、甚至愿意用以自视和自比的。尽管,正如"洒落"在日语中另具"爱打扮"和"俏皮"意味,式亭三马式的光风霁月里也还有着自我虚饰和游戏人生的阴影,其实并不是我想拿来作比的诗人德行之尺度。

可用作诗人德行尺度的，或是另一旧时代人物——约翰·塞巴斯蒂安·巴赫。他有另一种并不与式亭三马相近相似的光风霁月。没什么游戏的成分，不知道天才为何物，多的是虔敬、诚实、劳动的幸福和内心宁静的生活——从保·朗多尔米的《西方音乐史》第七章里，你可以读到：

> 巴赫纯朴、谦逊，并未意识到自己伟大的天才。在一片赞扬声中，他仍谦虚自持，专心研究前辈与同辈作曲家的作品。他高度评价亨德尔这位天才，因无缘与他相见一面而深感遗憾。他创作的目的并不是为后代人，甚至也不是为他那个时代的德国，他的抱负没有越出他那个城市，甚至他那个教区的范围。每个星期他都只是在为下一个礼拜天而工作，准备一首新的作品，或修改一首旧的曲子；作品被演出过后，他就又把它放回书柜中去，从未考虑拿来出版，甚至也未想到保存起来为自己使用。世上再也没有一首杰作的构思与实践像这样天真纯朴的了！

(1992)

诗怪金发

将白话用作诗歌语言的新诗，刚出现时，难免被当成一种怪诗。等到后来人们见怪不怪，新诗界里却又出现了一位"诗怪"，那就是所谓第一个汉语中的象征主义诗人李金发。这位籍贯广东梅县的年轻人,原名李淑良,因自称梦见白衣金发的诗歌女神而给自己起了"李金发"这么个笔名。他自幼在家乡私塾读书,1919年赴法勤工俭学之前,对其时中国风起云涌的新文化运动闻所未闻,毫无用白话写作的意识和经验。1921年他就读于第戎美术专门学校和巴黎帝国美术学校,在法国诗歌特别是波特莱尔《恶之花》的影响下,开始了在当时看来风格险怪的诗歌写作。他的重要诗作均写于1921至1924年在法、德期间,后收入诗集《微雨》《食客与凶年》和《为幸福而歌》。李金发诗歌的一大特征,便是语言半古不今,十分怪异。对此,各种评说颇多,不以为然者众。我却觉得李金发写出如此这般的汉语新诗来自有其道理。

  胡适的尝试,可以看成是从肉体——语言方面着手,去猜测未来现代汉诗可能的心灵。要是现代汉诗这种自由诗在一开始也有律则的话,那就是:它必须用一套有着自己的语言规范的白话来写作。但李金发现代诗写作的起步,却并不踏在这条白话之路上。不幸而又幸运的是,提起诗笔之际,他还没有过白话写作的训练,甚至没有白话写作的观念,这使得他只好自创一套自己的汉语来一吐自由的诗之心声。李金发的原创性在于:他以灵魂为依据,塑造现代汉诗可能的形象,其诗歌语言的肉体逻辑是内在的,并不出于文化策略的外在考虑。他奇崛的诗心和深受波德莱尔《恶之花》影响的诗歌意识,由于无可借用一种现成的汉语,而发为了变相的无词之吟唱。其诗之佶屈隐晦,大半在于他并不指望用语言告诉情况——他只想用语言奏出情绪。这种因为被迫而主动到音乐中收回其财富的意愿,正是象征主义的诗歌主张。譬如他的那首《夜之歌》——将一首诗以"歌"为题,就不止是文学写作的惯技,而且成为对这首诗实质的专指,提示你注意对它的读法——那"夜"里的爱恨情仇、希冀决绝、想象和欲望、幻觉与通感,它们的奔放发露更在于诗句的语调口气、速度节奏、顿挫转折和旋律音色,而不止于字词的意义。在写作中,在刻意和无奈之间,诗人避免了语言在字词意义层面的确定性,要你在读它时用更多的感受力替代理解力。

1926年,李金发回国,后来主要从事美术教育和雕塑等工作。1944年,他出任中华民国驻伊朗代理大使,后改任驻伊拉克代理公使。1951年李金发赴美国寄居,最终逝于纽约。有意思的是,这位诗怪一向耻于跟文坛往来,晚年更把自己的诗说成是"弱冠之年的文字游戏"。

(2006)

五　题

如　梦

仅从字面论其含义,"人生如梦"可解作人生像梦想一样——换一个说法意思会更明确——人生以梦想为榜样,应该照梦想的那样去度过。而这正好是写作的缘由。并非要以写作去处理"人生如梦"这样的主题,而是写作正实践着"人生如梦"这一设想。写作即做梦,用语言做梦;写作生涯即做梦的生涯。写作有可能使人生真正走进梦想。

在某个断章里我写道:"梦给了生命双倍的时间"——一个诗人,他经历尘世的时间,又塑造语言的一生。从写作之梦中,他所获得的岂止双倍!每一首诗是一重时间,每一首诗是一条生命,每一首诗是从肉体中生长出来的灵魂的大树。每一首诗是一次完整、美好、纯粹的梦幻人生。

诗人的一生平行更对应于他的每一个写作之梦,他的一生又行进于这些梦想之中……写作不仅是用语言做梦,写作同时也超度诗人自我,朝梦想移民。这仿佛蚕的一番努力:不仅吐丝、作茧,而且化蝶,自茧中振翅凌空飞去。对诗人而言,更真实的不是写作的一生,而是写下的那些个梦想。并非"梦如人生"——并非此世的经历和写作方式规定了梦想,而是那早已等待被写下的梦想规定了此世的经历和写作。

(1988)

诗　人

诗人跟自己诗作的关系大概有三种:一,诗人消失在诗作后面;二,诗人置身于诗作中间;三,诗人遮挡在诗作前面——诗作因为诗人过于炫耀的形象而不见了。最后一种是诗人制约诗歌的关系。明星跟诗并不相容——明星是成功的化身,而诗要让人趋向完满。对那些自身形象遮挡了诗,一心去当明星的诗人,诗歌只成为其获取成功的一件用具。这类诗人最终不会有真正值得提起的作品;过不了多久,他们的名字也没有必要再被提起了。第二类诗人以个人体验和幻想的全部生活抒写诗篇,关心个人的、群体的、族类的高尚或狭小的情感、事件,"专注于错综复杂的文明图景中富有意味的蒸馏过的精华"(阿莱桑德雷语)。他们用使人乐于亲近的悦耳嗓音歌唱,诚挚又具体。他们的诗篇透明、纯净、清澈地映现出人的短暂形象。第二类诗人置身于自己的诗篇,与其说引领,不如说诱导,令人们梦见美好的月亮,同时也触及(并原谅了)自身的软弱。第一类诗人是第二类诗人的光源或基础。他们的名字已经消失,他们只是传布真理,人们不知道他们的个性,人们听到的是他们作品中那种普遍、本质和庄严的声音——为天立极的人类精神的强音。第一类诗人以神圣说话,他们消失在自己的诗篇背后,置身于一首几乎不可能完成的未来诗篇里。一些伟大的第二类诗人在清算了个性、自我乃至生命以后,最终上升为第一类诗人。

(1990)

旅　程

　　……走过差不多一半路途,孙行者遇到了下一个妖怪;但丁·阿利吉耶利,他睡意沉沉并且迷失,碰上了黑森林里的豹子、狮子和母狼。这两个男主角来历迥异,在不一样的时辰,要面对的境况也大相径庭。可是同一个意识随同一缕夕阳被他们获得,确切无疑,并没有谁不是命中的旅人。他们的导师则几乎打一开始就已经看透:须菩提要行者悟空,维吉尔领但丁经历地狱和炼狱……当他们被告知得"修成正果"或"必须走另一条道路";当一个耍弄金箍棒去取经见真如,一个终归要上登乐园又飞升进天堂;在朝向确定未来的艰辛行程里,他们的方式也如此一致地仿佛回忆。因为,实际上,回忆正好是一种幻想,——尤其当他们的回忆式行程,是进展在写作者笔下的必然和即兴。这使得阅读者处境安然,在每一种艰巨、险恶和灾难到来时都不太惊恐,都不太忧虑,都能够猜中——会有一个唤醒噩梦的黎明般的转机骤现于词语和诗行,令节律音韵的暴风雨收敛,再现一道媚眼的霓虹……在还没有抵达终点以前,过程可离不开那个将它实践的旅人,就像翻山越岭蜿蜒修到久旱之地的那条空渠,必须有水流充沛其中。尽管,写作者并不让阅读者平静,尽管阅读者并不平静,他品味字眼直到章节和所有传奇、史诗、大梦的舌头,会卷起心海移情的波澜——摔碎在幸好之岸上的,是已经用认同又塑造过一遍的水晶企图或翡翠枉然——"飕"地被吸进银角大王紫金葫芦里的那个"者行孙",或因"身体竟然/不让太阳的光线通过"而令几个阴魂"变吟咏为一声粗长的'哦'"的那个大诗人,几乎已经是阅读者本人;但只要羊皮纸的、布面线装的、也许手抄在练习本上的书卷合拢,那阅读者只需、甚至没必要摇身一变,他就又只是他自我途程之上的旅人。同样确切无疑地,——在夏日午后的竹凉榻上,在社区图书馆空落落的阅览室里,在一艘渡江铁船的前甲板或一列西行慢车肮脏的硬座间,在边城小旅馆的奇异落寞和忧愁寂静里,在冬夜公共厨房的长明灯下,——阅读者意欲拐向命定隧道的某条幽径,去掀开一扇透进光亮的暗门,进而欲"一直登到从圆孔里辨出了/天上累累地负载着的美丽事物",去进入另外更诗意的命运,也无非充实他自己一贯的、结局前定的宿命沟渠。而这种用阅读——回忆即幻想——他人命运来充实自我命运的方式,对更为确切地,以一具肉身去经历的生命,不算是一种无谓的虚度吗?不正是一种所谓的虚幻吗?可是,如果你相信——也许正因为阅读而相信——肉身的用处即为虚度呢?或者,你认定,什么样的经历对于生命都只是虚幻呢?那么,这足以解答那猴头为什么不呆在水帘洞快活,不占住花果山为王,却要远渡重洋到西牛贺洲参访仙道,要打上南天门去当弼马温,去护着唐僧直到西天吗?这足以解答那个被放逐者为什么一心想回到佛罗伦萨,念念不忘已经死去的别人的老婆,而又在一场持续的梦中看见且几乎触及了最后的幻象吗？旅人无法不成为阅读者，而阅读者在写作者设定的语言里历险，正由于命中对虚度的必需，和企图选对一种最能够充实命运的、所谓有意义的虚度方式。孙猴和但丁的理由也如此吗？——写作者难道不也是旅人，不也是阅读者？在乐观的时候，写作者以为他略为主动，也更加有意义，因为他虚度和充实的，是自己为自己架设的别样的命运之渠；而在悲观的时候，写作者想到，他也只不过在语言设定的写作中历经宿命，他充实和虚度的，是同一缕夕阳告诉过别人的一样的途程……

(1993)

年　代

对年代的计较正替换着所谓时代意识。也许，对年代的计较正由于时代意识的强化和细化？然而，议论年代的口吻里混杂的意味更多异味儿，语调满是叹息、怅然和怀旧的不堪，实际上却又隐含着骄傲。非要说诗人出生年代的不同造就了他们不同的诗风，甚或反着说，诗风的大不同全由于诗人们生于不同的年代，——这可能并非无稽之谈，却难免成为滑稽之谈。据说，诗歌是经验；而在写作过程中，我更多体会到记忆之于想象的决定性作用。至于想象，我要多嘴说一句，它几乎就是诗之引擎。那么，年代的记忆和经验，倒的确是诗人们需要计较的。可是，我相信并没有共同的年代记忆，如果回忆不过是自想象上溯，去捕获一个仿佛的依据,记忆的形态,就常常是一个添加了太多想象和幻想的仿佛的历程。可以计较和值得计较的年代记忆,无非是诗人个人的记忆。

刚好,我写过一组散文诗,标题就叫《个人的记忆》。这组散文诗当然也像我的其他诗篇一样,跟我的记忆纠缠在一起。我要做的常常并不是清理我的那些记忆,而是让记忆素材终于成为诗。无论从写作和阅读哪方面而言,诗歌之车一启动,就总是消耗着记忆。在那组散文诗里,我则表述了记忆与诗歌的另一层意思:"被唤醒和说出的仅仅是碎片……"

诗歌可以把微不足道的瞬间感受变为永恒,诗歌却未必能处理好记忆中最为刻骨铭心、时不时萦回脑际的重大经验——你大概很难用滚沸的岩浆做成雕塑。不过,跟事物拉开超物理的距离,诗歌语言的天文望远镜,就会助你一窥想象的天体。当然,这些说法很可能仅仅针对我自己的写作,支持这些说法的,当然也只是我的个人经验和个人的记忆。构成诗歌的主要事物,一如构成记忆的主要事物,是时间。时间又正是构成了诗人全部生命的意义和无意义。如此说来,诗人的所谓年代记忆,在此就仿佛中国盒子,仿佛我喜欢提起的象牙球玩具。在那部不妨称之为诗文本的《流水》里面,我用的则是另一个比喻——漩涡。诗人要追究的,常常就是层层相套在生命、年代(它有如时代的同义词)和记忆的时间深处的最终空无。而诗人说出的,常常是那个属于又不属于他的空无之形状。年代记忆,年代标记,它们的先天性跟你语言和种族的先天性交叉,规定了漩涡的转速、流向吗?

(2005)

介 入

它的宾语是什么呢——政治？时事？日常？生活？现实？世界？——从最后一个词往前推，一般而言，这些概念层层相套着。然而事实却不尽然，远为复杂，几乎要乱了套。不知道能不能稍稍理一理：譬如"诗歌介入世界"或"介入世界的诗歌"。这说法至少在汉语里算是废话、病句——汉语词典解释"介入"是"插进去干预"，其主语和宾语的概念之关系，不应该同一或从属。那么，同样，也无所谓"诗歌介入现实"，也无所谓"介入现实的诗歌"，要是你同意华莱士·史蒂文斯所言："至少就诗歌而言，想象没有必要从现实界分隔出来。"何况，诗歌无法自外于现实。无边的现实主义将一网打尽任何超现实。

至于生活……一提起"介入生活"，记忆里会不会浮出1956、1957年间从苏联借来的那个口号——"干预生活"？这口号被狭义地解读为略等于"揭露阴暗面"。要是真这么解读，那么，写作，文学写作(有时候诗歌写作正包含其中)，很容易就会被当作专门所指假、恶、丑的一种能指，有点像专门提供见不得人照片的狗仔队员的拍摄。然而，说起来，这个程度还是不够——就"介入"和"干预"的词义，显然不止于揭露和映现，而是要抵及正在进行时态的实际层面，参与其中而改变之。要是还以狗仔队员的拍摄为喻，那就不光偷拍，差不多得闯进某个阴私现场去摆拍才行。"干预生活"的写作，还真想这么干，还真想让写作权势般即时有用。

"干预生活"口号里的"生活"之指谓，要不是"阴暗面"而换作"人类生存发展的一切活动"这么个泛泛的定义,那么,我想说,它也还会是废话、病句。诗歌与生活可以有千万种关系,但就是不存在诗歌写作不包含于"人类生存发展的一切活动"之中的这么一种关系。生活,就其初衷和终极目的而言,是对诗歌的模仿和实现;而诗歌,其初衷和终极目的,恰是生活的美满。正由于诗歌跟生活的同一和相互从属,才会有"诗歌的纠正"这样的诗学命题——它说的是,诗歌以将诗歌纠正为诗歌的方式纠正着生活。因为,哪怕生活忘记了,它还是会无意识地以诗歌为方式。诗歌不是某一种生活方式,诗歌也不会是每一种生活方式,然而诗歌是最好的生活方式;前提是,诗歌以生活作为其最真实的、最高虚构的追求……

"纠正"跟"干预"和"介入"不同,它是从自身内部完成的汉语动词。要是没有态度、方向、意见和利益的一致,大概就谈不上"纠正"。而"干预"和"介入"含有对立、抗衡、强加和迫使其改变的动作,是一番来自他者的行为。说"诗歌介入日常、介入时事、介入政治",或"介入"萨特认为福楼拜并不"介入"的"世务",要是对仍让人稍稍有点儿不放心的、较起真来未必就没有的语法错误忽略不计,疑问则会是:不知道能否做成?还有,既然是在谈"介入"和"干预"这种层面的话题,那就不妨再考虑一下:不知道是否经济?

买菜者跟小贩讨价还价争执不下,连日暴雨令城市街道严重积水,一场内战正在行星上某个小国进行……诸如此类的世务,一定跟诗歌写作大有关系,那种迷乱繁杂、盘根错节的连带、触动和感发,需要急智的、耐心的、微妙的、朴素的、激越的、冷静的处理,使之成为一首诗,很多诗。每一首诗的写作都让诗人倾心于字词,字词才是写作这首诗的具体原因,字词才能让写下的这首诗去成为诗中之诗。要是有人认为诗人的任务并不到此为止,诗人还要以写下的诗中之诗去"介入""干预"世务,那么,该怎么做?

表态还达不到"介入""干预"的程度,见证还达不到"介入""干预"的程度,抒情和宣泄也还达不到"介入""干预"的程度,异议、宣传和煽动,也许接近于"介入""干预"了……可要是诗歌能够有物价员或城管、下水道疏通和改造部门、联合国维和部队这样实实在在的权力和势能,那就好了……当然,也就完了。

(2011)

课本与诗歌

"吾自卫返鲁,然后乐正,雅、颂各得其所。"(《论语·子罕》)两千五百年前,孔子编订了《诗经》,作为他教育学生的一种课本。孔子说:"不学诗,无以言。"(《论语·季氏》)又说:"小子,何莫学夫诗?诗,可以兴,可以观,可以群,可以怨;迩之事父,远之事君;多识于鸟兽草木之名。"(《论语·阳货》)可见孔子编订这一课本,首先注重的是诗歌对语言的升华作用,注重的是诗歌的感发意气,透明灵魂,同化道德,批评人生的作用,注重的是诗歌美和善的统一,附带的才注意到它在知识上的意义。孔子以诗的最高准则编订出来的这部《诗经》,不仅培育了他那些优秀的弟子,而且成了中国精神和中国诗歌发展的黄金源头,成为辉煌的中国文学的第一部经典。这一诗歌课本不仅在教育和教育史上具有极高的价值,它在文学和文学史上也同样有极高的价值。在世界上,这几乎仅见,再没有第二种课本成为文学经典。

反过来的事情也不多见——很少有人采用经典作品作为教育学生的课本;尤其是,几乎再没有人采用伟大的诗歌作为课本了。在今天,学生们的课本里也难得有真正意义上的诗歌(课本里选用的汉语新诗竟然全都是三流货色),即使选用了好诗,课本编订者(接下来是教师)的用意和努力也是要让学生们误解甚至忘掉诗之为诗的本来意义,令学生们无从体验诗歌的神髓。诗歌被变为一堆知识:作者、年代、背景、文体、手法、用辞,以及"鸟兽草木之名"和典故。而孔子关心的"兴、观、群、怨",诗歌的艺术和精神价值,并不被教育者重视。甚至大学专门的诗歌课本,卖弄的也仍旧是一套文体和文学史的知识。

也许有这么两个原因:1.课本编订者和教师不再把确立伟大人格和培养人的创造力作为教育的目的,而仅仅把教育理解为传授知识;2.教育的目的并没有改变,仍然是为了人类的道德、良心和自由,但教育家们却自以为站到了柏拉图的立场上,愚蠢地(绝无柏拉图那样的大智慧)看待诗人,把诗人和他们的诗篇当作一种败坏人类灵魂的力量,要将他们从教育的"理想国"里清扫出去。

不必多置一辞,人人都该明白,这两个原因都不是理由。也就是说,教材编订者和教师们没有理由不像孔子那样,把优秀的诗歌,把经典之作拿来用作课本。越是伟大的诗歌,越是集人类精神之大成的经典,它的教育价值就越大。恩斯特·卡西尔在《艺术的教育价值》一文里说:"艺术是一条通向自由的道路,是人类心智解放的过程;而人类的心智解放又是一切教育的真正的、终极的目标。艺术必须完成自己的任务,这项任务是其他任何功能所不能取代的。"这位关心人类的哲学家已经把道理讲得很透彻了。接下去要做的,是编订一本可以跟孔子的《诗经》相媲匹的课本,让学生们读到经典作品,读到真正伟大的诗歌。诗歌不可或缺于从一个学生成长为一个人的过程。

(1991)

出发点

当拉尔夫·吉卜生困惑于自己的摄影艺术，找不到能跨出过去半步的途径时，有一天，一个叫芮基的人看了他的作品后告诉他："噢，拉尔夫，我知道你的问题在哪里了，你没有'出发点'。"吉卜生由此受到启发，终得以拍出像《海畔时光》那样的照片……

有关"出发点"的逸闻或真实事例，我大概还知道这样一些：张旭以看公孙大娘舞剑器为出发点，抵达了书艺的新境界；达·芬奇在他的笔记里建议艺术家通过对墙上霉点的形状作多种解释，以步入新的想象空间；柯西莫则真的去注视一面留有病人呕吐痕迹的墙，据以联想到骑士之间的搏斗，最离奇的城市和前所未有的大风景画；这种注视，也为小说家提供过新的出发点——维吉尼亚·伍尔夫在她第一篇意识流小说里，让一个妇女由墙上斑点联想到人生无常、莎士比亚、法庭上的诉讼及其他，最后，回到斑点本身，那只是爬在墙上的一只蜗牛；伟大的普鲁斯特曾以一块小玛德兰点心作为出发点，当点心的细屑轻碰到颚部，那逝水记忆的闸门又打开了；为了发明全新的诗艺，超现实主义者以被叫作"精美的尸体"的文字游戏来作为他们诸多出发点中的一个；而自称与超现实主义者的差别在于自己是一个真正的超现实主义者的萨尔瓦多·达利，更以奇装异服、对黄金的着魔、狂妄的日常生活和对梦的臆想作为他全部天才作品的出发点……

在《哈姆莱特》的第三幕第二场中,在偏颇、病态、过敏和神经质的状况下,在戏弄和轻度自虐的氛围里,莎士比亚安排了一段有名的"看云"戏:

波洛涅斯	殿下,娘娘请您立刻就去见她说话。
哈姆莱特	你看见那片像骆驼一样的云吗?
波洛涅斯	嗳哟,它真的像一头骆驼。
哈姆莱特	我想它还像一头鼬鼠。
波洛涅斯	它拱起了背,正像是一头鼬鼠。
哈姆莱特	还是像一条鲸鱼吧?
波洛涅斯	很像一条鲸鱼。
哈姆莱特	那么等一会儿我就去见我的母亲。

哈姆莱特的看云,正可以当作前面提及的创造活动中运用出发点的拟喻。那墙上的斑点,精美的尸体,舞动的剑器,茶点或偏执,也同样是在出神中被强迫视为它物的"云"。其方式则有点像棋局中马的着法:并不直走,而是拐出,偏离,迈向似乎非正当的方位……

看云并不停留于想象,它并非从实境信马由缰地过渡往幻象,它也远不是一种修辞,为了使对云彩的描画较为生动。看云,它是一次次试探、深刻地研究、挖掘和提取,是所谓"发现",是因为专注于搜寻而终得以发现。它远非轻易和偶然,才走了拐弯抹角的马步……

王维的诗:"行到水穷处,坐看云起时。"正是到了尽头,才能

只言片语来自写作

于看云时意外(但其实是被以往的全部努力所注定)地获得一个摆脱旧态、突入新境的出发点。至于拉尔夫·吉卜生,我不知道他那时有了个怎样的出发点,但其情形,或也不免马步而来看云一朵……

(1994)

诗的写作

已有人把中国当代诗概括为一种写作,一种空前的,不及其余的,以自身为目的的写作。诗人们似乎也充分意识到了自己作为写作者的命运,并更加深入到混合着激情、策略、幻觉和现实感的抒写之中。很少有人放心地认为自己是一个语言艺术家,即使是从我们的写作中凸显出来的几个优秀人物,也只愿意较为准确地定位自己为有着专业态度的写作者。诗人们对自己的确认,不是根据其作品"诗歌"这一名词,而是根据其行为"写作"这一动词。当有人说"诗歌是一种生活方式"的时候,他其实想说"写作是一种生活方式"。而写作又何止是我们的生活方式,它甚至是我们每天的生活。想起我们中间某几位过早地完结了自己的典型的写作者诗人,我们会说:他们的生活全部沦陷进写作之中了。

诗人们热烈、急迫、专注和迷醉地投身进去的这种写作带给诗歌,尤其是带给写作自身的巨大改观,正得到越来越无保留的肯定和嘉许;而这种写作的另外一面,这种写作对生活和诗歌的剥夺和替代,却很少被我们提出,很少被当作一个问题去探讨。

《二刻拍案惊奇》中的《田舍翁时时经理,牧童儿夜夜尊荣》一卷,讲述了牧童寄儿奇异的生涯。他有着昼夜两种截然不同的命运。在清醒的白天,他过得无聊、苍白、贫乏和倒霉;而在睡眠里,他连缀一夜夜梦境,欢度另一个寄儿(言寄华)的生活,充实、丰富、华贵绚烂。他把生命的重心移向了黑夜,他倾向于把做梦看成他全部的人生,他虚幻的命运反倒是更为真实的命运。牧童继续发展他做梦的偏执,直到梦对于他变成了一连串凶险之事,使他又意外地回到了生活的白昼……

依我看来,当代许多诗人写作者的故事正好被这则老故事说尽。从一开始,我们的写作就像是一个寄儿之梦,它来自我们对处身其间的这个世界的失望或否认,它把我们对生活的猜测、探寻、认识和体会限定在纸张上。写作飞翔于日子上空。写作被理解为一个只及于语言却不及于物的动词(语言因此成为写作的物理世界),写作也同时被视作与平凡琐碎具体的世俗生活截然分开的诗意生活。对写作者来说,语言更为真实、可靠,有着更多的可能性和自由度,更值得去冒险、斗争、把握和经受。写作者真正关心的不是"说什么"和"怎么说",只是"说"。"我说出",这三个字有如牧童寄儿为了入梦而念叨百遍的咒语般的字眼,成了诗人自我确认为一个写作者并把生活寄托于写作的依据、理由和目的。写作仅只跟语言较量,写作就是在语言中实验语言,它如此刺激、真切、轻易和无休止,成了对语言的巨量消费或浪费,它也是写作者生命中持续的狂欢。

作为一个寄儿之梦,这样的写作成了说到底也只是一个尘世过客的诗人的陷阱和漩涡。诗人们掉进写作,不由自主地围绕着自我中心化的写作飞快地旋转,而诗人的真实生活被吞噬了。为了跟上那高速的写作,许多诗人近于自愿地放弃了他在世俗生活中的权利、路径、责任和感受力。我所接触到的诗人写作者几乎都谈到自己作为一个生活旁观者的处境和立场,以及(好像)再也无法回到现实中去的苦恼和暗喜。写作就是一个诗人的全部生活了,它被放大,蔓延开来,诗人们差不多惟有完全沉溺于这一写作的梦幻之中。

由于这种诗歌写作只是为着写作而写作,有关诗歌的原则、标准和限制近乎不存在地包含在"写"这一行为之中。这种写作不在写作行为以外对诗歌有什么愿望和要求,它并不能自觉地迈向作为形式、技艺、意义和良心的诗歌——它并不在乎是否能产生出一首诗来!尽管,并非真的没有诗篇被这种写作产生,带给寄儿以白昼(事实上,所有产生了诗篇的写作,都是背离了这种以自身为目的的写作)。诗歌因这种写作而遭遇着巨大的伤害;诗歌险些被这种写作驱逐出境!甚至这一写作本身,也因为它的重复、单一和高速而受损。在一些诗人写作者那里,过分的写作已演变为一种写作的虚脱,一种所谓的"失写"症状。

我无意把我们诗歌和生活中的欠缺完全归咎于我们的写作。我只是觉得,一些病灶正埋藏在这种用写作来替换诗歌和生活的观念和行为之中。我想要说的是,一个诗人的身份跟他作为一个尘世过客的身份应该是合一的,他不应该像牧童寄儿那样有着两种截然隔绝的命运,他尤其不应该以一种纸上的生活去取代他实际的物质生活和精神生活。在另一篇短文里我曾谈到过一个诗人的目的,把它表述为"自由和美感的生活"。我想,这一目的也是,而且很可能首先是一个尘世过客的人生目的。诗人的努力在于以诗歌这一方式指证、强调和提供这种"自由和美感"。

因此,诗歌写作是诗人的一门手艺,是他的诗歌生涯切实的一部分,而不是一个大于诗人实际生存的寄儿之梦。诗人通过写作创造一件飞翔之物,一个梦,一首诗;而写作本身是有根的,是清醒的,这门手艺只能来自我们的现实。作为一个出发点,即使是一种必须被否决的世俗生活,也仍然至关重要,不容忽视和逃逸。诗人唯有一种命运,其写作的命运包含在他的尘世命运之中。那种以自身为目的的写作由于对生活的放逐而不可能带来真正的诗歌。诗歌毕竟是技艺的产物,而不关心生活的技艺并不存在。所以,仅仅关注自身的写作事实上已不成其为一种诗歌写作,用以代替真实生活的纸上生活也不成其为一种生活。它仅只是一次狂欢,是生命中勃发直泻无所抑止的破坏性冲动,具有歇斯底里的特征。

  诗歌写作是诗人向往理想生活的辛勤劳动。它关乎天才、经验、智慧、技巧、感受力、洞察力、想象力、表现力和融于肉体的诗人的灵魂,特别是,它是对语言的爱惜和恰如其分的使用,为着完成作为"自由和美感"的诗歌。这使得诗歌写作又成为高于劳动和工作的节庆,带有肯定、赞美、纠正和展开生活的庄严、克制、喜悦、游戏和仪式的成分。它是一个世俗生活中的人从命运出发,去回应他所听到的神圣召唤的过程。

(1994)

诗人遭放逐

如果将埃斯库罗斯《普罗米修斯》的男主角置换成——譬如说——屈原,它是否就是一出遭放逐诗人的悲剧?——奥林波斯显然是一个宫廷、一个官府、一个自然和民间(神话传奇中的凡人世界)之上的权势名利场。宙斯则算得上一个独裁者。那么,诗人——尽管经受着惩罚——作为一个曾经(或仍然)属于那座圣山的神,其身份就应该是御用的、官方的和政治帮闲的。事实上,自从诗人不再是一个民间歌手,不再是《诗经》中无名的众人之声和以荷马为代号的弹唱艺人,当他不再忘记在自己抒写的每一诗篇下都署上姓名,把音韵、格律、修辞和激情作为他的立身之本,他就走在实际或变相的仕途上了。他靠笔杆子出人头地,得到认可和宠爱,他凭藉诗艺成为众神的一员。他也因此有了被放逐的可能。

如朱子所述:"屈原既放,思君念国,随事感触,辄形于声。"他流亡路上的歌唱是值得与闻的。"荃不察余之中情兮,反信谗而齌怒","揖齐扬以容与兮,哀见君而不再得","惟郢都之辽远兮,魂一夕而九逝","鸟飞返故乡兮,狐死必首丘"。相形之下,埃斯库罗斯的普罗米修斯在高加索山上悲叹的嗓音就略为粗嘎、生硬、放肆,少一点殷切和不那么动听了,虽然他们的痛楚和哀愁是相似甚至相同的。作为我们诗歌史上第一位遭放逐的明星,屈原是古典的。他的郁闷、忧思、忠诚和不甘,他"心冤结而内伤","折若椒以自处"的幽怨自赏,他"揽涕而伫眙","结微情以陈词兮,矫以遗夫美人"的眷顾之心,在遭放逐的诗人中是太古典了。

在放逐的原因和结局方面,被置换成诗人的普罗米修斯与屈原有所不同。普罗米修斯将神界的专用品"火焰"偷盗给人类——这只能被解读为他拿专事君主、政权和国家的诗艺派了别的用处——他由于他的写作而被打入下界。而屈原的被贬却仅仅因为政治,与他的写作无涉。普罗米修斯的最后出路也并非屈原怀沙自沉的绝望。在埃斯库罗斯规定的悲剧以外上演了喜剧。据神话传说,另一位强有力的神,赫拉克勒斯给他带来希望,最终解救了他。所以,就被放逐的原因和结局来看,用另一位诗人,譬如说,声称遭放逐诗人的生活是一出"悲喜剧",并经历了苦尽甘来日子的布罗茨基置换男主角普罗米修斯也许更合适一些。曼杰斯塔姆只适合原因部分,借流亡的名义"脱离恶境,奔向美好"(布罗茨基的喜剧)的西方和千方百计到了那儿后自称流亡的诗人们倒是适合结局部分。

诗歌写作曾经或依然被认为是超现实的、不正当的、无用途的、非世俗的,是装饰和点缀,是相对于建功开邦、创世立业、生产交易、劳动息养等严肃的人类活动的游戏、杂耍、奏弄和赋闲。它不是生活的一部分,而是从生活退出、缺席和旁观。它被允许存在,诗人得以被豢养起来,侧身于奥林波斯众神之中,是因为他可以是一只宫廷的夜莺,一个国家的宣传喉舌,可以去写下像维吉尔的《埃涅阿斯纪》、司马相如的《上林赋》、马雅可夫斯基的《列宁》

或贺敬之的《雷锋之歌》这样的歌功颂德之作。而寄生——或如维吉尔在《田园诗》中所说的——"耽于不光彩的赋闲",诗人们并不心安。他们想要从歌唱走到被歌唱的行动之中,投入实际的能够建立功勋、荣誉和名声的政治和冒险事业,尤其是战争之中。正如唐代一位叫杨炯的诗人所说:"宁为百夫长,胜做一书生。"

到古典范围里去寻找一位因盗火式的写作而遭放逐的诗人并不容易。在实际或变相的仕途上,诗人们总是走向政治功利,从在诗歌中对政治功利的赞美到诗歌以外的政治功利。李白、苏轼、但丁、弥尔顿,他们的被流放、谪贬、驱逐和迫害,也完全由于政治,并非因为诗艺。而屈原,更是以一个统治集团中的贵族、大臣、政治家的名义失宠、遭放逐的。只是在流亡路上,他才充分证明了他作为一个诗人的伟大,写下了像《离骚》《天问》《九章》这样的杰作。屈原,以及刚才提及的李白、苏轼、但丁、弥尔顿,他们之所以至今仍然被我们提及,是因为他们的诗艺,而非他们的政治和被放逐。这一点与普罗米修斯又有所不同。尽管我们也会谈及普罗米修斯的盗火,而被放逐和解救才是他悲喜剧的重头戏(想想诗人笔下关于他的诗剧)。我们是从将他置换了的屈原那儿得到有关火(诗艺)和盗火的深刻印象的。

不过,当盗火被解读成一种移作它用的诗艺时,这种诗艺也变成了政治。埃斯库罗斯让普罗米修斯说道:"我把火种偷来,藏在茴香秆里,使它成为人们各种技艺的教师,绝大的资力。"他又说道:"只因我太爱人类,成了宙斯的仇敌,成了那些出入于宙斯的宫廷的神们所憎恨的神。"这种盗火式的写作容易被设想成反叛式的,但它也可能(可以)是逃逸、深隐、空心和所谓唯美式的。从宙斯的立场出发，只要火焰不再成为"神们特有的东西"，普罗米修斯就犯了天条。因此，非歌功颂德式的诗歌写作就像歌功颂德式的写作一样，是一种政治写作。所有的诗艺都是政治，诗人是一种政治动物。这样，普罗米修斯遭放逐的原因虽然就诗歌史而言不够古典，但跟古典的屈原其实是一样的，而且更普遍（普及）。除了死守着奥林波斯圣山熔炉的赫菲斯托斯，每一个从事诗歌写作的人大概都可以是盗火的普罗米修斯，都有可能成为被放逐者。

是否可以说，对于诗人，政治是一种基本的冲动？这种冲动表现为杨炯式的"宁为百夫长，胜做一书生"，更表现为诗人的写作。写作，无论是歌功颂德的还是盗火的，都源于获得一种影响力，一种艾略特所说的会"波及语言、感性、社会成员的生活方式、一个社区的全体成员、以及整个民族"的影响力的欲望。这种影响力的一个重要侧面，是诗人的名声。有时候，诗人的政治即名声的政治，诗人的政治冲动即名声的冲动。尽管诗歌写作如痴人说梦，只产生一堆不切实际的无边的幻象，它为诗人带来的名声却是确实的，并不虚幻。一个诗人在仕途或变相仕途上的成功需要靠他的名声，而遭到放逐，仕途前程被完全断送的时候，名声就更为重要，名声成了他唯一的指望。似乎只有名声——在诗艺上得到承认，才可以使他那无根的存在具有意义，可以令他甚至在被打入地狱后仍有希望重返奥林波斯圣山。"满足于无足轻重、无人问津、默默无闻状态的作家，大概如北极圈里的白鹦那般罕见。在流亡作家的圈子里，这种态度几乎完全绝迹……"，遭放逐后获得了诺贝尔奖——世界范围的名声的布罗茨基如是说。

作为政治人物而遭放逐的诗人屈原，他那哀怨悱恻的歌唱提醒我们,古典意义上的放逐是没有一个喜剧结局的。放逐意味着被剥夺了神的身份、权利和影响力,得不到庇护和同情,沦落民间,离群索居,销声匿迹,前途黑暗,贫困潦倒,死路一条。近于绝望的唯一出路是得到赦免(李白曾得到过),是宙斯的回心转意和不可预料的残忍之慈悲一现。无望的处境和混合了回忆与幻想的希望,令屈原的嗓子无限柔曼、感伤、摄魂夺魄。跟屈原一样,不少诗人是在遭放逐后写下了他们伟大的诗篇的,《神曲》《失乐园》,都是(用一个比喻)被阉歌手的绝唱。不能说这种绝唱没有令为名声(只剩下名声了)的嗓子充血。曼杰斯塔姆在苦难中写道:"不知道父亲的失宠的诗歌降落下来……谁也没审判诗歌。"他和屈原都明白自己最终的结局。虽然他没有像屈原那样怀沙自沉,但他比屈原死得更悲惨。

像诗人一样,干脆就是个诗人,普罗米修斯也有着预言的能力。他知道他的结局与屈原不同,赫拉克勒斯将会出现,将他解救,使他置身于另一座奥林波斯圣山。对于这样的结局,遭放逐显得必要,悲剧成为喜剧的通行证。盗火与否无关紧要,要紧的是要让赫拉克勒斯看到你正被绑在高加索山上受难。然后,诗人就开始了布罗茨基所说的"乘汽球旅行",虽然前途不太好把握,但只要把握住风(他特别指出是"政治的风"),诗人就会平步青云,就会实现其政治理想,主要是名声的政治理想。布罗茨基这样描述普罗米修斯(也是他自己)悲剧之后的喜剧:"你一旦流出暴政统治,唯一的归向乃是民主制度。被放逐的老灰马已经学得聪明了……一般说来,它始终是一个呼唤着个性解放,从政治和经济的死水向先进国家过渡的历程……这个历程对流亡的作家来说,在许多方面仿佛是重归故里——因为他越来越接近一直在激励他的理想的故乡。"屈原"陟升皇之赫戏兮。忽临睨夫旧乡"的愿望在普罗米修斯这儿实现了。尽管在另一座奥林波斯山上他仍带着一只铁环,铁环上镶着高加索山的石片,但他的解放的确是正义的又一次胜利。那铁环和石片(是否会被视为珍贵的首饰?)尤其能表明这胜利的内涵。

……根据神话传奇,为了满足宙斯的条件,普罗米修斯被赫拉克勒斯从高加索山上解下来以后,马人喀戎成了其替身。尽管马人喀戎并不是埃斯库罗斯那位男主角的克隆版英雄,其相仿的诗人形象却并不会显得模糊难辨。据说,马人喀戎虽可以要求永生,但他却以命相抵,自愿和志愿将自己悬空,其况味的确近似于诗人的自我流亡。实际上,普罗米修斯被放逐的古典情节里,本来就蕴含着诗人自我流亡的冲动,马人喀戎则以此冲动把情节翻新为全然的现代式。这种现代式情节的推进装置里,如前面所述,一样少不了名声的政治,但是,语言的政治和话语的政治,在现代式情节里无疑成为诗人自我流放的主要催化剂。这种自我流亡是一条诗人的反仕途,它开始于诗人的语言过敏——现代诗人总是试图偏离、背弃和孤独于所谓的公共话语和大众语言,诗人的个人主义渴望其自我跟其语言绝无隔阂地自成一体。考虑到语言即世界,考虑到尤其对诗人来说甚至世界即语言,马人喀戎的自愿和志愿悬空,就可以被目作是对以放逐为名的高加索山的重新定义,从而也重新定义了奥林波斯神山。于是,自我流亡成了自我解放,而这种自我解放,意欲把奥林波斯放逐到一个价值和意义之负面。实际上,无论在古典还是现代的放逐生涯里,诗人的诗篇一向都在以将庙堂放逐到价值和意义负面的方式,讴歌着反仕途,从而迈向反叛和反抗的仕途。语言自觉的自愿和志愿悬空,恰是美学自治和自由世界的建立和落成。当高加索山在重新定义的语言和话语里不妨也是一座神山,奥林波斯就将不复是世界俨然的中心。

不妨留意一下此物的出身——马人喀戎,它不是神,也不是人,它跟歌声曼妙迷离的塞壬一样,是人和神都很难对付的危险的妖怪。

(1995)

应《标准》诗刊之约写下的偏见

当代中国诗歌的缺憾甚多,其中之一是没有一条顺敞的从诗人抵达读者的诗歌通道。诗人们少有出版个人诗集的可能,甚至少有在刊物上发表诗作的机会。编辑和出版家们要不是目光短浅,就是不负责任。使命感和牺牲精神在他们那儿是谈不上的。这使得当代诗歌至今仍处在半地下状态,普通读者不知道怎样才能找到诗人和诗歌。要求读者有一个食蚁兽那样可以探入地缝的管状长嘴显然过分,但如此要求批评家们也许还不算苛刻。可是批评家们自以为是一些有教养的家伙,喜欢卖弄学识,热衷追赶潮流,向往利益和权势。他们不允许自己长一副不体面的嘴脸。他们通常以无视当代诗歌为荣。"当代诗歌?我不知道。""我评论不了当代诗歌。"在饭桌旁,在自家或别人的客厅里,在大学和社科院,我听到过他们中间的某几位恬然不耻地如是说。

诗人们自己来操办一切。诗人既是诗作者,又是诗的编者和出版者(我们自制了包括这本《标准》在内的多少读物?),又是热心和够格的读者。当代诗人还是自己诗歌的批评者,而且充任过几回自己诗歌的授奖者……。这种景观很特别,有点像鲁宾逊和礼拜五在他们的岛上。自足于荒岛的情形看似被迫,其实也是诗人们自取的。

应《标准》诗刊之约写下的偏见

当代诗歌与普通读者的隔绝曾经令我们不安,但不久也就无所谓了。自制读物在诗人和诗人间相互寄赠着。圈子里流行的说法是,写作不应该取悦于人。赢得掌声算不上成功,拒绝掌声才更荣耀。批评界对当代诗歌的沉默和缺席则促使诗人们自我批评。然而,就像鲁宾逊的开拓和建设,其实只是把文明世界从制度律令到生活方式的一整套玩艺儿移植于荒岛,诗人们所遵循的诗歌理想,试图或已经确立的写作规范和评判标准,也是对翻译界的照单全收和再翻译。(当代中国诗歌要抽空去做的一件事情,是向翻译界并通过他们向西方致谢。)

现在,诗歌看起来就像是一门只有诗人才真正关心、才真正说了算的学问和专业。诗人填补了新空白的写作成果被自制读物以学报或内部简报的方式报告给同行,然后回收同行的评价。诗人们一见面就讨论诗歌,或在打了几圈扑克后开始讨论诗歌,所用的话语是学术性的,产生的争论也是学术性的。诗人们还正正经经开学术会议,选举学术委员会什么的。没有普通读者的期待和外行批评家的指手画脚,我们似乎有可能达到奥顿所羡慕的数学家的幸福处境:"他是由造诣相当的人来评判的,而标准又那么高,任何同事或对手都无法获得与其不相称的名声。没有任何出纳员会写信给报纸,抱怨现代数学无法卒读,并把它与往昔的惬意时光胡比一气……"不过,在荒岛上,鲁宾逊和礼拜五都知道,真正的成功得等到笛福把他们写进小说。最终在诗歌史上占一、两行位置,这是一些诗人小小的野心。而已经有诗人打算自己写自己的诗歌史了。

我想说,一些诗人关心自己诗人的事业甚于关心他的诗歌。

其诗歌写作以外的努力或许曾经是为了诗歌、为了使诗歌抵达普通读者的,而如今却主要是为了在诗人圈子里巩固和提升自己的位置。甚至写作也是为着同样的目的。写作,定时拿出些作品来,意义仅在于唤起同行对他的注意。那是些技术上没什么可指责的会得到"学术"认可的东西,聪明、新奇、恰当、完整。另一些(或仍是同一些)诗人开始以嘲弄的口吻和反讽的语调在诗篇里说话,他们乐于扮演一个对生活(它难道不是诗情和诗意的代名词吗?)尽可能轻蔑的旁观者。冷感的老练令其高人一头。

诗歌不再是被伟大感所提升而发自内心的声音;诗歌也不再跟这个世界的美景、跟大自然的严酷、生命和死亡、爱情和自由、善良和邪恶、情欲、痛楚、梦想、光荣、义务、苦难,以及人生其他的重要侧面息息相关。激情和活力在鲁宾逊身上消退,他想的是适可而止,靠写作的惯性来维持写作。而野小子礼拜五,以后来者的机灵奔跑在已经被拓平的道路上,手握一根规则规定的接力棒。岛上最近的风光大致如此。

有点偏颇和夸张了——我谈论的只是当代中国诗歌的一个方面,并有意省略了也许更值得一谈的另外的方面。在上海这座好像与诗歌已经没什么关系的都市里,我知道我的片面并非毫无道理。

(1995)

在某一时刻练习被真正的演奏替代

  想要让诗人真切地谈论写作是困难的。诗歌传递给读者,写作却仅属于作者。写作并不是诗人亮出的姿态和架势,它触及诗人内在的黑暗。对仍然相信写作无意识,却更认定写作作为手艺的诗人,谈论其写作的前提是化妆——完全赤裸呈现的可能性为零——他谈论的语调里有一种虚拟:他希望写作如此这般,或他认为写作就应该那样。

  我不确知写作如何来到我笔下。我听说过所谓激情的写作,它至少可以有语言的激情和心灵的激情这两个方面。有时候,我的写作正好就是激情的写作,它也许表现得夸张、迅猛和刺目耀眼,但更经常地,我的写作是在专注、愉悦、平静和"终得以返回"的心境中进行的。用"渐趋明朗"来形容这种写作会比较合适。它的诱因及对它的催迫秘密而隐晦。仿佛为了擦亮一个词、一个句子,为了修复一段记忆,确证一种幻象,实现一种梦想和获得一种节奏,我在上午靠窗的桌前坐下,动笔书写。刚开始的时候,写作并没有方向,笔尖只是在纸上试探,而判断力则来自你在纸上的反复涂抹,就像暗室里的视力来自你对黑暗的适应。将近结束的时候,写作才变得明确、坚定,并且成形了。它相对于开始会是个惊奇,运气好的话,则会是惊喜。诗篇几乎总是在纸和笔的共谋中自动诞生,我的努力仅在于,将从上午到中午越来越强烈的亮光注入字词和字词之间的空隙。

这并不表明我的写作全然是偶发、随意、即兴和没有构思的。只不过,对于我,构思不会是周到的设计,而仅只是设想,或曰想象。对一首诗的向往是我的写作背景,但更像是远景,它促使我动笔,有时也使得我不敢动笔。在具体的写作中,想象力的重要性要永远大于思想、主题、情感、经验、洞察力、分寸感、创新意识或革命性。想象力带来写作(以及阅读)中的刺激、冒险、幸福和欢乐。在写作中,我竭力要逃避的瘟疫是沉闷(然而,我却又渴望过绝对的枯燥),我逃避的方法则可能是笨拙且毫无道理的:尽可能不把自己的阅读能力、鉴赏能力、理解能力和叙述能力带入写作。也许,这妨碍了我诗篇的开阔、厚重和粗砺。

我设想,或想象,写作将带来"另一个我",一面镜子。在一则短小的随笔里我提到过镜子:"不仅凹镜和凸镜,甚至一块平面镜也一样歪曲它的反映之物。镜中世界看上去总是更纯净、更清晰、更鲜明和更简洁,尽管它并没有遗漏和添加什么,它只不过令世界在镜中改变了向度。"镜子必然是奇镜(奇境),映现在其中、改变了向度的镜子创造者——"另一个我",是一个诗人的脸谱、居所和最终的骨灰瓮。而对于读者它会是什么,我没有把握。我私下愿望:它是一个望孔、一幅地图——是奇镜和奇境。

然而它只能是一种欲望,正像它其实就源于欲望。在极少数情况下,它会是来自读者的欲望。它常常只是作者的欲望。不止一次,我把这欲望归结为演奏——演奏,在时光里完成音乐(它是对诗的一个比喻吗?),前提是反反复复地练习,去细察、领悟、理解和把握,也许这才是我的写作。在作为练习的写作中,起决定作用的首先是耳朵。耳朵对手和乐器提出要求,耳朵告诉你练习是否应该结束了。我知道,所有的练习只为了一次真正的演奏。换一种意思稍微不同的说法:真正的演奏只能有一次。这就是说,写作并不真的产生一首首诗、一本本诗集;写作只产生一首诗或一本诗集,就像一条生命只有一次抵达死亡。诗人的一生,将被放置在他写下的那首诗或那本诗集里。从开始写作到现在已经那么多年……他仍将继续。在某一时刻,他未必能意识到,练习被真正的演奏替代。

(1995)

几句话

(为1995和1996两届"刘丽安诗歌奖"部分获奖诗人撰写的评语)

唐丹鸿

如唐丹鸿自己所言,她的诗篇是"侧对真相"的,她的语言在现实和幻想之间的钢丝绳上达到一种倾斜的平衡,以女性的体会方式提供了她"空心的美学"和"感官的玄学"。

西 川

西川严正、疏朗和热情的写作塑造了他的知识分子诗人形象,他历年来的优秀诗篇为诗歌理想主义下了一个当代中国的定义。

欧阳江河

深入而超然,置身其间又高蹈其上,对自己写作的出发点、向度、历程、性质、可能性和界限有着透彻的自觉和充满自信的预设;

创造性地将经验、智慧、想象力以及对时间、生命和世界的虚空、悲哀、无谓之洞悉,在互否的句式、语境和也许可称之为"语言对位法"的诗艺中浑然归一。

钟　鸣

奇幻、幽美、精致、诡谲、柔韧、散逸、庞杂、宏大,其独特、隐秘、繁复的诗艺包含着广博的阅览、开阔的视野、出人意表的洞见、极端的个人体验、险怪的幻想甚至臆想和亢奋激越的抒写等诸多才华、智慧、可能和热情。

蓝　蓝

以近乎自发的民间方式沉吟低唱或欢歌赞叹,其敏感动情于生命、自然、爱和生活淳朴之美的篇章,让人回想起诗歌来到人间的最初理由。

(1995—1996)

把真相愉快地伪装成幻象

  70年代开头的年份,我十一二岁,有一阵让魔术彻底给迷住了。当时我母亲从戏台上下来,被赶进上海一座大剧场的总机房里,闷闷不乐地接插几十门内线电话。我就读的小学校每天下午都不上课(这让我想起来就感觉快意),为我准备了体验非凡的可能和借口。实际上借口是给我母亲的:她怕我在外头野得太久,执意要我呆在她身边,呆在"文革"风格里有着上海"的确良"派头的大剧场里面。那并不是一个如我母亲感受的那样无聊的地方,我发现有一个杂技团在那儿驻扎,隔天演出午场和夜场。我可以常常坐到大剧场空旷的后区座椅间,看永远惊险的空中飞人。我恶毒地等待着被抛向弧光灯的红色小姑娘脱手栽下来,但很快就放弃了这种阴险的期望——我被魔术吸引过去了。叹服于自火中变出花朵和金鱼,自空无中变出扇子和灯笼,以及,最意想不到的,魔术师竟然从一个观看者的草绿色军挎里变出鸽子和盛满清水的玻璃大碗!跟那些冷静的观众不一样,我坚定地相信魔术师为我带来的奇迹。这种奇迹让我意识到,在我处身的世界以外,不,就在这苍白烦闷的世界之中,还有另一个奥妙异常值得向往的超现实世界。我孩子气地不允许别人不相信魔术的真实;我更加不允许有人试图向我揭穿魔术的骗局;甚至,有一次,我误入了那座大剧场后台的魔术师房间,面对那么多一定满布着好玩机关的魔术道具,仿佛为信仰做出的牺牲,我竟然克服了自己的好奇心,没有动手去翻看一下,去掀开魔毯或试戴魔手套,去找一找总让我倾倒得要命的表演后面有怎样的修辞学……这显得徒劳可笑吗?一个男孩捍卫着这么点虚假的美好,热烈地持续着他对魔术表演的迷恋。这种迷恋影响着、改变着也形成着我对自我和世界的态度,这种迷恋也一定参与到了多少年后我的诗歌写作之中。现在,当我被问及"为什么写作",当我想探讨我的诗歌观念、我发展中的诗学的时候,带着其背景,魔术师的形象又浮现出来了。

  对我来说,第一次看到魔术表演,是如同宇宙图景得到了展现那样的大事件。魔术师划分了我的生活:语言有了诗歌和散文这样的正反面。这不仅是比喻——既然人所发明的语言,也是人的最后限定;既然我们对我们自身、我们内心、我们这个世界的感触、设想和表达方式都无非语言;既然我们的记忆、欲望、梦想和现实,我们的政治、历史、文化、社会、战争、科技、时代和未来等等全都被我们的语言逻辑所统御;我们的生活,也就只能是语言的生活。正是在语言的生活之中,魔术师似乎站到了凡俗的对立面,向我言说着神奇和邈然。而魔术师的形象,也终于要转化为诗人的形象,魔术师的方式也同样是一种诗人的方式。跟诗人的方式区别开来的,是语言和生活中的散文状态,它跟我们的实际境遇相协一致,它几乎是我们具体的生存。也许,它就是人们喜欢在魔术师和诗人面前强调的真实。这种散文真实喋喋不休地诉说着功用,或更有意义地用"意义"这个词代替功用。意义似乎是存在的真正意义所在,人在一举一动间对于意义的追究和计较,大概正足以说明

"人不过是语言"这一说法多么有意义。70年代的那个男孩为魔术的真实性妄加辩护,他企图争得魔术表演的功用和意义,他所肯定的就仍然是生活的散文状态,他为自己对魔术的迷恋,寻求的仍然是散文的合法性。那么他的球投错了篮筐——他投进越多,他的对手得分就越高。反而是那些洞悉骗局的冷静的观众,用他们的质疑把魔术推到诗歌这一边。不过,假如他们紧接着失去了他们的理智,愠怒地去抨击魔术表演的无用和无意义,他们就会显得比那个男孩更加孩子气。实际上,从来就没有谁从观众席里忿然起立,对魔术发出大声的诘难。然而,对于诗歌的虚构和空(请用佛家的变化观看待这个词),对于诗歌的幻美和不介入,对于诗歌跟时代和现实的若即若离(这不像是一个魔术场景吗?),对于诗歌把语言朝永恒和无限提升的努力,却总是有太多的控告和驳斥,鼓噪和攻忤,不满和失望,强忍着不发脾气的讽刺和嘲笑。好像诗人曾经允诺诗歌也只是一种散文;好像诗人曾经在现实主义合同书的乙方名义下签过字画过押;好像诗人曾经答应了读者和批评家,用诗歌去帮他们谋求即时就近的利益跟好处……

　　诗人却并不是要诚心报答渔夫的金鱼。诗人尤其对贪得无厌的渔老婆子表现得不买账。况且,将现成意义包装进诗样小锦盒的礼品买卖,绝非诗人的正当营业;可以用散文去做,可以用散文就做得不错的说理和叙事生意,也不是诗人应该去抢夺和抢夺得了的。诗人的作为像极了魔术师——魔术师仿佛变出了多于空无的空无,诗人则仿佛变出了多于语言的语言。但他们其实只是仿佛,只是变。在由我们自制并徒然冲撞于其中的语言迷宫里,诗人递交的常常是子虚的引路线团,或反方向呈现迷宫风景的乌有之镜。因此,旧城改造和黄金储备一定不会是魔术的职责;提供存在、命运、思想、主义、时势或境况诸多问题的解决之道,也一定不是诗歌能够承担得了的。如果语言是为了说出,并努力去说对(语言是否曾经说对过?),语言魔术就倾向于不说出,它在乎的是它的不说之说。如果语言是可以及物的(它能够及物和曾经及物吗?),语言魔术却一定不及物。如果以散文形态呈现的文学(它声称自己拥有过一颗诗歌之心)真的能介入散文现实或生活现实,语言魔术的语义却只想指涉其自身。在这里,我知道,我不仅让诗歌跟散文(和文学)有别,甚至让诗歌跟语言有别。极而言之,诗不是语言,就像绘画从不是颜料,尽管它以语言为道具。语言在诗歌中一样满含着语言的意义,但是对于语言的凡俗,诗歌却魔术般地表现为无意义!

然而,我想说,在我承认了诗歌对于凡俗的无意义,并努力要把这种无意义更远地带离凡俗的时候,我离开70年代的那个男孩仍然不太远。我仍没有资格自居为魔术师或许的同行,踏实地站到语言生活中诗歌的这一边。不过,接下去,在我以魔术表演为形象表述的诗歌观念里,出现了魔术表演背后的表述——我所欣赏的那句话,在田纳西·威廉斯的《玻璃动物园》里,是由汤姆这样说出的:

> 是的,我兜里有花样,我袖里有玩意儿。可是我并不是魔术师,而是他的反面。魔术师使幻象看起来像真相,而我则把真相愉快地伪装成幻象。

——在诗歌去认同魔术,在诗人去攀附魔术师之际,你得要自察;其实你又有多么不一样。魔术师的反面是他的对立面？不,分币的反面是它的另一面,魔术师的反面是另一位魔术师,或同一位魔术师身上相反的魔术师,更全面和立体的魔术师,一位为魔术骗局设想着出人预料的花招,把平常的军用毛毯改造成魔毯或把一副皮手套变成魔术手套的巧手阴谋家。这位魔术师反面的魔术师也许在舞台上,却更在他自己和所有人的凡俗生活里。他有着双重的技艺:他不仅稔熟表演时的各种手段,他更懂得如何于现实中定义生活,定义其自我;他把记忆和经验里最日常化的手工活儿变为想象,把任何用品做成伪用品,以便它们为魔术所用;他对人心和物理有深刻的理解和超凡的发现,就像他自己是一个反面,他总是能洞悉事物的反面;他从异常中看出平常,而又从平常里发现异常;他从真实中感受到虚妄,并且把这种真实的虚妄发明成魔术,以魔术的幻象让观众对他们真实的境遇有所震惊、有所遐想……

技艺是魔术和诗歌的关键词,但技艺在生活中更为关键;对于一个企图在散文生活里玩诗歌魔术的诗人,最关键的技艺则在于,从生活的技艺里找出那无用的诗歌技艺。我愿意把诗歌想象成这样的魔口袋:当它向语言和生活敞开的时候,也是它将语言和生活翻转的时候——诗歌把语言和生活从散文状态翻转为诗歌——一种虚构。而诗歌又正好用这种虚构,确认了语言和生活的真实性。当这种真实性被翻转进诗歌的魔术口袋里,它的黑暗也变得真实了——它的黑暗因诗歌的虚构被真实地看见。不过,如前文暗示的,诗人的立场在散文世界的反面而不是对立面,诗歌并不去抵抗甚至出击真实/现实的黑暗。诗歌不是武器,诗歌是魔术。诗歌把现实纳入诗歌(而不是诗歌介入到现实之中),然后以"把真相愉快地伪装成幻象"的方式,进行着它那诗歌的创造。这种在语言的公共约定之反面进行的创造必定个人化,它带着明显的自我愉悦和随心所欲,带着对"有漏皆苦"的世态人事的了然和藐视,——它所关心的,是诗人能否以诗歌语言的无意义或反意义,把我们命定的时间迷宫翻建成一座魔幻通天塔,去上接不同于意义和现实世界的永恒和无限……终于,在这篇有关诗歌之无意义的散文里面,诗歌的意义和功用还是被提及了。而不管诗歌的意义和功用是否存在,它都强烈地支持着"为什么写作"这样的提问。如同被诗人创造的诗歌宇宙是个人化宇宙,为什么在一个散文化(据说正越来越数字化)的人间世界写作诗歌,这个问题的正当答案也只属于个人:跟我对诗歌的理解和想象密切相关,像魔术师曾经表演的那样,把一座由意义警察严加管束的语言看守所,变成哪怕只有片刻的虚无,以获得和给予也许空幻却神奇邈然的解禁之感,是我常常求助于诗歌的一项理由。这不是可有可无的理由,对一个敏感于被语言生活所捆绑,甚至跟语言生活混凝在一起的尘世过客,这是他内心期许的必要的超越,这是他努力争取的必要的自由。这样的超越和自由不会是无谓的,尽管那的确并无功用。……这样的超越和自由之光为尘世布置的海市蜃楼,勉力纠正着尘世景象,纠正着我们变幻的语言。

  是否又变回了70年代的那个男孩?——如此回答"为什么写作",仿佛在肯定中否定了诗歌的无意义,重新把现实功用赋予了诗歌。不过我回答的立足点刚好在那个男孩的反面:我不免拿起意义(它更是反意义)之盾捍卫诗歌的虚幻和无用性,并不含有(可能不自觉地)向散文生活妥协的企图。我的回答意欲谋求的,是相反的妥协:散文生活向诗歌的妥协!我相信,在散文生活对诗人甚至诗歌处境漫无节制和变本加厉的挤压侵占中,这种相反的妥协一直存在着,并且会更为广泛,尽管从表面上看,时代正以其进步为名,无情地抛弃着诗人和诗歌。限于篇幅,我无法在此展开这个话题。不过我仍想稍举一端,提出似乎已主导了我们现实生存的实用科技——它如此明显地临摹和篡改着诗歌精神。让我且着眼于它的临摹:实用科技那么频繁地从诗歌的所谓"绝对想象"中偷取灵感,以科学的(当然也是散文的)方式去尽力实现诗歌所想象的……不妨料想,总是在规划未来的科技中心里,必有一扇不太隐秘的暗门,通往诗歌的魔术师房间。而诗歌的魔术师知道,这不仅是现实跟超现实互述款曲的暗门,这也是——可以被看成是——诗歌和散文这两种语言和生活状态之间的暗门。它就像魔术的秘密机关,它其实就是魔术的修辞学,是诗艺本身——诗歌的无意义或反意义,正是在这里有所出入:当它关闭的时候,意义或功用就被隔离在诗歌之外;当它打开的时候,诗歌的无意义或反意义就会呈现为另一种意义,以超凡的语态向语言凡俗言说它的无用之功用。我打算揭开 70 年代的那个男孩不打算揭开的魔术之谜吗?我只是想表明,魔术师诗人技艺的门板在掀动之际,很可能已经把真实变成了一种想象,把想象也变成了一种真实。而它们是另一种想象,另一种真实,或如戴望舒所言:"不单是真实,亦不单是想象。"如此,魔术修辞学的诗艺之门有可能把我们引向如此这般的神奇和邈然——那个我们不敢相信、(因而)不再相信的语言的最高虚构,那个曾被诗人们概括为"一句蠢话"的"我们(人)这一种类的目标"。它带来的希望,让我又忆及"文革"中一座大剧场里被一个男孩看见的景象:炽热燠闷的下午,裹在草绿色军装里的一群造反派红卫兵屏息在黑暗的观众席里,他们被魔术的美妙骗局吸引和征服,伸长脖子聚精会神,集体张开了惊讶和奇思异想的嘴巴……

(2000)

现代汉诗的现代汉语

应该在意现代汉语的特殊出生/出身。跟(譬如说)古汉语不同,现在被称为"现代汉语"的这种语言,并非不自觉地、自然出现的语言。现代汉语的出现基于这样一个(被我在此简单化的)说法:由于古汉语的死于"现代"——不便于说出,更不用说强行涌入中国人意识和生活的"现代",无从表达对"现代"那过于复杂的感受、感想和感慨(这种缺陷,尤其突出在古汉语服务于诗的部分)——那么,一种要求能够纳入突然扩大到几乎无限的世界,要求有效地表达在那样一个世界里的中国人之处境和心境的新语言,就被迫生成和自觉发明了。

*

现代汉语特殊出生/出身的要点在于,它就是它想要说出的话语。这种带有鲜明价值取向的革命性语言,是通过谴责甚至谩骂古汉语而确立自己的。在现代汉语最初的话语里,古汉语是负载(并被目作代表)专制政体、吃人道统、封建恶势力和腐朽旧世界的反动语言。充任这种反动语言的敌人,现代汉语确认自己即"德先生"和"赛先生",它是一种"现代"精神,一种"现代"文明,它就是中国人的"现代"世界。

*

在我看来,现代汉语由被迫生成到自觉发明的标志,是 1918 年《新青年》四卷一号上,出现的几个知识分子诗人用这种语言作诗的尝试。而这种尝试,又正标志着萌动于 19 世纪中叶(说不定更早)的文学改良,获得了它的革命性自觉。现代汉语的成立,在于它作为一种诗歌语言被自觉发明和人为造就了。正是作为一种诗歌语言,现代汉语被自觉发明、人为造就的特殊性才越发明显,这种语言的价值取向才格外鲜明。最初由这种语言排列而成的诗,不也是生造出来的惊世骇俗之物吗?对旧诗词而言,"白话诗"(新诗)正所谓有恃无恐的作乱。那几乎是在"指鹿为马"——也许,那几个尝试者仅仅写下了几句"白话",但那几句"白话"被强指为诗了。而强指正意味着这种诗歌语言的不同寻常:它是被"现代"所迫而生成的语言,它是用于"现代"的语言,它是语言和话语的合一。

*

现代汉语为自己树立了古汉语这样一个未必不是假想的敌人,这是它得以迅速确立自我的一大原因。现代汉语是以向古汉语挑衅的口气开口说话的,它出生/出身的自觉,也正产生于要截然不同于古汉语的努力之中。欲将汉字拉丁化的"进一步革命"的企图,是这种要截然不同于古汉语的努力之极端。汉字拉丁化已经被证明要不得(却并非没有可能性)——就现代汉语的发展足够令自己相异于古汉语这一状况而言,汉字拉丁化也显得根本没有必要了。

*

多少年以后,自然而然地使用着当初因拒斥古汉语而变得明确的现代汉语的我们,再去抱那种敌视古汉语的态度已毫无必要。事实上,古汉语已经被替换——虽然不能说被打败。现代汉语拓展语言新疆域的能力,它的开放、包容和对未来的投身,已经跟古汉语如此不一样。即使最容易将古汉语和现代汉语混为一谈的部分,那借自古汉语的、现代汉语中仍在使用的字符和词,在意义上,古今也已大不相同。古汉语之"月"何曾有过现代汉语之"月(月亮)"里"卫星、荒漠、环形山、风暴洋"这样一些内涵?而同样的"皇帝"一词,在古汉语和现代汉语的不同语境里,其意义又怎么会一致?

*

以不愿意有一个过去的方式,现代汉语被发明和造就。作为一种诗歌语言、一种书面语,现代汉语也的确没有一个传统。它的传统是它的发展;而它的发展,并没有违背其缔造和倡导者的初衷——作为一种诗歌语言,现代汉语那朝向"现代"的方向是明确的。正是由于取向"现代",要与时代进程保持同步,甚至要说在时代进程之前(现代汉语的确常常是说在时代进程之前的),现代汉语给了自己一个铁胄——它甚至也尽可能消化着敌对的古汉语。但这种消化并不意味着古汉语会是现代汉语的一个过去,哪怕是一个未来的过去。这两种书面语并不同构。现代汉语跟古汉语的关系特征不是"延续""承传",而是"分道扬镳",这明显地体现于用这两种语言写下的截然不同的诗。

现代汉诗的现代汉语

*

由于现代汉语的革命性自觉,由于它那不愿意有一个过去的出生/出身的心态,以它为语言的现代汉诗的最初诗艺也是革命性的:"若想有一种新内容和新精神,不能不先打破那些束缚精神的枷锁镣铐。"(胡适《谈新诗》)对这种新诗歌而言,旧的诗歌以及标准,意义只在于对照。而新诗歌的形式和标准,则需要向它的未来去追寻。可以说,现代汉诗最根本的诗艺,是它对自己未来的追寻。这构成了它的传统,也命名了它的语言,那被叫作"现代性"的,靠对自己的确信而建立的东西。

*

不妨说,用以古汉语为依据的"汉语性"或"中文性"作标准,去判定现代汉语,尤其是作为诗歌语言的现代汉语的"地道"或"不地道"("像不像"中国话),是一件似是而非的事情。想要用被现代汉诗刻意摆脱的古诗词范式来评估现代汉诗,声称"衡量诗歌的标准,在今天依然是《诗品》(应为《二十四诗品》——引者)中归纳的那些:雄浑、冲淡、高古、自然、豪放、缜密、飘逸、旷达、流动……"(于坚《棕皮手记:诗人写作》)则有点儿自欺欺人。道理如此简单——你不能以奔马为依据制订交通规则,去限制汽车的速度。

*

在一开始和以后持续抗拒古汉语的同时,现代汉语的胃口,一直都倾向于口语的表达方式和对"西方"的译述,以至当初(甚至现在),现代汉语的范例,要到"白话文"的译述中去寻找。"胡

(适)氏自己说《关不住了》一首是他的新诗成立的纪元,而这首却是译的,正是一个重要的例子"(朱自清《中国新文学大系·诗集·导言》)。现代汉语的倾向于口语和"西方",正是由于现代汉语那语言与话语合一的出生/出身。说出和说对"现代"的最佳(在当初也是唯一的)办法就是用"白话文"译述"西方"。自由主义、实用主义、个人主义、易卜生主义、民粹主义、社会主义……这些用"白话文"译述企图说出和说对的"现代",说出和说对了现代汉语本身——它蕴含着的话语是这样的:现代汉语才是"现代"的语言。

*

"引车卖浆之徒"的口语并不"现代",但"引车卖浆之徒"的口语可以被借用来有效地说出"现代"。因为,如果被言说的"现代"并不能输送给"大众",它就不是真正的"现代"。现代汉语的缔造和倡导者将"白话文"革命性地替换"文言文"的用意,并非要以"引车卖浆之徒"的语言去做书面语,而是要让它成为"引车卖浆之徒"也能看懂的书面语。对口语的偏向直至倾倒表明的其实是现代汉语要向"大众"说话的欲望,它的语言与话语合一的欲望。现代汉语自觉地要达于"大众",以图把处身于蒙昧旧世界的"大众"引向"现代"。

*

现代汉语对口语的借用甚至利用,贯穿于它那短暂但却经历不少的发展史。口语从来就是令现代汉语充满生机的根本原因,现代汉语最初的叫法即为"白话文",它的缔造和倡导者似乎要人们把这种语言理解为只是日常口头语言的记录。但事实上,"白话文"并不是(也不可能是)口语原封不动的书面版本。它大量地消化吸收着日常口语,形成的却毕竟是"白话"之"文"。更值得注意的是现代汉语影响口语的方面,许多日常口语的说法,实际上正来自(尤其是译述的)书面语。可以想一想诸如"拷贝""马赛克""周末""激光""热线""情商"这么些说法是怎么来到人们舌尖上的。在说出和说对"现代"方面,"白话文"要比"白话"更具活力,尽管它的这般活力离不开口语,而且几乎就是口语的活力。现代汉语跟口语,常常是对话的关系。当现代汉语是一种诗歌语言的时候,这种对话关系就尤其意味深长。

*

　　说现代汉语是一种口语的书面化,不如说它是一种终于深刻地影响甚至左右了中国人日常表达的书面语。被制定了发音标准和语法规则的普通话,大概是口语受到书面语影响的一个极端例子——也许没有必要专门提及,普通话不应被误作书面语,它只是一种被制度化的说话方式和诵读方式,一种纪律严明的口语——即便极端,却也并没有直接的普通话写作,因为并没有直接的口语写作。现代汉诗的诗歌语言是现代汉语,而不是普通话或方言。后二者得要选取、消化、变成现代汉语后才能属于现代汉诗。当然,由于普通话在很大程度上并非现代汉语的活力之源,而是现代汉语的一个后果,它的被制度化,被附加给标准口音的标准话语方式(反过来利用了现代汉语出生/出身的口语病),使得胆敢将普通话化入写作语言的诗人必须有更出众的技艺——他不仅得有从口语里淘金的功夫,而且要真能够点铁成金。

*

　　所谓用口语写诗或写口语诗，无非是说用更多吸收了新鲜活泼的日常表达的现代汉语去写作。这仍然是一个将口语提纯为书面语的过程，至于将口语提纯到怎样的程度，即写下的书面语在多大程度上接近或背离口语（因为不可能完全等同于口语），并不意味着写作的优劣。在写作中，正像写作本身没有定则一样，如何使用来自口语的资源也并无定则。也许，"恰到好处"是唯一的定则。回到现代汉语的出生/出身，那几行被强指为诗的"白话"之所以被强指为诗，重要的也许是"怎么说"（用哪种语言说），但真正重要的却在于它是意味着"说出了什么"的"怎么说"。如果现代汉语的口语（化）写作并不能回到它的这一特殊出生/出身，那它就未必"恰到好处"。

*

　　"西方"包含在现代汉语的特殊出生/出身里，"西方"几乎是现代汉语最初的全部话语。跟抗拒古汉语一样重要，也许更重要的是，现代汉语得以迅速确立，是因为它力图使口语跟"西方""接轨"，这种"接轨"，正是译述。正是借用口语的表达方式译述"西方"，现代汉语才能以挑衅古汉语的口气开口说话。在这里，"西方"一词几乎百分之百地属于"现代"，尽管"现代"的概念显然要大于"西方"。正是"西方"，使得现代汉语有了可以被说出的仿佛自我的东西。不过，就像对古汉语和口语一样，现代汉语对"西方"的译述也是一种借用，被译述过来的"西方"，也无非现代汉语话语的一部分（极重要的部分）。得益于译述，形成的是现代汉语,而不可能是别的东西。译述使现代汉语成为一种自觉、主动、开放和不断扩展着疆域的语言,它要说出的或意欲说出的,是所谓"中国之世界"和"世界之中国"。译述曾创造并仍在创造着现代汉语。这种创造,把原先对中国人来说也许只是"手势语"的"西方"或曰"现代"用现代汉语说了出来。译述是现代汉语的主动行为,更像是现代汉语的开拓和远征。译述是现代汉语得以在"世界之中国"生存的能力,这种能力是由现代汉语的特殊出生/出身所赋予的。

*

并不存在一种不含有"西方"语言资源的现代汉语,之所以连有些诗人也对此不敏感了,是因为"西方"语言资源如空气般弥漫在这种诗歌语言里。诗人在诗歌里运用"西方"语言资源的能力,也就是一种运用现代汉语的能力,也就是一种写作能力。现代汉语里有着与生俱来的接通"西方"的轨道,只不过,这轨道的轨制,那扳道岔的意识和手,是"世界之中国"的。所以,即使满含"西方"的现代汉语,甚至用现代汉语译述过来的"西方诗歌",也并不接纳一个十足"西方"的诗歌标准。这倒跟现代汉语和现代汉诗之于古汉语和古诗词颇为相像。现代汉诗,在跟古诗词相对照和与现代汉语内部的"西方诗歌"相砥砺之中,追寻它自己的诗歌标准。

*

必须——并且不是作为补充——指出的是:用现代汉语译述或获取"西方"这样一个说法里,一定含有甄别、筛选和扬弃的意思。另外,现代汉语里的"欧化句"和"翻译腔"是让人皱眉的问题。我想说的是,并没有绝对的"欧化句"和"翻译腔"。现代汉语是迈向越来越开阔的未来的语言。"中国人习惯于这么说"的现代汉语是一种汉语,是这种汉语的过去和现在;"中国人还不习惯于那么说"的被指为"欧化句"或"翻译腔"的现代汉语也是一种语言,是这种语言的现在和或许的将来。

*

当它被发明的时候——不妨在此重述——现代汉语是一种革命性的诗歌语言;它是要用来"打败"被当作旧世界之没落腐朽的过去时标志的古汉语和古诗词的语言;它是要说出和说对"现代",为"开启民智"而大量吸收口语的语言;它是要将世界,尤其是现代世界译述给中国,让中国跟世界——当然是现代世界——对话交流,从而使中国成为"世界之中国"的语言。这种语言有一个朝着未来的方向,并且在朝向未来的进程中被赋予了言说中国的现代化、创建中国的现代性传统的使命和责任。所有这些,都具有那么显著的"知识分子性",足以让人把最初的现代汉语看作一种知识分子的话语语言——如果,"知识分子"指的是那种具独立之精神,自由之思想,对社会进言并参与世务的行动者;如果,"知识分子性"指的是敢于称自己为知识分子者的宿命立场——在回顾现代汉语特殊出生/出身的时候,它的这种"知识分子性"就不能被遗忘。现代汉语自觉的发明者,正是一群"觉悟于现代"的知识分子。

*

除了"若尽废古书,行用土语为文字……则凡京津之稗贩,均可用为教授矣"(《林琴南致蔡元培函》)之类来自古汉语阵营的挖苦和斥责,对年轻的现代汉语常感不满的,正是使用甚至参与缔建这种知识分子话语语言的知识分子。在不到百年的现代汉语发展史上,每一次"变革"它的努力,实际上只是要"变革"它的"知识分子性"。瞿秋白就因为有感于"括括叫的真正的白话(文),也只是智识阶级的白话(文)",而要以"废除汉字采用罗马字母"的革命,使现代汉语成为属于"大众"的(而不再只是知识分子的)"现代普通话的新中国文"(《鬼门关以外的战争》);不久后热闹一时的"大众语"运动针对的也正是现代汉语知识分子化或精英化的一面,要还(?)这种语言给"大众",声称为了让"大众说得出,听得懂,写得来,看得下",应该"把白话(与)文的距离缩到最少甚至零"(陈望道《大众语论》),进一步使现代汉语成为更彻底白话化的,同于口语的书面语。这样的书面语当然是虚妄的,就像用罗马字母取代汉字一样要不得。值得注意的是"拉丁化"企图和"大众语"运动想当然地代劳"大众"的做法,那其实是过分知识分子化的。这种做法的不会成功,也正由于它们过分知识分子化的脱离现实:想要在不"变革"现代汉语话语的情况下"变革"现代汉语的语言表达(造成混乱的另一面则是,想仅仅通过"变革"现代汉语的说话方式来"变革"其话语)。但语言和话语的合一才是现代汉语的特殊出生/出身和现实。后来"毛语"的形成和大行其道,跟对这一点的确认有关。"毛语"的要害,正是明确针对现代汉语"知识分子性"的整肃、清洗和专政。从建立语言(文风)秩序和话语(思想)纪律入手,"毛语"使有着"知识分子性"出生/出身的现代汉语获得了"党性"的成熟。

只言片语来自写作

*

　　诗歌语言即不断返回其根本的语言。这句话对现代汉诗的诗歌语言也一样适用。返回现代汉语的特殊出生/出身，它作为一种诗歌语言的"知识分子性"，那言说"现代"的语言与话语的合一，使得现代汉诗的写作呈现为所谓的"知识分子写作"。当"毛语"取得了绝对统治，当作为诗歌语言的现代汉语不再被允许返回其特殊出生/出身的"知识分子性"，现代汉语的诗人们不约而同地丧失了他们的诗歌能力，就不是一件稀奇的事情了。他们不"失语"，又能怎样呢？同样不稀奇的是，这时候，当他们用古汉语去写一些旧诗的时候，其（另一种）诗歌能力竟然是活跃的……

*

　　也许某些人说得不错，"知识分子写作"真是"可怕的"。"知识分子写作"不仅是现代汉诗的写作立场，而且是它的写作宿命。现代汉语的特殊出生/出身，规定了以它为诗歌语言的诗人不会有纯粹的"诗人写作"，或者说，"知识分子写作"才是真正的现代汉语的"诗人写作"。放弃了作为诗歌语言的现代汉语那"可怕的""知识分子性"，而去用"党性"的或所谓来自"工农兵"语言的现代汉语写作，譬如50年代到70年代的穆旦（查良铮），写下的就只能是一些诸如《去学习会》《九十九家争鸣记》这样的糟诗。不过，同一时期，在其译述的普希金，特别是布莱克身上，穆旦却创造了现代汉语的诗歌范例。穆旦诗艺的反差正是由于现代汉语语言与话语的合一。在"说什么"还是个疑问的时候，"怎么说"也不可能有效，而当"说什么"成为一种必要，"怎么说"才意味着"说什么"。现代汉诗的"知识分子写作",实际上是被语言和话语的合一所规定的意味着"说什么"的"怎么说"。

*

怎样令"毛语"进入"新诗"?问题的关键也是"怎么说"。但"毛语"却从未成为"新诗的",似乎也不可能有一种"毛语新诗",正像一种旧白话文(譬如《金瓶梅词话》语言)的现代汉诗不可能成立。我猜想,"毛语"带给诗歌的好处,正像当初古汉语和古诗词给现代汉语和现代汉诗带来的好处。对"毛语"的反叛和挑战,令"今天"派以来的诗歌迅速返回了现代汉语的"知识分子性"。

*

说"知识分子写作"是现代汉诗的写作立场和写作宿命,因为它是被现代汉语的革命性自觉规定的写作,但实际上,它也是对这种革命性自觉深感困惑的写作——尤其是当作为诗歌语言的现代汉语越来越在"世界之中国"的时代里,"由于疏忽、搁置、缺乏尊严、淡忘或被强令扼杀而死亡时"(托妮·莫里森《剥夺的语言与语言的剥夺》);当这种语言之诗歌的话语力量越来越只不过是一个诗人个人化表达的现代汉语时。"知识分子写作",它被现代汉语的革命性自觉所规定的,也许就是以尽可能陌生于当初语言的现代汉语,让那种革命性自觉将未来生成于此刻的诗中。如此,作为诗歌语言的现代汉语,仍须不断回到它特殊的出生/出身。要知道,现代汉语被刻意"变革"、改头换面和在日常广泛的、近乎遗忘的习惯性应用里渐渐丧失的"知识分子性",总是能够在一首以这种语言写下的"好诗"里全面恢复它的记忆。

只言片语来自写作

[附识]

  这些片断形成的未竟稿原题《回顾现代汉语》,后改题为《现代汉诗的现代汉语》,除了想突出我对现代汉诗语言的回望,还企图预告我对作为诗歌语言的现代汉语的进一步追究。没有将可能是这个未竟稿之"下篇"的那部分写下来而使整篇完成,除了当时一些条件的限制,我想,还因为我希望能够在拉开得足够长远的时段之后,出现一个时机、一种境况,让我以不赞同的心情和思路、相异的立场和观点、辩驳的姿势和口吻,来针对并续完此未竟稿。不知为何,在指出现代汉语的出生/出身的"知识分子性"和由此带给现代汉诗写作的某种规定性的同时,我对这样的认知便颇有点儿逆反——那拉开得足够长远的时段或许能让我弄清楚我何以逆反;而这样的弄清楚,应该同步于我对作为诗歌语言的现代汉语的进一步追究。我相信而未及在此未竟稿里表露的是,现代汉语的诗歌写作还另有其更重要的任务,譬如,超越这种诗歌语言的出生/出身,超越某个阶段的现代汉语乃至现代汉语这么个阶段……

(2001)

阅读

每一次阅读都是翻译

· 黄灿然《必要的角度》

《必要的角度》是诗人黄灿然评论文章的一个结集。这本尤其着重深究翻译问题的新书,体现了作者开阔的阅读视野;其引人注意的阅读视角,则让我们对翻译问题更另眼相看。这不仅因为,按照黄灿然在书中一篇短文里引用的帕斯的说法——"每一次阅读都是翻译";这还因为,翻译是作为写作的阅读——只不过"诗人写作时,他不知道他的诗将会写成什么样子;译者翻译时,他知道他必须把摆在他面前的这首诗再创造出来"。接着被引用的帕斯的这段话,是否是黄灿然题写其书名的恰当理由?

从"必须把……这首诗再创造出来"的角度,黄灿然评说了"译诗中的现代敏感"和"汉译与汉语的现实"。围绕这两个话题的数篇文章里满是黄灿然阅读的细节。他挑剔译错和译坏的句子,给出他认为准确的译句,赞叹会"扎痛读者"的佳句。那些将华兹华斯、狄伦·托马斯、洛厄尔诗节的不同汉译对比剖析的段落极具说服力,即使对一个不掌握半点具体的翻译手艺的读者来说,这样的段落也大有兴味;黄灿然论翻译的文章,则正好主要是由这样的段落连缀起来的。从一个词,一种句式,一个词的几次替换和一种句式的几番颠倒——从如此细微的地方入手,去找出那也许隐藏着的关键。这既是他的风格,也是他的技艺。而他所强调的翻译理念——"直译"和"敏锐",如果不会是汉译的最高原则,也会是汉译最有效的手段,这被他的阅读、被他阅读中那么多小小的重大发现有力地论证着。

值得赞赏的是他关于汉语,尤其是用以译述的汉语不避"欧化"的主张。就像"中国人习惯于这么说"的汉语是一种汉语,一种汉语的过去和现在,"中国人还不习惯于那么说"的被指为"欧化"的汉语也是一种汉语,一种汉语的现在和将来。并且,正好是后者,已经并仍在拓展着汉语的疆界。黄灿然说:"我的兴趣是:寻找新的语言,新的刺激,新的想象力。"只有这种能刺激想象力的新的语言,才有可能"把……这首诗再创造出来",才有可能启发一个阅读中的诗人投身于新的"他不知道……将会写成什么样子"的诗篇的写作。这就是为什么他对那些"恶化"的汉译,对那些"汉化"的、"古雅"的,为了"要像中文"而"大胆改动原文的结构"的意译,对于"汉语原教旨主义"式的纯化汉语论调强烈反感和反对的原因;这也就是为什么在阅读、翻译和评介沃尔科特、希尼、布罗茨基、蒙塔莱、金斯堡、歌德和曼德尔施塔姆等诸多同行的时候,像他描述中的布罗茨基一样,他"醉心于细节,醉心于具体描写,醉心于名词,醉心于发现"的原因。对更为新鲜甚至新奇,更具活力甚至挑战性的汉语的期待,成为他认定的翻译的必要性,阅读的必要性和批评的必要性。

在对这本书的出版有所说明的短序里,黄灿然提及了将来的写作。可以设想,他对翻译问题的重视,他那以翻译方式展开的阅读,他细心地发掘他所期待的语言,刺激和想象力的评论,都是为了其诗人的写作。实际上,这本从翻译出发,在不涉及翻译问题的阅读中也采取了翻译视角的评论集,最根本的话题正是写作。这固然由于前面所说的"每一次阅读都是翻译",而翻译是作为写作(在黄灿然的这本书里也可以说是作为评论)的阅读;这更由于,诗人的技艺总是离不开阅读的技艺,那阅读的技艺,考验着诗人写作的技艺。

(2001)

超逾其外的眼界和意味

- 叶维廉《中国诗学》
- 涂卫群译程抱一《中国诗画语言研究》
- 钟玲《美国诗与中国梦》
- 赵毅衡《诗神远游》

在《中国诗学》的"增订版序"里,叶维廉把他对中国特有的诗学、美学理论和学术化寻索,视为自己现代诗写作的延续——它跟这个诗人早年在日记本上写诗的狂热与浓烈,有着一样的向度和意图,那是"试图找到一个入处,促使中国文化的原质根性得以复苏更新。……不光要认识我们原质根性的危机,还要认识我们本有的抗拒暴力的强权的潜在力量,孕存在古代哲学美学和古典诗里的视野……进而探索和认识西方现代哲学诗学因为批判柏拉图、亚里士多德系统'以语框物''以天制人'的强制行为而切入/回响东方的思域的诡奇蜕变……"这大概言明了《中国诗学》的说话语境和针对性,也提示了重新审察中国诗学应具的超逾其外的眼界和意味。

跟我曾读到的刘若愚、程抱一、高友工、张隆溪、孙康宜、宇文所安等人论述中国诗学的文章著作一样,叶维廉的《中国诗学》也是跨文化、跨语际地参照互省,"借异识己"、"借异立己",来分析阐发中国诗的语言及美学特质,寻根探固其概念和模子的。这使得他的中国诗学,也正是一种比较诗学。叶维廉说,中国诗学的许多问题"只有在中西比较文学中才能尖锐地被提出来……在单一文化的批评系统里,很不容易注意到其间歧异性的重要"。

而去发现和认识"其间歧异性的重要",在叶维廉自己,则开始于他对"可以触及中西美学间主要的差距"的中国诗翻译问题的关注。他看到,"旧诗中的文言语法,反映中国独特的美学观照,是英文语法无法做到的,英文语法应用到中国诗的翻译上,往往会把原诗的观物形态完全破坏","往往把文言句硬硬套入它们定词性、定物位、定动向、属于分析性的指义元素的表意方式里,而把原是超脱这些元素的灵活语法所提供的未经思侵、未经抽象逻辑概念化前的原真世界大大地歪曲了"。不过,翻译的歪曲和破坏却也不妨是一种反衬,能让人更为清晰地体察中国古诗的优异独具。

由对中国诗翻译的探讨开始,叶维廉把中国诗学首要问题的视点聚焦在了"语言印认的层面"。在他所列举的诗例里,一首不管从其中哪个字开始、朝哪个方向读去都能成立,因而有四十种读法的五言绝句回文诗,可称最为极端。它要人相信,在最极端的状况里,文言这种"表意的媒体",真的可以以"特有的'若即若离'、'若定向、定时、定义而犹未定向、定时、定义'的高度的语法灵活性,提供一个开放的领域,使物象、事象作'不涉理路'、'玲珑透彻'、'如在目前'、近似电影水银灯的活动与演出,一面直接占有读者(观者)美感观注的主位,一面让读者(观者)移入,去感受这些活动所同时提供的多重暗示与意绪……"

叶维廉大概会同意程抱一在其中国诗学专著《中国诗画语言研究》"中文版序"里对语言的看法:"人之所以成为思想动物,是因为首先他成为语言动物。语言不只是工具,它是人之所以成为人之基本要素,它是存在方式、建造方式、求索方式。"语言决定人的精神形态。因此,就值得进一步寻索持行中国古诗语言策略之人的动因及哲理、思想和文化背景,深入考察其历史渊源。

自"印认的层面"跟印欧系语言及其诗歌方式的"互照互省",叶维廉呼出了作为西方诗学另一极的中国诗学之美学和哲学范式,那便是他津津乐道的道家美学思想、道家知识论和道家宇宙观。在叶维廉看来,中国古典诗语和诗学之尽力要让诗歌趋近"指义前"的世界、"离合引生"作"物我通明"的呈现、"秘响旁通""空纳万境""妙悟诗禅"行"出位之思",正由于道家美学思想、道家知识论和道家宇宙观,以及它们带来的那个悖论:道家"一开始便否定了用人为的概念和结构形式来表宇宙现象全部演化生成的过程",却又不得不动用语言这一"人为的概念和结构形式"之"表意的媒体",来述说和沟通人与存在。那么,"非常道""非常名"的解决之道和命名方式,便只能要求"语言文字仿佛是一种指标,一种符号,指向具体、无言独化的真世界。语言,像'道'字一样,说出来便应忘记,得意可以忘言,得鱼可以忘筌……或化作一支水银灯,把某一瞬的物象突然照得通明透亮"。"语言文字,不应用以把自我的意义、结构、系统投入万物,把万物作为自我意义的反映;语言文字只应用来点兴逗发素朴自由原本的万物自宇宙现象涌现时的气韵气象。"

同样在将中国古诗当作特定语言来理解的研究著作里,程抱一也对由这种语言方式导出的思维定势和认知方式有所阐发,但却着重于他指出的"人所发明的符号,只有在与造化所揭示的秘密符号相联系时,才是长久的"这一方面,让由一种统一原则支配的世界观,跟中国诗学的形式范式取得符号学和结构主义的联系。他写道:

> 虚实、阴阳和天地人构成相关的和分等级的三个轴,围绕着它们组织起一种建立在气的观念基础上的宇宙论思想。这种思想认为,无是有的一个充满活力的维度;在活跃的物质存在之间发生的一切与物质存在本身同样重要;正是这种冲虚之气使得两个根本性的物质存在阴和阳得以充分运转,并由此致使人的精神在与地和天的三元关系中得以完成。诗歌语言,探索着书写符号的秘密,不失为在不同层次,依据这三个轴进行的自我构成。

一个系统化的因袭的象征意象整体,成为程抱一为中国古典诗语理出的基本结构里对应人地天三元关系的"更高(或者更深)层次","它们本身便是这一语言的基础,并积极参与它的构成……带来我们所能够看到的结构上的全部简练"。而在分析诗体,尤其是律绝之类汉语文言的独有诗式时,平仄和对仗,被认为"恰恰是建立在由阴阳二项式所体现的对比与互补的原则基础上"。至于词汇和句法成分,也即叶维廉所说的"语言印认的层面",则与虚实有关:"诗人们对虚词进行一系列的削减……而这是为了在语言中引入一个深邃的维度,恰恰是真正的'虚'的维度,由冲虚之气所驱动的虚。""这些省略的特殊效果,在于重建表意文字的矛盾与灵活之本性,从而得以表达人与世界的微妙的相互依存关系。"

程抱一研究的中国诗学更有意思的方面,在我看来,还在于他对文言这种"表意的媒体"之形式特征的全面揭示,从而将中国古诗看作"诸符号系统构成的有机整体中的一个内在部分"。

一般来说,在与口语和书面语的关系中,诗歌语言得以定位。而"文言从本质上说是一种风格简明的书写语言",汉字作为这种语言的表意符号,"从其起源时起……便拒绝充当口语的单纯支柱:它的发展,是为确保自主性以及组合自由而进行的一场漫长的斗争。从起源时起,便显示出在所表示的语音与趋于形体运动的生动形象之间,在线性要求与向空间逃逸的欲望之间的矛盾与辩证关系"。值得注意的是,"这些表意符号的目标,与其说在于复制事物的外部特征,不如说在于通过基本笔画来形象地表现事物,这些基本笔画的结合揭示了事物的本质以及事物之间的隐秘联系"。文言的使用者必须通过书写来表达自己,而毛笔这种书写工具,又使诗书画三者得以同一,因为它们全都出自同一笔端,"一位艺术家专心从事诗歌—书法—绘画三重实践,仿佛它们是一门完整的艺术,在这一活动中,他的生存的所有精神维度都得到了开发:线性的歌吟和空间的塑造,咒语般的动作和视觉化的言语"。

程抱一充分论述了从最初的"小型图画"发展而来的汉字系统及支持它的符号观念,如何在古典中国决定了一整套的表意实践,这一整套表意实践除了诗书画,还有神话和音乐。"在此,语言被设想为并非'描述'世界的指称系统,而是组织联系并激起表意行为的再现活动;这种语言观的影响具有决定性的意义。这不仅因为文字被用来作为所有这些实践的工具,而且它更是在这些实践形成体系过程中活跃的典范。"特别是,"诗歌利用表意文字(表意文字致使被称为'文言'的书面语产生,文言与口语有很大距离),很快便孕育出一种专门语言,这种语言成为其他语言的启迪者,同时也承受它们的影响。这种不同语言之间的相互作用,成为每种语言自我丰富的源泉。它也使得每种语言有可能从其他语言获取灵感,并摆脱自身特有的束缚"。用于总结前述,程抱一描绘了这样的理想图景:

> 这些语言共有的特点:对自然和人类世界的现象进行系统性的象征化。将象征形象构成表意单位,按照某些根本性的规律(这些规律有别于线性的和不可逆的逻辑)构建这些单位,孕育出一个符号世界——这个世界受到一种循环运动的支配,在这种运动中所有的构成成分不停地互相牵连和互相延伸。

也许,程抱一和叶维廉对文言汉字的研究阐述,正是由于展现在中国诗学的框架以内,这才足够令人信服。我的感想是,被程抱一从基本的汉字及其书写,直到三元式的道和宇宙生成运行观念层层精雕细琢的中国诗学符号世界,是否真的圆满而又玲珑如一颗象牙球,重要却又不太重要;被叶维廉以西方语言和诗学所衬托的中国诗语和美学是否那般彻底和理想地道家化,也一样重要却又不太重要。真正的要点在于,像叶维廉说的那样,"耐人寻味的是,在现代的初期,约略在1917年左右,西方与中国在美学策略上几乎完全互换位置！"

在这种"互换位置"的活动中，美国现代诗从中国诗学模子里引出的一套新的诗学和美学观点，颇为引人注目。钟玲的《美国诗与中国梦》和赵毅衡的《诗神远游》这两本专著，都对中国古诗如何改造了美国现代诗进行了可谓面面俱到的考察和论述。有趣的发现是，中国诗学和处在中国诗学关键位置的文言汉字，也正处在那场文学史上称作"美国诗歌复兴"的新诗运动的关键位置，并且成为那场新诗运动之发动机的埃兹拉·庞德的一台发动机。

庞德从汉字里逼视出来的"接近骨头"的语言策略及其后果，令诗人雷克斯洛斯——这位中国古诗的倾慕者和翻译者——在1956年惊叹："美国语言正在离开其印欧语源，它离开拉丁语那种曲折的微妙细腻已经很远，相形之下更靠近汉语那种句法逻辑了。"相较这段话，由庞德整理出版的东方学家费诺罗萨的论文《作为诗歌手段的中国文字》里的一段话，可能更令人惊奇："汉语和英语句子形式相仿，使这两种语言互相翻译特别容易……经常可以略去英语小品词而进行逐字翻译，这样译出的英语不仅能让人懂，而且是最强有力的，最适合诗歌用的英语。"

或许，事情真的就是这样，要是从别的角度看，尽管印欧语系和西方诗学跟汉语及其诗学处于两极却并不对立，更多共通的因素联结了它们。赵毅衡和钟玲多方征引的"不是19世纪故意拿'中国语法'开玩笑的'洋泾浜诗'，而是美国当代最优秀的一些诗歌创作"，证明了"美国诗不仅在翻译中，而且在创作中，可以'非印欧化'到多远的程度"。

与此同时，中国却在发生、发展和壮大汉语新诗，其基本特色便是舍弃甚至反对文言和建立在文言基础上的一整套诗学体系。汉语新诗让人从另一个向度看到了另一种汉语和诗学跟印欧系语言及其诗学的共通之处。至于诗人们从尝试到坚决地写作汉语新诗的理由和目的,它所有的非如此不可的原因,近代以来已有无数解答和印证,在此无需赘述。

仍然值得一提的是,汉语新诗之成为"新诗",在于作为其诗歌语言的白话或曰现代汉语,跟程抱一在《中国诗画语言研究》里谈论的文言不同,并不以汉字书写作为其符号系统深刻的根本和基层。新诗"我手写我口"的主要资源是跟文言有很大距离的口头语。由于这种汉语口头语被排除和自外于建立在汉字书写和文言之上的中国诗学符号系统,当它也被写下来成为诗歌语言的时候,就只能是另一种语言。口头语或基于口头语的现代汉语及其诗歌,并不能在中国传统的书法和绘画系统里找到位置,也表明了它是外于中国诗学形式、概念、体裁和哲学范式的另一种语言。并且,由于汉字的简化再简化,书写方式的一变再变直到普遍使用键盘导致其面目全非,如今,连现代汉语跟被(譬如程抱一)认为已经死去的文言之间那点诗学形式范式里可能的相同和联接,也告失去了。

试图让这样的另一种诗歌语言"找到一个入处",到中国诗学于所有层次都"取消无缘由的做法和任意性,从而在符号与世界,并由此在人与宇宙之间没有中断"的框架里"复苏更新中国文化的原质根性",我认为并无可能。何况,在汉语新诗正在或已经走出西方诗为它带来的一整套诗学和美学观念的阴影,获得美学的成熟和自主之时,它又怎么会削足适履于一种要令它"丧我"的符号系统呢?

实际上,相对于以印欧系语言为基的西方诗学这一他者,处于时间过去的中国古诗及其诗学,也不妨是汉语新诗的另一个他者。正是在中国古诗的视野之外,汉语新诗发现了更为开阔的诗意和美学空间。作为比较诗学的中国诗学,常常用汉语新诗来跟古典诗语"互照互对互比互识",这刚好揭露了两者之间歧异性的重大和重要。汉语新诗要做的是,以现代汉语为基,建立起属于它自己的更具包容性的诗学和美学符号系统。就像美国现代诗可以从它的外部引入中国诗学一样,汉语新诗在舍弃甚至反对文言和建立在文言基础上的那个诗学体系的同时,也在一刻不停地引入中国诗学的各种美学元素。

赵毅衡在《诗神远游》里假设:"没有中国诗的影响,美国现代诗一样要形成新的风格……"同样可以假设,要是没有西方诗歌,汉语新诗一样会被发明出来;要是没有中国古诗及其诗学这么一个时间过去的他者,现代汉语也还是会把新诗带入它正在进行中的这样一次历险。并不新鲜的问题则是,面对已经圆满完成的中国古诗及其诗学,像叶维廉在《中国现代诗的语言问题》这篇在我看来是《中国诗学》一书中最重头的文章里写的那样:

> 在新环境新手法与中国旧诗的表现手法之间,现代中国诗人究竟能够宣称有多少是他们自己独创的呢?他们用了什么手法来避过白话的一些陷阱而回到现象本身呢?

(2007)

感动于人生的虚妄

· 刘小枫《诗化哲学》

刘小枫的《诗化哲学》，评述了德意志浪漫派的二百多年历程，书中粗线条勾勒的形象，用他在最后"结语"里的话来说，"像一位寻访神灵的诗人，拼命在寻找人生的诗"。这个由席勒、诺瓦利斯、施勒格尔、谢林、施莱尔马赫、荷尔德林、叔本华、尼采、狄尔泰、里尔克、霍夫曼斯塔尔、格奥尔格、特拉克尔、黑塞、海德格尔等人组合起来的形象，或许就是所谓的"哲学诗人"。

有人说，造就哲学诗人的，是基于逻辑推理的哲学思维和基于形象隐喻的诗性思维之交互影响和作用，一方面要把意义导引向真理，一方面则将真理还原为意义。然而，我猜想，哲学诗人之诞生，更因为感动于人生的虚妄——曾经，陈子昂的《登幽州台歌》，发这种感动为如下绝唱（绝望之唱诵？）：

> 前不见古人，
> 后不见来者。
> 念天地之悠悠，
> 独怆然而涕下！

《诗化哲学》议及的浪漫派旨趣："在这白日朗照、黑夜漫漫的世界中，终有一死的人究竟从何而来，又要去往何处，为何去往？有限的生命究竟如何寻得超越，又在哪里寻得灵魂的皈依？"正像是对陈子昂这首诗的阐释。其中，"终有一死的人"，是最触目惊心的字句——看上去，这就算事情的全部了——陆放翁有云："死去元知万事空"！

哲学诗人们诗化哲学的前提，大概就在这人的终有一死。"关心死的问题，从浪漫哲学诞生之日起就开始了。"从死亡又引申出了时间问题，而"死亡、时间等问题的突出"，刘小枫说，"充分表明，诗化哲学始终关心的是生存论，而不是存在论或实在论"。生存论追问人生在时间现世的意义。哲学诗人的任务，是要在"死亡"这把落下来斩断时间的闸刀面前，给出一个并非"万事空"的人生答案。这任务本身已相当浪漫诗化了，那个答案，要是找来的话，也必定是浪漫诗化的。并且，浪漫派认定，这个答案只能从人生的诗化中才可能觅得。

诗富创意，哲学爱智求真，那么，诗化哲学便可解作富创意的爱智求真。浪漫派试图以此突围死亡和时间。哲学诗人的智慧创意，在于给死亡这一绝对真理以别样的现世之人生意义。里尔克写在《慕佐书简》里那句"如果不是把死亡看作绝灭，而是想象为一个彻底的无与伦比的强度"颇值得玩味——死被"看作"和"想象"成了另一个前提。可以明确浪漫哲学思路的，是刘小枫引自巴霍芬的说法："死是生的前提，只有在此关系中，即在不断的毁灭中，创造之力才会生机勃勃。"死不再是结局，反像个由头，浪漫派设想，"只有从死，从特殊的个体的衰亡入手，才能认识到生的根基。生是从死中衍生出来的，生的要素植根于外显的消灭，死的烈焰吞噬了僵滞的特殊性,最终扬弃了个体的有限生存,从而与大全结合在一起,以深切的渴求与万物为一"。

那么,死并不"万事空"了,死带来"完满"。尼采更把死讴歌为人所主动担当的使命。《诗化哲学》总结浪漫派的死亡观:"死与生是融为一体的,死不是最后的外在的终结,而是当下瞬时存在的一部分。死的胁迫把生命从其麻木的沉沦中唤醒,促使生命投入最后的超升。在死的时刻,生之大门才敞开自己的全部现实性。"于是,霍夫曼斯塔尔这样写道:

> 只是,因为我会死,
> 我才感觉到我在。

是死亡提醒人有限生命的自我意识,去关切人之为人的生存意义;是死亡"呼唤人们对自己的有限生命作真正必要的创造,把自己的生活创造成有意义的生活"。而对于意义的发现和创造,正是诗的作为。它给出人在现世的尺度。因此,浪漫哲学提起的"死亡"这把落下来斩断时间的闸刀,也可以是"诗化人生的法门"。

浪漫派诗哲通过诗化死而诗化了生。可要是死亡真的仅仅表明"万事空"的话,那么莎士比亚写在《麦克白》第五幕里的台词"人生如痴人说梦,充满着喧哗与骚动,却没有任何意义"也就会变成真理。因为,如海德格尔所说:"死给生的整体划定的界限,在先地影响着生的内容。"不过,他接着又说:"当一个人超逾这内在界限以外,那么,这个人的生命品质和形式就不一样了。"霍夫曼斯塔尔拟借死之口吻,把这超逾的设想给戏剧化了:

> 我把灵魂的上帝带到你面前。

这种只可能出自诗性思维的指认,显然跟浪漫派诗哲所想象的世界图景有关。不管他们的世界图景是基督教的还是灵智主义的诺斯替教的,这图景里都有一个彼岸。它使得浪漫哲学所关心的生存论也超逾了现世。有着彼岸的世界图景是人的愿望,正像死去并不"万事空"是人的愿望。而愿望刚好是一种意义,或者说,意义总是表露着愿望。这种表露,以诗为最。《诗化哲学》录《诗纬》所言:"诗者天地之心",透彻的意思该是——诗者,人所意愿的天地之心。哲学诗人们把人生的答案锁定于诗,要用诗的本体论或本体论的诗来克服由于终有一死带来的人之命定,去解决经验与超验、现实与理想、有限与无限、历史与本源的普遍分裂,不也由于诗是饱含着愿望的意义塑造?作为人性中最为神圣也最为神秘的成分,诗是"人类最初的自由赠与"。浪漫诗哲企慕"人诗意地栖居在大地上",把诗认作人的生存方式和人生态度,意在回归"人之为人的本性,人之为人的天命"。这就已经具有了对现世的超越性,在海德格尔看来,这是"有限中的无限的持存",并且它还跟死相关:

> 唯有人才能死,而且,只要他羁留在大地上,栖居于斯,他将继续不断地死。不过,他的栖居却栖于诗意中。

《诗化哲学》阐发说:"人的本质就在于趋向神性,仰望神意之光,用神性来度量自身。正是这种度量使人超越了大地和苍天之间的维向,进入自己的本质,从而度量敞亮栖居的面貌,此一敞亮就是诗意。"在这里,浪漫哲学给出的有着彼岸的世界图景清晰明了。施勒格尔所言"人,即充满着人性的人,与无限的每一种关系都是宗教",则揭示了哲学诗人为人生设定的诗意世界。在《诗化哲学》里,这个诗意世界被表述为"超验的大我通过一个禀有感性的小我,把有限之物、时间中的物(包括个体的人和世界中的事物)统一领入无限中去"。

哲学诗人不仅想让诗与哲学合一,更想让哲学等同于诗。很多时候,诗化哲学因而令哲学被诗所化了。它是诗,或仅仅是诗,是富创意的,予人的有限生命以安慰、寄怀和愿望的意义塑造。有一次,北京的诗人西川跟我说:"诗和诗人更需要伪哲学。"这说法,对现世人生也一样适用吧。

(2009)

关于《世界的血》的两则

·骆一禾《世界的血》

出 版

骆一禾在几年前的一封信里谈到过优秀诗作被"卡在出版的细瓶口上"的处境:"刊物不能尽责,新诗的发展情况,在公开刊物上倒不如在稿本上反映得清楚。何况诗是一种心声,又是最渺小的商品,许多主持者的编诗,不能说是相称的,而且程度也太甚,公正是难于坚持的——我们的诗学理论又很不发达,——例如剽窃和赝品就几乎得不到鉴别——所以说不清和不愿说的太多,有利于苟且而不利于创造。也许我们无法从最高审美层次上说诗,但如果一些起码的意识都不具备,则可能创造性的作品放在面前都不认得。——随着文化环境的变迁,被贻误的诗人过若干年再被钩沉发现的可能性是极小的:一般说来,在一个出版畅达(数以百计的印刷品),出版粗率,诗歌意识不完备,加上功利主义主流和商品文化社会的特性,遗忘的速度就快,连传到未来的可能性和条件都不留下,又谈什么永恒的品鉴力?"几年过去了,世事有了变化,但一禾所谈到的这一切并没有大的改观。在这样的状况下,春

关于《世界的血》的两则

风文艺出版社如此有眼光地把长诗《世界的血》付梓出书,不能不说像是一个奇迹。当然,新诗并不愿意将它视为奇迹,新诗愿意它是一个开端——新诗希望《世界的血》的出版要报告的消息是:出版界已经注意到了它脚下的矿藏,那众多年轻灿烂的新诗钻石,并且它已经有能力(用一禾的话说,是开始具备了"起码的意识")去进行开采。——《世界的血》是出版界提供的一颗新诗钻石(它同时还提供了另一颗钻石——海子的《土地》),希望以此为始,中国新诗可能的黄金时代得由出版界的助力而呈现在世界面前。

"植物鸣禽"

就《世界的血》本身而言,它既是一个开端,又是一个奇迹,就像果树林在书的后记里引用我说的那两句话:"《世界的血》是中国自新诗运动以来的第一部真正的抒情史诗。诗人骆一禾用他辽阔的歌唱把生命升华到天空、火焰和海水的透明和纯净之中。"长诗,尤其是史诗,从来就不是中国诗歌传统的一部分,长诗—史诗甚至成为中国诗歌的一大缺憾。新诗运动以来,自觉的诗人们为现代汉语的长诗—史诗付出过大量的努力和牺牲。而真正使这种现代汉语的长诗—史诗得到确立的,是"在80年代初期一个多思的早上醒来的"几位诗人。《世界的血》正是这些诗人中的最卓越者种植和浇灌的生命的大树。《世界的血》又不惟是大树,它同时还具备飞鸟的特性。这部长诗同时拥有植物和动物的生命,跟一禾赋予它的结构有关。第三章"世界之一,缘生生命(孤独动力)"和第五章"世界之二,本生生命(恐惧动力)"成为它的两翼;而第二章"以手扶额",第四章"曙光三女神"和第六章"屋宇",则成为它的树干,起首的第一章"飞行(合唱)",则既是迎风招展的喧哗的树冠,又是婉转啁啾的鸟儿的歌喉。这样的设置,这样塑造出来的奇异的"植物鸣禽"正好适合于"抒情史诗",适合于一禾所体认的但丁的一句话:"我们是两个身体一条心。"只是这里的两个身体不是指但丁和他的导师,而是指生命自身和对生命的歌唱。在这样的结构里,在以"生"为根和以"歌"为翼的大诗内部,是"居天下之正,行天下之志,处天下之危"的一条诗心。所以一禾自己论及《世界的血》时曾说过:"这部长诗介于人伦宇宙境地,又还不是宇宙本身的诗作,属主体诗歌,而不是背景诗歌,另外,我的诗歌形态在这里是抒情诗方式锲入完整长度的,它也由性灵本体论决定。"

(1990)

两首诗

- 曾宏《我的音乐》
- 蓝蓝《野葵花》

1

曾宏的诗歌写作开始于如今被有些人夸张成"诗潮云涌,诗派林立,诗人们高歌猛进"的80年代。不太清楚当初曾宏在多大程度上投入了那场莫须有的诗歌运动。现在来回顾他的诗作,你很难把它们跟流派和运动联系在一起。曾宏不是一个弄潮式的,企图(在一个少数民族般的诗歌部落里)被传诵一时的明星诗人;他也不会是某种诗歌格局里的重要诗人(这大概缘于他告诉过我的,他"历来不写'重要'的诗");他更不想去成为一个草莽诗人,或像那些有着江湖幻觉的家伙,假借诗歌(这太钻牛角尖了)去玩弄民间和庙堂的政治。因而曾宏并不闻名于所谓"诗歌界"。在过去的二十年里,只是在一些朋友的言谈和通信间,才较多地出现这个诗人的名字,仿佛作为诗人的曾宏,仅仅存在于朋友中间,——仿佛他仅仅为朋友而存在。曾宏自己也一定敏感于此,所以,在《旅程总集》那篇短信似的前言里,他提到了自己的幸运:"亲人和朋友的温暖始终环绕着我。"而他写下的诗作,则是"一份给予自己和少数朋友的纪念品"。

　　为了现世成功——为了出名和收获权益而诗歌,已经摆明了是一番徒劳,是一种绝不会成功的愚蠢。在排除了徒劳和愚蠢之后,仍在奋力书写的诗人们,其动机则常常是各自的诗歌理念和理想,以及隐约的、在某些人那里终于可笑地变成野心的——对文学史地位空幻的期望。这样的诗人向往着未来,设计着他们写作的未来,也总爱以否决过去的方式标榜其现在进行时的写作是属于未来的。90年代,诗坛的几个时髦角色对80年代诗歌处心积虑的懊悔和检讨,就可以从他们的"未来情结"里找到原因(至于近两年来诗坛的另一票人物对90年代诗歌的大泼污水,则不仅由于其"未来情结",还更多地由于那抵赖不了的、为了现世成功的徒劳和愚蠢!)而自印了几十册《旅程总集》的曾宏,显然不同于时下里那般作派和作态的诗人。曾宏的诗篇朝向过去,其主题总是跟纪念有关。在发给我《旅程总集》文档的电子邮件里,曾宏附言:"诗集里的每一首都是由我的个人生活构成的,所以我都珍惜这过去的一切。心灵的日记是分不清轻重的。"他的写作很不合潮流地出于他的内心需要,而且,似乎,到内心需要的满足为止。

　　每一种触动内心的真情实感都能成就曾宏的诗歌。可作猜想的是:一些日常境遇被写成诗篇后,是否也成就了曾宏的内心生活?——这样的猜想,令《生气》《争吵》和《做什么》,读起来仿佛比《午间垂钓》《宁静》和《闪电之花》更迷人。尽管,实际上,它们并非两类诗歌。内心需要常常令诗人一以贯之于他的表达,并且,内心需要的诗歌近乎自动地产生了内心需要的诗学。这种诗学跟写作合一,服从于诗人的内心生活,而不会是噱头或写作策略。曾宏写于1990年的《我的音乐》,正是对他自己诗学的形象描述:

> 我的音乐来自生活
> 它超越现实
> 如一场梦
> 在它上面
> 灵魂挥舞着指挥棒
> 在它下面
> 灵巧的手指弹奏准确的音符
>
> 我的音乐由许多人伴奏
> 它贴近人类的耳朵
> 上达天空
> 它的优美
> 犹如一枚珍珠坠子
> 向爱慕者展示
> 五光十色
>
> 我的音乐是一场梦
> 形形色色的人在
> 里面穿梭,全部的情感
> 宛若一个大舞台
> 我的心灵

面对大千世界
流下感激的眼泪

我的音乐永不消失
它成为一种物质
而又无形无踪
它以欢快的节奏
延续生命
又以沉痛的余音
向人类谢幕

这首诗如此准确和细致,在它之外再要对曾宏的诗歌写作说一些什么,都像是画蛇添足的多余……

(2002)

2

跟许多以植物为题的诗作一样,《野葵花》吟唱的也主要不是植物。历来许多诗作里的植物意象普遍地女性化,在这首诗里,野葵花也一样被以"她"代称。古典诗人总是用植物意象强调女性之香艳,所谓"香草美人"是也。这甚至影响到像埃兹拉·庞德这样的现代诗人,他创作或译写的某些"中国诗",也因为一两种植物而"香艳"过一点点。蓝蓝这首以植物咏女性的诗作则不同,并没有植物和女性的"香艳"叠加。

两首诗

野葵花本来就不是香艳的植物。这种喜欢跟着太阳转动的植物似乎特别敏感于时间,其转动会让人联想到表盘上的指针。也许有感于此,蓝蓝直接以野葵花与时间的关系起句,提出公理般述说了那个时间里的宿命:"野葵花到了秋天就要被/砍下头颅。"而当野葵花在诗的第二句被以"她"指代,野葵花的宿命就成了一个或一种女性命运的拟喻。值得注意,也是蓝蓝在这首短诗里做得特别醒目,要让人注意的是,吟唱过半,"她"已经消失——"随夕阳化为/金色的烟尘"了吗?——而"我"出现了。这个"我"仿佛是第二句里"打她身边走过的人",但也不妨是另一个"她"。问"我/替谁又死了一次?"倒更像是问"她是否替我又死了一次?"野葵花跟"我"和"她"实为一体,但"我"又是那个吟唱野葵花之"她"的人。野葵花之"她"终要在时间里逝去的命运是被"我"看见,被"我"体验,被"我"赋予和唱出的。对野葵花的吟唱终归是一种自我吟唱。不知道是否是在这一意义层面上,蓝蓝写下了"不真实的野葵花。不真实的/歌声"这样两句宕出整首诗吟唱序列的旁白。这样的旁白使得最后一句更显突兀,戛然收住了这首很可能并未完成的诗,让余音慢慢烟散在时间里。

愿意香艳化女性的诗人喜欢选用玫瑰("我的爱人是一朵红红的玫瑰")、桃花("人面桃花相映红")、杏("一枝红杏出墙来")、菊("人比黄花瘦")和丁香("我希望逢着/一个丁香一样地/结着愁怨的姑娘")等等植物意象。它们往往是一些被驯化、园艺化和人工化的植物,为人利用和支配,用途在于愉悦于人;它们要比金丝雀之类更加听话,对它们的裁剪、盆栽和嫁接等等连环保人士也没有异议。相对于那些为人重视和培育的植物,野葵花意味着所谓自然的、野生的、自发的、遭淘汰的、无用的、丑的、奇怪的、边缘的、乡土的和民间的……蓝蓝吟唱野葵花之"她",在诗中不乏以野葵花自况其人和其写作的意味,用心和意义是不言而喻的。

这首诗节奏的顿错和节拍的缓慢,让人听见了被置于秋天的野葵花带来的忧伤和痛楚。我一再提到蓝蓝在这首诗里的吟唱,现在我要说她用的是一副民间歌手的嗓子。这首诗的声音如同蓝蓝许多诗篇里的声音,总是让我想起原始民歌那有时候不成腔调的朴素和纯真。记得1996年蓝蓝获"刘丽安诗歌奖"时,她的获奖理由是"以近乎自发的民间方式沉吟低唱或欢歌赞叹,其敏感动情于生命、自然、爱和生活淳朴之美的篇章,让人回想起诗歌来到人间的最初理由"。除了"欢歌赞叹"一语,这几句话很像是针对《野葵花》的评说。这首诗的确堪称蓝蓝诗歌的一篇代表作。

野葵花

野葵花到了秋天就要被
砍下头颅。
打她身边走过的人会突然
回来。天色已近黄昏,
她的脸,随夕阳化为
金色的烟尘,
连同整个无边无际的夏天。

穿越谁?穿越荞麦花的天边?

为忧伤所掩盖的旧事,我
替谁又死了一次?

不真实的野葵花。不真实的
歌声。
扎疼我胸膛的秋风的毒刺。

(2003)

同心圆

- 杨炼《大海停止之处》(1982—1997 诗歌卷)
- 杨炼《鬼话·智力的空间》(1982—1997 散文·文论卷)
- 杨炼《幸福鬼魂手记》(1998—2002 诗歌·散文·文论)

  上海文艺出版社出版的杨炼《作品系列》分为三册,大致符合作者的意图。按文体差异而有别的诗歌、散文和文论,借用杨炼一组诗的标题,仿佛一个"同心圆"的不同圈层,波澜般向外扩展,又回返中心。它们三位一体——三本书构成了一部大书。

  诗歌无疑是这三位一体同心圆的圆心。按性质和比例来打比方,不妨说它是杨炼作品系列坚实而硕大的核。它既是这颗果实得以形成、壮大和成熟的出发点和发动机,又是这种形成、壮大和成熟本身,——它还将是另一棵新的果实累累之树的种籽。诗歌是杨炼所谓的"内在深度",同心圆的向外扩展或果实的更其丰硕,正是为了这种"内在深度"的更其深刻,同时,也取决于这种"内在深度"的更其深刻。而散文生长于诗歌周围。杨炼的散文并不努力与诗歌有别,它延伸着诗歌,又融汇于诗歌,其语言方式、结构布局、音调节律、主题与变奏,都几乎是诗歌的,几乎是杨炼的另一些诗。这些散文,却又在诗歌的边沿和外围反观和反思诗歌,探究着它跟诗歌的交错往还。杨炼的文论则总是为其诗歌和散文的个性、独特性和开创性寻找着共性、普遍性和承继性。像那种先于语言的意念和思绪,文论提出的观念和思考引领诗歌和散文的写作,将同心圆的边界晕渲开来,推进张扬,并作更为悠远的眺望,而其方式,却不是单向度地从中心扩散全然朝外——其方式甚至主要是反向的,一种返回和深究,一种内省和活体解剖,一种血淋淋的自我逼视,一种企图将诗歌和散文说出的一切努力说对的死亡冲动……这部由三本书构成的大书,这三位一体同心圆的轮廓,大致如此。

在《幸福鬼魂手记》的封底,黑底红字印了这么一句话:"你必须把杨炼二十年的创作读成一本书,一本从不可能开始的自我完成之书。"这里的"自我完成",正跟这三位一体同心圆内部系统的自足有关。跟那种植物般自然生长着的写作不一样,杨炼的写作是自觉的营建,有着属于它自己的蓝图。这种写作不仅创造作品,而且提供作品的阅读门径、批评框架和美学标准,并总是在寻找着继续其写作的阻力、障碍、困境直至绝望。它不断从那种植物般自然生长着的写作之终结处开始,如同工匠们,赋予那死去的巨树以另一形态和形式的新生命,并尤为魔术和魔幻地,令那死去的巨树重又缔结硕果——核心里深埋着新生这巨树的种籽。所以,仅就这一点,已大概能理解杨炼的创作何以是"从不可能开始"的。当然,最能说明这种"不可能"的,还是杨炼自己对写作的定义:写作,就是以死亡的方式去生活。

有如但丁在地狱的同心圆里旅行,各个不同时代的众多人和事,会作为鬼魂共同显现于梦幻的现在;以死亡的方式去生活的写作,也取消着时间,将不同的时间作为空间,并置于把死亡认作前提、前景和生之动力的写作的此刻。空间感,正是阅读了杨炼作品系列后的突出感受。假如时间的递进和回溯被取消了,一切就都共时于写作的空间。这空间的形态,对杨炼而言,则总是同心圆:"这个'同心圆'就是:因为一个诗人,现实、历史、语言、文化、大自然、迥异的国度、变幻的时代……一切,都构成一个'自我'的内在层次,和一首诗的内在深度。"而诗——中文诗的同心圆,其自核心展开的四个层次可以是"字""语""句""诗";而自我——诗人——一切人的同心圆,正是一首诗内在深度的由来:"——诗、字、我、一切人,都在这个形式里被还原成同一个:非时间的人之处境!"驻留在这非时间的人之处境里的,是"生存于时间之内的有限"和这有限构成的意义的无限性。这几乎是杨炼写作的根本主题。

处在杨炼写作同心圆的不同圈层,可以探讨诸如世界与个人,记忆与忘却,东方与西方,传统与我们,文化与历史,古典与现代,流亡与寻根,本地与他乡,忠诚与背叛,音乐与意象,语言与现实,民族性与中文性,无人称与非时间等等问题,而杨炼写作同心圆的圆心,足以致命的那个点,则是与他的写作俱来的不断深化着的绝望。死亡,成为写作生涯的出发点和必要条件。因为"一次死亡远远不够",因为"众多的死,才使一次死亡显形",因为"死亡的形而上学,要求用一种贯穿千年的体裁写作"。漪沦般自绝望圆心里泛开的圈层,刚好是朝着希望的一次次返回,"无尽地返回自己脚下"。杨炼写作的"自我完成",正是绝望与希望间,死亡与存在间的不断往返。"自己对自己里的别人说话。自己在自己内部旅行。"而因写作一再扩展着的同心圆,令这个作为诗人的自己,又几乎是所有人,令写作同心圆的圆心,陷于更深刻的绝望,"世界,就如此诡谲地以每个人的内心为死后"。于是,杨炼以其非凡的洞察力、想象力和创造力所营建起来的语言帝国、城堡或迷宫,就总是在废墟的氛围笼罩下……

——一座同心圆的圆形废墟,其中,像博尔赫斯那个谶语般的寓言故事所讲述的,一个人以连续不断的梦魇创造出几乎是他自己的另一个人;而解脱其劳作的,是他的宽慰、谦卑和惶恐,"他明白,他自己也是一个幻影,一个别人在做梦时看见的幻影"。

(2004)

简介一首自己的长诗

· 陈东东《月全食》

《月全食》写于 1999 年,是陈东东的一首长诗。它由十五个诗节组成,诗节与诗节间用"＊"号点开,除了第五,第十一和十二三节类似散文体的不分行(有两节却分段)排列,另十二个诗节均为每节十二行。于是,从外观上,就可以视之为月亮及诗意之美受到侵占的一首诗——"十二"是代表月令周期和完满的数字。甚至让诗行和诗节数这种最基本的外在形式也为作品增添意义和力量,是陈东东一贯的诗歌方式,因而,如此布局这首长诗的依据,恰在其题旨里。

月亮是一大诗歌母题,尤其是中国古诗,几乎把月亮用于从爱情到背叛的各个方面,而以月之盈亏喻意人之生死聚散,是最经典又最普遍的主题,它们的原型,在嫦娥偷取她丈夫射日英雄羿的不死药逃离奔月的神话里都可以找到。而《月全食》从反方向处理这一原型,诗题首先就揭示了这一点。诗在三个层次齐头并进:1.月全食作为天文现象;2.月全食作为新闻事件;3.月全食作为反月亮母题,亦即诗意生存贫瘠化及伪诗意时尚化的意象和寓言。显然,最后一个层次是题旨所在,而它的达成,赖于前两个层次的讲述。《月全食》的讲述穿插交错,那是一些场景和人物的拼接和置换:卫星城里读剪报年鉴和《逸周书》的老年读者;浸泡在水果店暗处的刺鼻药液里度夏的肥胖女人;地下发廊里名叫嫦娥的按摩女；以情人面目现形的隐约的诗人；仿佛崇拜着那个诗人，而且还是个法轮功信徒的女打字员；穿过了诗中相关的场景和人物，或夏日午睡后冲澡、或骑着自行车行进于水库堤坝、或倒在按摩女怀抱里的邮差；以及，众场景和人物之上"驰往未来晦暗"的宇航员……他们各自而又共同经历了一次月全食。嫦娥必定是诗中最为醒目的名字，构成对月亮神话及其诗意原型的反讽；而宇航员的星际巡航跟尤利西斯的漂泊及康拉德海洋小说的对应对位，《逸周书》（一种先秦断烂史书）跟花边消息的相提并论，邮差紧刹自行车时的血液贲涌和水库里一次次涨潮的巧合，诸如此类，则提供了进一步的冒仿和谑戏。

跟众多的月亮诗仅呈献诗人的情感结晶大不相同，这首从反方向处理月亮母题的长诗也关注诗人自身的写作过程，时时向读者提醒着诗的成形或不成形。这除了逆反月亮诗意及诗艺的需要，也仍然跟陈东东对长诗的"不相信"有关，显示了陈东东长诗写作的实验性和以诗为诗的永恒主题的元诗倾向。《月全食》的最后一节里诗人写道："当你已不在乎诗句是否成其为/诗句；当所有的角色归一，/你是包括你在内的你；倚靠坝上/一株垂杨柳斜耸的肩，/或凭栏叹喟，你无意识到/众星迁移故世界/存活着，/故旋转是无可奈何的神圣。"这呼应了长诗开头的第一行"旋转是无可奈何的逝去"，以及引作题辞的陶渊明诗句"此行谁使然？"《月全食》可能的提示则是，"使然"者正该是我们自己。正如造成月全食的，是我们所在的地球一时遮到了太阳前面，将自身的阴影投给了月亮。

(2009)

人生就如同一次游园

·聂广友《游园集》

既然聂广友将他的诗集题作《游园集》,就会有读者乐于打起游园的精神,"入游园的深处"(他的《游园》一诗便以这一行了结)。"人生就如同一次游园",诗人把这句话写进诗集后记,意在标志"园"的唯一无二,提示"游"的无可复反吗?也许诗人想的是集锦人生成一派幻景,得以重临、省察和确认?不过,反正,诗人的写作跟人生的关系,从这句话里能领会个大概。

所谓人生,要是没有谁预知这趟游程的内容,这趟游程最终的虚妄,却是谁都有所觉悟的。正因为感动于人生的虚妄,《登幽州台歌》这样的绝唱,才会被陈子昂在其"游"中"怆然"吟出——叹喟"天地之悠悠"的无限时空里一个人的生之偶然和死之必然,哲学诗人于是诞生。对此聂广友并不陌生。他对哲学诗人的兴趣,在附于《游园集》的《存在之诗》一文里有充分表露。他大肆谈论海德格尔,兼及荷尔德林,要旨在于存在论、尤其生存论方面诗和诗人的举足轻重。他探究海德格尔的诗句"对诸神我们太迟/对存在我们又太早",认为"自己所处的时代恰恰是由于神性的不在场或根本就是神性的匮乏导致了一种时代精神的匮乏……唯一的途径就是诗人自己从神之居处去取得火种"。海德格尔的那两句诗不妨跟陈子昂的"前不见古人,后不见来者"对照着读——相比《登幽州台歌》欲言不言,却被陆放翁以一句"死去元知万事空"点穿的人生真相,这样的图景当然就涂抹了太多浪漫色彩:从有限的人生揭示的存在之真意,以有限的人生发现的生活之诗意,终会超逾死之界限而趋向于神。这样的图景,恰是哲学诗人予人生有限以安慰、寄怀和愿望的想象。

在收入诗集的另一篇短文《我这样区分青春期写作和智性写作》里,聂广友有一个明确的表述:"诗意地道说出真实物隐藏的真实或本质特征,即是诗歌的使命。"就像"从神之居处去取得火种"预先虚构了一个彼岸,"道说出真实物隐藏的真实或本质特征",也预先虚构了"世界万物(真实物)……隐藏了自己"的现世之中的另一个世界。聂广友说:"那呈现于光明中的万物又为何物?我认为这更多的是一种表象……"对世界的虚构往往就是对世界的认知,诗人们对此早已了然;从虚构所想象的认知出发,有时候,诗人竟抵达了"真实"和"本质"。对于聂广友,这来自他写作实践的一次分辨:"要诗意地道说出真实物的真实或本质特征有两种方式:一种即诗意的青春期写作,另一种为诗意的智性写作。"青春期写作"更多地是依赖一种写作者本身的自我对真实物的切近……使得写作者必须作好一种牺牲的准备",而智性写作呢,"要求诗人于社会实践必须有足够的经验,并已部分掌握真实物活动的相应的一般规律性……"

"必须作好一种牺牲的准备"的青春期写作,立即就会让人联想到"从神之居处去取得火种"的诗人形象,他探险的姿态,也将他的人生世界翻作险境。然而,聂广友诗歌的重要入口是"人生就如同一次游园"。"人生这场持久战"(《大侠五十岁后的遭遇》)因这一比方而变为相对安逸的信步,其间赏心悦目的景致、深沉激越的境地、带来惆怅的颓废荒芜、别人或自己的偶遇和戏剧、有惊无险的勇敢者游乐场,等等等等,它们作为被从现世里集锦而来的另一个世界,显然蕴含着更多聂广友强调的智性写作的功夫。它跟那种青春期写作之不同在于,它或许不"切近真实物",但是去找到"能蕴藏其真实物活动特征的事物之上……真实物的活动痕迹,并用语言诗意地道说出来"。那么,它就几乎是写在《游园集》入口的"游园须知"了,它要求乐于打起游园的精神的读者,除了关注被集锦于游园途中,或许"能蕴藏其真实物活动特征的事物",更得关注对这些集锦的"道说"。

  游园时会有两种角色,导游和游客。不愿让导游陪着,而要凭自己的兴致和感觉摸索的游客,略似聂广友对青春期写作的诗人之描述。那么,导游倾吐连篇累牍的导游辞,差不多就该是智性写作了。而一个导游身上必定有作为游客的前世,正如凭自己的兴致和感觉摸索的游客,他写下的游记,会是又一篇别样的导游辞。《游园集》作为聂广友以诗陈列的一部分人生集锦,既是游记,又是导游辞,并且最终全都是导游辞。以"必须作好一种牺牲的准备"而去"切近真实物"的青春期写作,当它是一种写作,一种"道说"("真实物"不也是被事先的或追加的导游辞指认和塑造的一种"道说"?)的时候,探险或摸索的直接性也只能让步于"道说"的间接性。这跟去找到"能蕴藏其真实物活动特征的事物之上……真实物的活动痕迹,用语言诗意地道说出来"的间接性,有所不同吗?写作对现实之"真实物"或那些"痕迹"的征用,永远只是对词的征用。写作不过是对写作的征用。"入游园的深处",唯"道说"而已。

而这种"道说"的"诗意",前面已经提及,于"道说"之先或已设定。要是,诗人认知万物表象之现世,暗含着"真实物隐藏的真实或本质"不过是一种虚构或想象,带来"诗意地道说""人生就如同一次游园"的想象和虚构呢?那么,《游园集》就更是导游辞了。这就是说,诗人的写作貌似对,譬如,聂广友之"真实物"的"切近"或其"活动痕迹"的指认,其实只是在"切近"和指认写作本身——它无非是对"诗意地道说"的"诗意地道说"!现世之中的另一个世界,或有着"神之居处"的彼岸,或得以超逾死之界限的可能性,便是在这种虚构中建立,朝现实拓展的。这恰好体现出现代诗的一个特征,也让人能够认真看待聂广友《睡莲》一诗的开头:

> 人生是最高的虚构

因为引述华莱士·史蒂文斯这一说法的诗人又表示"人生就如同一次游园",这引述就像是《游园集》里的一个必然。在《游园集》的语境里,这一说法对人生的肯定甚至赞美意味并没有改变。它不仅呼应了维特根斯坦那声著名的感叹——"真正奇妙的并非世界是怎样的,而是世界是这样的",更要紧的是,从死之观点所绝望于人生的空幻里,为生命提供了最高的信仰。在此,可以引述史蒂文斯的另几句话:"最高的信仰是信仰一个虚构。你知道除了虚构之外别无它物。知道是一种虚构而你又心甘情愿地信仰它,这是何等微妙的真理。"这"微妙的真理"当然是诗,或聂广友喜欢的"诗意"。正是由于这"微妙的真理",诗人对现世万物,对

"真实物隐藏的真实或本质",对彼岸、来世、诸神及神性,对"诗意地道说"的分辨,对一种"诗意的痕迹学"的假想,才像是有道理的;正是由于这"微妙的真理",诗人才会说"人生就如同一次游园",《游园集》才得以成立。

《睡莲》被置于《游园集》的"经典阅读"一辑里,是对阅读一幅画中园林里的睡莲展开的写作。将其指认为人生游园里的一处"经典",这首先便极具导游辞的性质。要是想到此画的作者,也是将园林里的睡莲作为人生游园的一个经典景象,一个"真实物"或显现其"特征"及"痕迹"的景象予以"诗意地道说"的,聂广友的"道说",便多了一层对"诗意地道说"的思考和讨论。这种思考和讨论以园林里的睡莲展开,又框定在别人的画作之中,并且凝聚于《游园集》的语境之内,这就给了这首诗一个如池塘里的沦漪一圈圈泛开而又返回圆心的意义空间。诗,欲以诗之道说建构的人生涵义,会游移于不同的运动圈层。要之,画布上的园中睡莲那"最高虚构"之"火焰",哪怕不能确切,也值得对之惊叹:

  ……噢!多么美妙!
  它能让命运转折,
  让一个忧郁的自然主义者
  迷上狂放的千岩万壑,

"它"所指代的不仅是睡莲,也是睡莲之被虚构,那辉映人生、转折命运的能力来自睡莲,更来自虚构。而"自然主义者"的"忧郁",跟陈子昂的"怆然"难道不是出于对时间里生命有限的同一种省察吗?聂广友写在《睡莲》第二节开首的几行诗,可以放到这里来参照:"然而,一切必将在最后渐渐模糊,/热情的火焰下,水面雾气缭绕,/用其黑色的诱惑/对抗着同样的虚无。"——从"一切必将在最后"这种语调里,谁都会嗅到大限的味道。不过,凭一幅画作里的园中睡莲,这虚构的虚构,阴霾就得以一扫;睡莲之幻象,幻象中的幻象,就得以认真了虚幻的人生。这恰是虚构对虚构的信仰。

> 而这园林,忠实的呈现者,
> 携有它全部的意志。

"园林"在这本《游园集》里的象征性意指已经昭然。它带着这样的诗歌使命:化虚妄的,或如聂广友在《上海哀歌》里定义的"荒诞的"人生风景为"最高虚构"的人生风景。将"游园"或"园林"用作人生的限定词,赋"诗意"予人生的方案便在其中,被虚构成真的人生便得以"道说"。如此,被人为假造的"园林",反倒的确是"忠实的呈现者"。这样的"园林",不是带着睡莲,尤其带着睡莲之虚构"全部的意志"吗?这样的园林,不就是一朵睡莲的扩展,虚构的扩展?无非是以"诗意地道说"去肯定人生意义的意志。

当然,诗人没有全然忘却人生意义为负的另一面。诗人提及了虚构跟"虚无"的"对抗"和"争执",就像光和影(这正是时间之喻)的纠缠,既为之所迷,又为之着迷:

> ……两种秩序,
> 你无法说,是哪样使局面变得混沌。
> 中界处,光纠缠住影,不可开交,

> 只等当争执弥漫了整个布局,
> 一切的热情遁于水中就了无声息。

而在这首诗里真正有力量的,只能是作为主题的睡莲之美、虚构之美,于是这首诗这样结尾:

> 喧嚣归于寂寥,惟余几片静静的睡莲
> 在其中自在地呈现,
> 如同终于显形的神,又如同砝码,
> 维持着人生蹊跷的天平。

"喧嚣归于寂寥"里,除了"对抗"和"争执"的了又未了,不了了之,令曾经惊叹的热情"遁于水中就了无声息",也还有着充满喧哗与骚动之人生的落幕意味——那大限的味道,又会被嗅出。《睡莲》的结尾似乎是肯定的,只需"余几片静静的睡莲",到"园林"一游就已经值得。睡莲之美在"园林"这"忠实的呈现者"那里"自在地呈现"。这种"自在",被聂广友视为"显形的神"。那么,睡莲之美(这虚构的美)对并不"自在"的人生就仿佛彼岸,简直是提炼自现世的一个来世。幸亏"余几片静静的睡莲",要不然,也许,人生的天平就彻底倾覆给虚无了呢。

作为一种导游辞的导游辞,《睡莲》在《游园集》里颇具代表性。它双重肯定了人生和诗这双重虚构吗,就像整本《游园集》那样?——要是漏过了《睡莲》最后一行里的"蹊跷"二字,这大概就可以放心地确认了。可是,"蹊跷"这个词在《睡莲》的最后一行里太显眼了,简直有点儿突兀。读者"入游园的深处",是怎么也绕不过这一"蹊跷"的吧。甚至,"蹊跷"可以被视为《睡莲》一诗里最为关系重大的一个词,它也会是《游园集》里关系重大的词。被聂广友精心选中的这个词并不简单:奇怪、可疑之外,又有花样、奥妙之意,再溯其源,还能看到一个道路上举足高行的形象。

那么,"蹊跷",它是诗人对人生意义的疑惑和思虑,它也一定是对诗之"道说"的疑惑和思虑。"你知道除了虚构之外别无它物。"但是"虚构",就那么让人、尤其让诗人"心甘情愿"吗?就可以成为一种"信仰"?——"知道是一种虚构而你又心甘情愿地信仰它",是每个诗人必修的功课,这也可以是每个人生必修的功课。《睡莲》做着这样的功课,整本《游园集》都在做着这样的功课。它的答案,恰是不确定的"人生蹊跷"。《睡莲》作为一篇"人生就如同一次游园"的导游辞,除了让你在意"自在地呈现"的"惟余几片静静的睡莲"及其"如同终于显形的神",还引你去疑惑和思虑,仅此就真的能把人生从虚无中给肯定了吗?然而这疑惑和思虑的导游辞也是让人疑惑和思虑的,是"蹊跷"的,足可玩味。这便有了这个词的第二层意思,这种疑惑和思虑之"蹊跷",不正是人生和诗之道说的出发点和发动机吗?不正是人生和诗之道说的主要内容,差不多全部的花样和奥妙吗?这种"蹊跷"的玩味,也弥漫在整本《游园集》里。"蹊跷"的玩味也给出一种看待人生和诗意的态度。要不然人生怎么"就如同一次游园"了呢?要不然,《游园集》怎么就被题作《游园集》了呢?对人生诗意之"道说"和对诗意本身之"道说",在《睡莲》这首诗里,在《游园集》及聂广友的写作里,合于一道,所谓"入游园的深处",正在进行时地于其间举足高行着呢。

"蹊跷"的多重词义,恰跟《睡莲》这首诗所建构的多重意义空间相适。当聂广友说出"人生蹊跷"时,他的人生视野和写作视野便也"蹊跷"起来了。就像《睡莲》一诗,对人生与写作在虚构和虚无两方面,终于(那意思也可以是暂且)只"维持着……蹊跷的天平"。诗人奇怪、可疑着,诗人玩味这奇怪、可疑的"蹊跷"之花样和奥妙,诗人也于这双重"蹊跷"之道路举足高行。聂广友的诗歌调性大致如此。一个"入游园的深处"的导游,而其导游辞,是关于导游辞的"蹊跷"的导游辞。《睡莲》这经典的一首而外,《游园集》"经典阅读"里的每一首,都可以作如是观;置于整个现代汉诗的写作历程,会更显其新意和独创性的"古典人物"一辑,其中的几首诗也一样可如是观,譬如《程咬金抱病战王龙》的结尾:

> 他独自享受着上天赐予于
> 生命的淋漓,并无意收获王龙
> 一种近乎死亡的狡诈。作为一个
> 意料外的礼物,王龙的脑壳
> 是一个天真哲学家
> 存在于江湖的又一个凭据。

譬如《雄信之死》的结尾:

> 而一条尘土漫漫的路
> 正等待一个行者,一种临死的
> 孤独,让他无限思念
> 远在红桃山的一张黄脸。

"生命的淋漓"和"死亡的狡诈"之于"天真哲学家","临死的孤独"和"无限思念"之于"一条尘土漫漫的路",不正是有着太多人生的"蹊跷",虚构的"蹊跷"和写作、"道说"的"蹊跷"吗?在长诗《上海哀歌》和"无敌的青春""边缘的边上"两辑里,在聂广友那些直面人生,细说其中况味的诗篇里,也一样有着一双"蹊跷"的眼和一根"蹊跷"的舌头。而在"无题"一组里,这种"蹊跷",造化出了《无题一》这样的佳作:

> 你说的那场子虚雨一直无缘由下,
> 难道说是气象星邂逅错了火烧云?
>
> 等待?其实是束手。下午五点钟附近,
> 你从市井收获一篮子鲜活的灰心归家。
>
> 旁边的橡树林梢被风吹过又弹回,
> 提醒这个节假日里什么也没发生。
>
> 向晚,愁云果然就来密布,不速客一有
> 空就领你穿过时间缓慢的缝隙坐于前排。
>
> 你和自己对面,唠叨客开始嘟哝无辜:
> "一枝红玫瑰如何就艳遇到了白无常"

从人生、写作、游园、道说、虚构、虚无和意义等诸多方面,可以对这首诗有那么多的不同解读。就是在明知误读的地方,也许你也能读到"真实或本质特征":"不速客一有/空就领你穿过时间缓慢的缝隙坐于前排",就不能读作"不速客一有,空就领你穿过时间缓慢的缝隙坐于前排"吗?这可不是个玩笑,尽管游园不会对玩笑生厌。何况,如埃柯所言:"一切阅读都是误读。"误读和引人误读,且常常就是导游辞的出发点和目的地。它跟这篇文章,倒也还相适。——"诗意地道说出真实物隐藏的真实或本质特征",聂广友说,"即是诗歌的使命"。在"诗意地道说"和"真实物隐藏的真实或本质特征"这双重虚构里,《无题一》这首诗,特别是它的最后两行,刚好说对了"入游园的深处"。

(2009)

周云蓬的形象

· 周云蓬《春天责备》

周云蓬口述自传的标题,正足以概括他的形象:歌者夜行。无论是早先为了游走而到处卖唱或为了到处卖唱而游走,还是如今为了巡演而各地旅行或为了旅行而各地巡演。夜行之"夜",对于九岁即已失明的周云蓬来说实在算不得隐喻,被黑暗不懈地笼罩、纠缠,是一个差不多造就了周云蓬之为周云蓬的肉体事实。不过,夜本身,夜作为这个时代的背景,夜所带来的意象、场景、故事和寓意,对于周云蓬这样的民谣歌者,这样保有一颗诗人之心的歌者,则还有大于那个肉体事实的精神象征。夜行之"夜"构成周云蓬形象的独特气质,夜行之"夜"成为他感觉、认知和唱出这个世道的基调。

要是去翻看他选在《春天责备》里的诗作,夜的气息会扑面而来。形式散漫的诗篇里充满那么多细节的琐碎、日常、质实、原汁原味,贴着尘埃,仿佛随便罗列着,或哪怕倏忽即逝也要争取在低能见度里展示一下而罗列着,但它们却奇怪地浑然,悄悄地就有了一种悖反现实向度的秩序。起作用的是那个夜——在一切之上,氛围里弥蒙的夜超现实地统领甚至统治着它们。

夜的气息也漫布于他的随笔篇什。意趣横生的《差一小时到天明》,讲述了周云蓬 90 年代末北漂的夜生活。他迷失在盲目和没有灯火的双重黑暗里,靠回忆和内视找不到来路也找不到出路,只能"仍伫立在黑暗里等着",然而"已经没有机会迷路了……"十年以后的《一夜书一段歌一里路》和《江湖夜雨十年灯》已经很不一样。行进之夜,他在火车上,在旅店里,在巡回演唱的现场,在一条似乎会确切通往某个他要去的什么地方的路上。

夜行的周云蓬却还是由于不太知道会走到哪里而不放心地期望,他说"但愿……有福活到白头,有福像《乐土浮生路》中那些哈瓦那的老头老太太一样,唱到生命的终点,对着死亡开心地张开我们一望无牙的嘴"。随笔的这句话像是他过去(十年前?)一句诗的反向回声:"在卫生间/我们和死神不期而遇。"(《瘟疫》)它们是不同而又一体的夜。在《世界的气息》一诗里,周云蓬深嗅过死的气息,那也是一种夜的气息。

他的诗和随笔,用同一种语调,同一副笔墨,塑造他夜行歌者的形象。这个形象里"有一列火车从我身体中穿过"(《恐》),而"我坐在车厢连接处"(《绿皮火车》),"我以睡眠的方式远行"(《江南》)。他说:"火车……令一个孩子兴奋恐惧"(《绿皮火车》),"它英雄般隆隆地开走/昭示希望和死的可能"(《恋爱》)。这抒写的既是道路又是他的行进,历险中无从探知的命运和揣测、充实那命运的企图。

周云蓬的出发和行进总是在夜里,夜依然统领和统治,在黑暗大地上漫游的歌者形象于是显现出他的勇敢。只是,这勇敢首先在于勇敢地表露其胆怯、失败和等待,不,寻索获救。周云蓬的形象,除了他跟夜的对峙,更引人注目却又奇怪地常常会被忽视的,是他融入夜,而又将夜融入。跟夜的对峙和相互融入必然伴以艰巨的苦痛,而这恰是他勇敢的主题。一首题作《道》的短诗,发明着周云蓬意义上的那种勇敢:

> 我梦见自己是个软弱的人
> 像一摊烂泥
> 浑身都是脚印
>
> 我梦见自己像"道"一样软弱
> 被扭成麻花
> 被拧紧,嵌入枯树
> 在弯曲皱褶中
> 淡淡地微笑
>
> 我梦见,举起的手
> 已物化,成了门的一部分
> 而门依然紧闭
> 苍天决堤
> 涌入我空洞的眼睛

周云蓬不是坐在一列穿过身体的火车车厢连接处,以睡眠的方式远行时做这个梦的吗?如果要解此梦,他的一则随笔里的这段话一定值得引用:"蛇只能看见运动着的东西,狗的世界是黑白的,蜻蜓的眼睛里有一千个太阳。很多深海里的鱼,眼睛退化成了两个白点。能看见什么,不能看见什么,那是我们的宿命。我热爱

自己的命运,她跟我最亲,她是专为我开、专为我关的独一无二的门。"(《写在〈中国孩子〉前面的话》)

在梦里,道也就是行于此道的那个人,而此道,通向那个人举起的手(这一身体符号的意味不言而喻)已成其一部分的命运之门——周云蓬的宿命,周运蓬之热爱他命运这"独一无二的门",正在于他跟这门也是合一。这梦之代数发明的勇敢,体现出周云蓬深刻的幽默,其核心,是他时不时冒出来的一次次自嘲。这梦之代数更让自嘲穿过周云蓬,刺向他并不真得认同的人生之道和命运之门。然而幽默的前提却又是认同,实则它要对抗和化解这样的尴尬:认同这个世界却不被这个世界认同的反对之尴尬。周云蓬是如此揭示其幽默的辛酸、幽默的残忍的:"……而门依然紧闭。"

有意思的是,当汉语将那个外来词译作"幽默",便由望文生义而仿佛让幽默获得了黑暗的品质。在周云蓬的形象里,幽默跟夜尤其合拍,简直有点儿相得益彰。《我的名字》里,周云蓬写道:"我宁愿叫云蓬/毫无方向的宿命者/……我就吃自己喝自己/和自己结婚/撞倒了自己/又将他扶起/把他当作路人。"《如果你突然瞎了该怎么办》则是一首夜跟幽默合成的杰作。更可深味其也许不该叫做"黑色幽默"就不妨名之为"夜幽默"的,是《盲人影院》。在这个标题下,有周云蓬的一首诗、一支歌和一则随笔,写照他"把我黑暗的日子拧啊拧"的命运感。这个来自卡夫卡的灵感本身就有幽默到近于荒诞的成分,周云蓬以此来寓言"在黑暗中误读生活"这属于每个人的悲怆喜剧。在周云蓬的形象里,它是对人生处境和人类命运的这样一种内化式认领:就算"被扭成麻花/被拧紧,嵌入枯树/在弯曲皱褶中"也要"淡淡地微笑";就算活在了一副绞索上,也必须把它当作一副秋千来荡。

(2011)

风　衣

·王寅《刺破梦境》

　　随笔是诗人的衣装。尽管马雅可夫斯基显然是站在诗人的立场上说过"世界上最漂亮的衣装是人的肌肤"这样的漂亮话,可是以分行的句子袒露身心、日光浴胴体或纹刺和彩绘自我的那些人,却还是会时不时坐下来用另一副笔墨写点儿随笔。写随笔的诗人从语言的魔术舞台上下来,返身走进现实,验证着自己到底有没有神通;就像一个人从梦中起身,披衣回到日常生活中去继续追梦。要之,诗人并非不得已返回,而是以守为攻,用散文方式打扮和强调自己作为诗人的语言形象。毕竟,诗所呈现的太赤裸、太血肉、太夺目、太天真、太敏感、太紧张也太容易负伤,诗人需要随笔衣装来缓解甚至抵御。然而那些不太聪明、更别说高明的衣装,不又是一种更淋漓尽致的展现?不总是反而暗示、象征、所指和勾勒,让人加倍想入非非于其形式所包裹的生命和灵魂?衣装不仅是盾,更是矛;诗人的随笔不仅是撤离诗行的文体,更是突入诗的疆域,以警醒之眼对世界魔幻的一瞥。明于此,王寅将他的随笔集命名为《刺破梦境》就恰如其分。

　　搞笑电影里,冯小刚让葛优念出过这样的对白:"瞧人家那西装怎么穿的,就跟长在身上似的。"这异想天开、近乎阿谀的赞美并非全无道理。衣装的高境界或许正是得体,那么还有比"长在身上似的"更为"得体"的吗？一般而言,能够依据那个人的气质、态度、风貌和性格穿上量身定制般刚好适合其品位的那一件就算得体了。王寅的随笔衣装,该怎样才够得体？很多年前,一位读了我推荐给她的王寅诗作后印象深刻的护士跟我说,很容易会把这位诗人想象成一个留长发、穿风衣的瘦高个子。我告诉她,王寅走在繁华街市或穷巷幽径的现实身影也大概如此。似乎,风衣最能匹配他的诗歌身体和诗人形象。不出所料,在王寅的这本随笔集里,你一下子就找到了题作《风衣》的一篇:"风衣还是为固定的人群所喜爱,风衣仿佛是他们的职业标志,其中就有诗人和作家。"接下来,是一个王寅式的借谈论别的人物事件自我影射的例子:"上世纪80年代初期,诗人北岛去复旦大学开讲座,和他的到来同样令在座者印象深刻的,是他穿着一件米黄色的风衣。"

　　这种王寅式的笔法在这本集子里随处可见。他所谈论的塔、剧院、沉船、照片、摄影师、秋天、肖邦、山阴路、火机、细沙、电影、纸、格拉斯、舞蹈和雕塑、旅行、盖伯丁、展览会上的图画、卡夫卡、普希金、博尔赫斯、外滩、莎克斯、毕加索、卡巴、风景、建筑、书籍、考伯西耶、上海和他的那些友人,每一样最后都成为镜子。折射在镜子里的,是架起了所有这些镜子的那个诗人。每一面镜子都被精心、精致和精确地切割裁划了,好像这样能更合度地映照镜中那件被精心、精致和精确地裁剪缝纫的诗人的风衣。然而,看似没有花专门的力气,也并不炫耀以握笔的姿势捏在手里的他的金刚钻,其行云流水的文章,就像随笔的应有之意般自然而然,仿佛所谓精心、精致和精确的切割裁划,不过是将镜子摆放成自然而然的恰好角度,去显现镜中那个诗人穿着风衣的自然而然。当然这实在是用心的结果,王寅在书的后记里交代:"我用了相当长的时间学习不分行文字的写作,其艰苦程度,不亚于学习重新写出流畅的汉语。"

当镜子得以如水一样平静地铺展成书页,书中的那个诗人,有太多文人的侧影。"城市""旅行""艺术""阅读",用这四辑文字构成的这本随笔集,筑起的是一间文人的袖珍书房。在实际或寓言的层面上,这间不太安稳勉强置放于现世的书房,多多少少平衡安慰了激越的诗心,让它的主人有可能往返于"一种诗人"和"另一种诗人"之间。要是一本随笔集也像一间房间那样至少需要有一盏灯,那么不妨就去打开王寅书中的这篇《一个诗人和另一个诗人》,用它来照亮整间屋子和书中每一行或轻捷畅快或迷离暧昧的句子:

> 勃勃的野心、不朽的渴望与有别于抒情诗人的诗人手中眼里的事件联系起来了。只有当它们结合在一起时,才会散发其魅力。而与此同时,那些无缘同时成为社会学家、人类学家、哲学家、精神病学家、心理学家、历史学家的诗人们还是那样多愁善感、无所事事,仍然像所有的芸芸众生那样对所发生的一切琐事津津乐道。

借助这盏灯,你依稀去辨别,王寅架起的那么些镜子,无论其中的每一面如何独特,就像文人书房里每一本珍贵的书,属于苦苦寻觅和精挑细选的成果,其实它们却只是两面镜子。要是一面叫作诗,另一面就叫作散文;一面叫使命,另一面就日常;一面痛苦,另一面慰藉;一面生命,另一面流逝;一面放逐,另一面游戏;一面生活,另一面工作;一面死亡,另一面无常;一面不朽,另一面驻守;

一面永恒,另一面无限;一面激情,另一面技艺……镜子和镜子可以相对着在各自的镜像里一直排列下去。王寅穿着风衣的那么多身影,是这两面相对的镜子的无限繁殖。

跟诗相比,王寅说,他的这本书"情绪要克制平和得多,也远远没有展现生活的广度,更多的是偏重艺术的个人化的读解和冥想"。似乎因其随笔的语境,才让人更多地看到了作者文人而不是诗人的那一面。不过,说起来,王寅最初正是一个以文人面目出现的诗人,这本随笔集里的"解读和冥想"则强化了读者的这一判断。但是在还不曾读到他的这些随笔之时,甚至在他还没有去写作这些随笔之时,他的诗作就已经提供了这一判断的直接证据。他早年的那些诗歌题材连同它们的氛围,在这本集子里有了更便于舒展的空间,集中、延伸、增添、稀释、深入浅出、幻化了身姿,可以目作其喻体的那件风衣,则已经从空灵的想象变得那么触手可及。

从某一观点出发,正可以把建筑看成比衣装更为厚实牢靠,更能挡风御寒的衣装。一间由四辑随笔筑起四壁的袖珍书房,则更方便转换成放进诗人行囊或套在诗人身上的衣装。就王寅的写作而言,如前面已经说过的,能够令其袖珍书房自觉形象化的名目刚好是风衣。这种自觉,被他《风衣》里的这两段文字表述得格外明晰和自信:

> 相比之下,厚重的大衣少了一份飘逸感,短打扮虽然精悍,但却少了风度。风衣最大限度地包裹了主人的躯体,阻挡了风寒,但同时也将行动的意味充分地传递了出来。穿风衣的人风尘仆仆,他们的风衣上除了不可饶恕的油渍之外,可以有雨迹、烟味和泥浆。

这就可以解释为什么有人无心冷落有立领的风衣,每每有意将风衣的领子竖起来。为什么有人喜欢夜晚站在逆光处,诗意地透出风衣剪影的魅力。应该承认,风衣所具有的功效惟有脱胎换骨方能形容。

风衣脱胎换骨的功效使得它又多么像一方魔术师遮人眼目的毯子。表面上,镜中或逆光里的身影没什么改变,时间和经历却已经把风衣里面的那具身体、那颗心,从"一种诗人"进化成"另一种诗人"了——确切地说,那是从一个写文人之诗的诗人还原为一个犀利地啸嗷出诗人心声的诗人。当一种随笔的写作意识跟诗真正分离开来,王寅的风衣也再没有必要得体得"就跟长在身上似的"。再去看他后来的那些诗篇,那些在他有意开始了随笔写作以后的诗,你会多么惊异和颤栗——那是一种自己动手去奋力撕开自我的企图,从那"最大限度地包裹"着的风衣里显露出来的,是被磨砺得银针一样的尖锐矛刺。对照着王寅前后诗篇(它们是不是也成了两面相对的镜子?)的阅读,我们又要再来重新分辨那件风衣,发现它竟然那么不得体,被用作了缠绕着包藏利刃的伪装的兵器匣……

于是,《刺破梦境》也就多了一层深意。看来,由那些随笔所架起的镜子,在那两面镜子之间往返的风衣,才更是生活于重重艺文里过分诗意的文人梦境。诗人,那个实际上并不能归类于"一种诗人"和"另一种诗人"的诗人正脱颖而出,从内部去刺破这以风衣样式呈现的梦。

(2006)

钟鸣的大部头随笔*

- 钟鸣《旁观者》
- 钟鸣《涂鸦手记》

1

钟鸣曾声称自己"没找到时间去碰"像《战争与和平》这样的"大部头"。但他却抛出了自己的"大部头"——《旁观者》第一、二、三卷,约一百五十万字。钟鸣说这还没有全部完成……要是他把第四、五卷也交到读者手上,他的《旁观者》就会达到二百五十万字,两千五百多页,比他"没找到时间去碰"的"大部头"还大出一倍。

作为读者和作为作者的钟鸣对书的态度并不一致。作为读者,钟鸣叹喟"人生苦短,该读的书又那么多",所以只能牺牲"大部头"而去读那些自己更偏爱的,因而读来一定对自己更为有益的"古怪的作品";作为作者,钟鸣则"非常赞同福楼拜关于书的看

---

* 文中引语均为钟鸣言论。

法,他说一本书永远是为了我自己,为了一种特殊的存在方式的"。钟鸣花了长达五年的时间去写他的"大部头",如果《旁观者》全部完成,这个诗人将自己"特殊的存在方式"搬弄到纸上的时间还会更长。

然而,一个作者的写作出发点又总是他身上的那个读者,难以想象一个负责的作者不以自己的阅读期待和趣味去为读者写作。钟鸣说,"如果我在阅读时那么挑剔,只能拣有趣的来读,那么当我写作,给别人提供书籍时,就该把东西写得有趣而新颖,以免在它问世后,很快就像一本老账本被人扔进垃圾堆"。他从"将心比己"这句南方人喜欢说的话里引出话头,希望去写一部"值得放到别人书架上去的书",而这部书首先应该值得放到钟鸣自己的书架上。因为,在开始《旁观者》写作的时候,至少钟鸣自己的书架上,是"空着一块的"。

《旁观者》现已摆上了作者、书店和许多读者的书架,它除了是作者钟鸣所期许的"通过自由的文体展示出自由的精神来,并且能满足我们的好奇心和怪异的想象"的一部书,还是一部非常惹眼地"表现了作家的信念和耐性"的"大部头",得像巴尔扎克那样喝下杯以万计的咖啡以后才可能完成。作者钟鸣去写作这样的"大部头",不是为了弥补读者钟鸣"没找到时间去碰""大部头"之憾吗?("弥补读书的空缺,有时就像弥补生活的罪过",钟鸣说)不过,它首先要弥补的是这个年头文人们只满足于"在大文豪生前坐过的椅子上擦擦屁股"的罪过,羸弱得不仅没有信念和耐性,甚至没有体力在一间空屋子里长期写作的罪过。

"卡夫卡说,由于没有耐性我们被逐出乐园,由于懒惰我们无法返回,或许只有一个根本的罪恶:没有耐性……",钟鸣认为这是他听到的"关于信念和耐性最有趣的解释",它肯定也是对我们的劣根性的最无望的揭露。

钟鸣的《旁观者》带来的则是希望,让人们去关注当代的汉语写作,对它抱有信念和耐性。这当然是由于《旁观者》的清新、奇异、散漫、繁杂、独特、敏锐和辛辣,它所展现的当代诗人激情、坚韧、隐晦和不安分的生活历程,它由自传性旁逸斜出的复调写作,镶嵌于其中的诗歌作品和对虚构文体、批评文体、注疏、翻译、文献、报道、戏仿等诸多因素的融汇,它的大量插图和插页,它的好看,以及它的有点儿吓人的"大部头"。它会是读者钟鸣所向往的那种"无需一下全读完,而是源源不断地为我提供养分的书",一部来自众多书籍的书。作为少有的"大部头"随笔,《旁观者》正体现了随笔(essay)尝试着去做(try to do)的本意,而对于钟鸣,"啊,这种'试试看',也正是我判断一本书是否值得一读的首要标准,而同时,也是我自己写作的标准"。

(2010)

2

《涂鸦手记》依然一派钟鸣笔法。这种笔法开始让读者领教,大概是在上世纪90年代初,花城出版社将钟鸣的第一本随笔《城堡的寓言》装帧成口袋书模样,摆放在书店一些难得引起注意的角落。至于这种笔法的发明发生,则要早得多,或许可以上溯到

只言片语来自写作

《涂鸦手记》里提到的一个年份：1971。"在这个年号的起始时间"，钟鸣说，"我进入一片森林（老挝上寮地区），在印度支那开始了诗的幻想，开始零星涂鸦，写写画画"。尽管，他自己觉得，"我的这段生活，在后来的文字中只留下很少一点痕迹……"，但钟鸣笔法的旋风——清新、奇异、汗漫、繁杂、独到、敏锐和辛辣的汉语，这种汉语所展现的激情、坚韧、隐晦和不安分的生活历程，由自传性旁逸斜出的复调写作，镶嵌其中的诗行和虚构、批评、注疏、翻译、文献、报道、沉思、辩驳、格言、戏仿等诸多因素的融会，以及插图、摄影、平面设计，有机混同着这一切带来的好看——起因里必然有当初那片森林幽处一枚蝴蝶翅膀的轻颤。现在，似乎，从《涂鸦笔记》绚丽多姿的文本，依然能认出近四十年前的那枚蝴蝶。而那枚旧蝴蝶，老蝴蝶，甚至任何人都不曾见过，只是因为想象，因为记忆，因为曾经见识过的另外的那么多蝴蝶，才被虚设，被拼贴、粘合起来，从淡漠依稀里，作为遥远的底本，肆意勾勒、泛开、敷陈、涂鸦，成就了又一本别样的书。

就像钟鸣的另两本随笔（《畜界·人界》[1994]和《旁观者》[1998]，它们的钟鸣笔法堪称经典），《涂鸦手记》也依然是"来自众多书籍的书"。广博地征引，向来是钟鸣笔法的一大法宝。那些人所共知的（不必加注）、鲜为人知的（详明出处）、天才晓得的（无从稽考），会像诸多颇有来历的彩线（从某件龙袍，从出土自什么坑的某片远古的丝绸上抽出的吗？）或拈自虚空的彩线（霓虹吗？），细密而又细致地缝纫，不，编织进他写作的新衣。《涂鸦手记》则有所不同，当关键词换成了"涂鸦"，那些被征引的（早已不限于文字）也就成了钟鸣的颜料，用以完成钟鸣的线条、色块和形象。而涂鸦的完成从来就未完成,这本书的开放性,那种差不多已经超出了散文之谓的"散",散开、散布、散发、散播、散逸、散怀、散荡、散适、散想、散意、散虑、散朗、散心、散闷、散豢、散殊、散弹、散曲、散板、散装、散滞、散碎、散拙、散诞、散光、散漫、散沙、散射、散碎、散宕、散佚、散走、散没、散流、散叛、散架、散涣、散灭、散阙、散朴、散迹、散见、散行、散句、散话、散片、散记、散体、散件……凡此种种,集合起来,用来作为这本书的广告词大概合用。

虽然对仗地辑为"纸宽"和"墙窄"上下两篇,虽然有序地标出了分章号,虽然合适地将文字和影像如同分装在箱子的两格里那样隔离开来,这本书的内容,却呈液化,汽化。摄影和词语,援用和独创,摘录和书写,幻想和即景,往昔和未来,回想和当前,诗歌和土话,描绘和讥诮,分析和臆解,研究和胡诌,典故和私密,逸闻和诡辩,洞见和怪癖,吃惯辣椒的四川嗓子和舌头发麻的塑料普通话,在这本书里几乎分辨不清,相互串联,浑然一色,杂于一,漫流着,风行风靡着,越出界限,并无割划,没有形状,随意赋体。这让人想到卡尔维诺在《未来千年文学备忘录》(顺便提一下,钟鸣的这本文字加摄影的书,也刚好是一种备忘录)里提到的"火焰派"——"随时间而成长、而消耗其周围物质"的写作风格或方式。然而,钟鸣的语调,说话的声音,在这本书里却毫不热烈。那是结实的、理智的、透彻的、潜在的、内敛的、明晰的、冷笑话的,仿如晶体(卡尔维诺在《未来千年文学备忘录》提出,用以跟"火焰派"相对而并论的另一种派别)。于是,阅读的印象里就有一种怪异,譬如你看到意图画成一座冰山的火焰,要么相反,一片熊熊的南极。

而这正应该追究于涂鸦。这本书的封底有一段写道:"痕迹从不会消失,但彼此覆盖,这就是涂鸦,跟乌云的象征一样,与其说它影响到一种气候,倒不如说,它改变了一种天空的结构,氛围。"在钟鸣的语境里,涂鸦既有它的出处,即唐人卢仝因其小儿喜胡乱涂写弄脏书册而赋诗"忽来案上翻墨汁,涂抹诗书如老鸦"的原始义,也有从上世纪60年代开始盛行的涂鸦文化(巧合的是,对涂鸦而言,1971年也相当重要,这一年的《纽约时报》上,有了第一篇比较严肃的讨论涂鸦文化的文章)的所有意涵。涂鸦不妨是写作之喻,进而是写作的姿态和实迹。这在《涂鸦手记》里十分明确:"据说,莎士比亚的奇迹就是描绘如此丰富的内容却只运用了英语中很少的一点词汇。仅就词汇量而言,卡夫卡更少,平民漫画式的,极少主义,低技派……他来自底层。但这些都不能概括其全部魅力,涂鸦之秘运行其中。"这个涂鸦之秘,又仿佛是简单的,关键在于"了解他内心的基本需求"。显然,钟鸣深谙其中奥义,并得以浅出。要不然,街头墙壁的随处涂鸦,也不会被他那般关注,专门拍摄下来,郑重地收入书里。其中有一幅,照片里是一个粉笔勾画的小人儿,说明文字写道:

四川,资中,铁佛镇,2002年

围绕这幅类型化的涂鸦,外省还流传着一首广为人知的歌谣,以表达构成的乐趣。歌谣如下:"从前有个丁老头(指鼻子和连成一线的眉毛),他有两个乖孙儿(两只眼睛),三天没吃饭(三道皱纹),饿得团团转(脑袋面庞),花了三角三(两只耳朵),买了三根葱(三根头发),买了个冬瓜(身体),用了六角六(两条腿和脚),买了两根丝瓜(手臂),花了五角五

(手掌)。"……

表达,构成乐趣。这涂鸦歌谣的要素,也是写作的。这涂鸦歌谣的魅力,也在于有它"之秘"。

(2010)

书后二则

·江弱水《从王熙凤到波托西》
·文楚安等译比尔·摩根编《金斯伯格文选——深思熟虑的散文》

1

由有关鲁迅的话题、几种书评、对诗的论说解读和对一些学术问题的献疑异议组成的这本文章结集,展示了江弱水广博的见识和深厚的思索,更建构起作者引人入胜、令人着迷的说话腔调和语言风格。在我看来,他所建构起来的"一路有言笑"的方式或许比他"言笑"的内容更重要——在这本关涉艺文诸多方面的著作里,恰恰是其方式,最有力地说出了他对待艺文的态度和立场。江弱水是我这些年里最为关注的诗学论者和诗歌批评家,除了因为他学问好,文章总是切中肯綮,大概还因为他又是一位谨严的诗人。他的方式、态度和立场,也刚好是诗人式的。这使得江弱水最为学问化和学术化的文章,读着也像是活泼泼的随笔——"它开头第一个字儿就要吸引得我们入了迷,直到看完末一个字儿才能清醒过来。"(维吉尼亚·伍尔夫《现代随笔》)

2

金斯伯格其实是一个方向明确的人,他的文选除了展示一个诗人在散文技艺方面与众不同的"深思熟虑",更展示其思虑的宽广程度和领悟社会政治、文化生活及灵肉激情相混凝的生命体验的深刻程度。这种展示每每戳盖着"垮掉的一代"的注册商标——那几乎是金斯伯格愿意编选此书的用心所在——在编者注里,摩根写道:"艾伦希望,本书能像诺曼·梅勒的《我为自己作广告》那样;他一直认为,梅勒模式能够充分展示出他所从事的事业。"这本书的确写照了金斯伯格事业的辽阔,也为他的诗提供了层次错综色调繁复的背景。它们(他的散文和诗)想告诉我,或我想说的是:这个常常被目作"反面惠特曼"的诗人,实在是另一个离我们更近的惠特曼。

(2006)

三种诗

- 张新颖编《中国新诗:1916—2000》
- 陈东飚译《博尔赫斯诗选》
- 多多《多多诗选》

中国新诗的历史短暂,照有些人看来,新诗还没有贡献出它的伟大诗篇和伟大诗人。但新诗仍然是中国新文化运动和现代化进程所出产的一项值得称道的积极成果。就眼下世界范围的诗歌情形而言,中国当代的新诗写作则无疑最具活力。注目进行时态的新诗,便是参与到它的活力之中。新诗的选本不少,却罕有令人满意者。张新颖编选的《中国新诗:1916—2000》还算不错。也许这本书并不会成为如《诗经》《唐诗三百首》那样的传世选本,但编者的回顾间自有放眼未来的目光。其用意,除了让你清晰地看到上个世纪新诗的来路,还为你提供了新诗诸多可能性的依据。所谓新诗的传统也因而成形——它是它短暂的过去,却又根本不是,其根本,在于未来对进行中的现在的追认——就像此刻作为未来,对启于1916年的中国新诗尝试的追认。

但是,要是没有把译诗也收入回看新诗的视野里,没有把译诗融入对新诗未来的想象之中,一个不错的新诗选本就依然会是错的。用现代汉语译写的外国诗也是一种新诗,甚至更是一种新诗,一种有所不同的诗歌写作。陈东飚译的《博尔赫斯诗选》,刚好是作为写作的诗歌翻译的一个标本。这本译诗集的选本,是原作者本人参与翻译的英西对照企鹅版博尔赫斯1923—1967诗选。它的"英译者序",细说译者和作者合作翻译诗篇的过程,纵论诗歌翻译这种写作的技艺,从中正可以见出英译博尔赫斯诗选何以是翻译诗的一个范例。陈东飚的汉译,则完全对得起这个范例——可以说,它相应地提供了一个汉译博尔赫斯诗歌的范例。

  当代诗歌更具创造性的范例,则可以从体现诗人多多三十多年写作实绩的《多多诗选》里找到。多多的诗歌写作有着强烈的竞技色彩,他总是会在一首诗里把"这首诗"写得淋漓尽致,写到尽可能的终点,写到无需再在另一首诗里对它有所重复,写到令他的下一首诗只能成为新的出发之地。所以,看上去,多多是那样的驳杂、多变、花样百出甚至混乱,他的一首诗和另一首诗之间,在趣味、风格、形式感和语言方式等诸方面,总是有着极大的跨度,而这两首诗,很可能写于同一个上午或晚上。在多多不同的诗里,有着不同的多多。

  且看写于晚近的《四合院》,它呈现给我们一个较为晚近的多多,一个年近五十的老多多。然而,尽管它是一次回首,却不是夕阳下的叹喟,尽管它是有关往日的、甚至童年经验的、"旧"的诗篇,却不是怀旧的。多多用"一股老味儿//挥之不去"的"四合院"旧词,写成了一首全新的诗,其奥妙在于,他挑选并拂拭去那些词语上的积尘腻垢,重新亮出了它们。而他擦干净旧词的方法其实是简单的——以"四合院的/逻辑","按旧城塌垮的石阶码齐"……

如果,诗歌写作可以被说成是将选中的词语用"诗"的方式排列起来,使之精彩到成为一首"诗",那么,多多的诗,尤其是那首《四合院》,会是对这一说法的强有力支持。在《四合院》里,多多发明了一种组接词语的"四合院"方法,一种木匠的方法——选出的每一个词,都被他开好了榫卯,相互间可以正好咬紧。这些带有榫头卯眼的词语的密合排斥语法和句子,就像高明的木工活儿瞧不起钉子和胶水,使得你终于读到了这样的诗行,"每一阵风劫掠梳齿一次",或"老屋藏秤不藏钟,却藏有/多少神话,唯瓦拾回到/身上,姓比名更重",或"十只金碗碰响额头/不借钟声,不能传送",或"枝上的樱花,不用/一一数净,唯有母亲/于同一时光中投影",或"秋梨按旧谱相撞时,曾/有人截住它,串为词",或"一阵扣错衣襟的冷",或"张望,又一次提高了围墙"。

你可以说它们是隐晦艰涩难懂甚至不知所云的,但它们正好是诗,这就够了;你可能发觉你读过数遍后仍然不得《四合院》的要领,但"许多乐器/不在尘世演奏已久",而今多多又在梦的层面上将它们搬演,且搬演到极致,这就够了。当不少跟多多处于同一年龄层的或一些比他年轻得多的诗人开始走下坡路时,多多用《四合院》证明了他诗歌天才的历久弥新。他诗艺的更上层楼,值得瞩目和珍视。

多多曾写道:"诗人/的原义是:保持/整理老虎背上斑纹的/疯狂。"(《冬夜女人》)不难设想,这刚好是多多对自己诗歌写作和诗人形象的一个定义。保持比激情更为激情的疯狂,仿佛是多多认定的写作原理和法宝。可以作为旁证的,是他一再向普拉斯——一个在神经错乱的最后时刻疯狂写诗直到自杀的女诗人——献诗。他早年的《手艺》(1973),则写给了另一位自杀的女诗人茨维塔耶娃。跟这两位女诗人相比,在写作的爆发力方面,多多有过之而无不及。它带来了像《一个故事里有他全部的过去》(1983)、《依旧是》(1993)、《锁住的方向》(1994)和《锁不住的方向》(1994)这样旋风般的诗篇。需要提请注意的,是多多加给"疯狂"的定语,它意味着一次屏息,一种征服。而这刚好是多多诗歌的旋风眼。这只旋风眼总是"从死亡的方向看",总是看见"死人死前死去已久的寂静"。多多诗歌那浓黑的纹理,就来自他看世界的方向和角度。多多诗歌的语言底色,却是一片老虎的金黄。其诗歌音乐,听起来,不是虎啸,而是虎啸被风吹开的斑斓。

(2006)

当我们谈论译诗,我们谈论什么?

· 叶维廉译《众树歌唱:欧美现代诗 100 首》

《众树歌唱》,当它还不是"欧美现代诗 100 首",而是"欧洲、拉丁美洲现代诗选"的时候,就已经让人"大为惊艳"(譬如诗人陈黎),"让我们开了眼界"(譬如诗人北岛)。这本书封底的几则推荐语,大概都说到了这层意思。那是 1976 年,移译了六十多首西方现代诗的《众树歌唱》由黎明公司出版,不仅对从上世纪 50 年代发起,六七十年代浪潮迭涌又转折了潮头的台湾现代诗运动推波助澜,并且立即成为进展中的台湾现代诗的重要组成。其作用,如叶维廉自己所言:"是填补一些重大的空缺,或为了激发创作而提供新境。"这种提供、填补和激发,当然不始于这部译诗集的正式出版——它们跟台湾的现代诗运动其实同步——50 年代以来,叶维廉就陆续翻译和发表了后来结集于《众树歌唱》的这些诗作。且这种提供、填补和激发,不只发生于台湾的现代诗运动。台湾版的《众树歌唱》,对"文革"后解冻的大陆诗歌,也有送暖和催化效果。尽管,或许,这效果局限于当时的北京,仅仅发生在几个当地诗人之间。

诗人王家新这样回忆:"上个世纪 80 年代初期,一本译诗集在北京的杨炼、江河、多多等诗人那里流传,我有幸从杨炼那里借到了它的复印件,这就是……《众树歌唱:欧洲、拉丁美洲现代诗选》。"北岛也提及:"80年代初,那时在圈子里流传着一本叶维廉编选的外国当代诗选《众树歌唱》。"王家新指出:"杨炼自《诺日朗》所开始的创作,他诗歌语言中的很多东西,他和江河等人在那时的诗学意识,就明显可以看出这本译诗集的诸多影响。"他自己也因《众树歌唱》而"深受激动",其写作也明显有来自叶维廉译诗的直接影响。80年代初的大陆诗歌江湖上,有所谓"武功秘籍"一说(这跟那时候的不够开放流通,或毋宁说依旧严重的禁戒锁闭有关),三十多年后才为大多数大陆读者所知的《众树歌唱》,大概就是来自海岛的这么一本当时只在极少数诗人间传阅,学习诗艺的"武功秘籍"吧。而要是看到这些受过《众树歌唱》影响的诗人的日后长进,他们的写作为三十年来现代汉诗带来的实绩,那么,也可以说,这本"武功秘籍",毕竟超越了对它的局限。

在1976年台湾版的基础上,《众树歌唱》增补了近四十首美国现代诗,而达到一百首。这些增补的诗,其中许多在此书初版之前即已译出,同时或早于那些欧洲和拉美现代诗的翻译,直到现在才将它们收入这本书,不知有怎样的考虑和原因。它们构成了新版《众树歌唱》最主要的部分——这跟译者视野里美国现代诗(尤其庞德)的重要性有关——初版的内容,相形之下倒退居于次位。《众树歌唱》于是呈现了全新的面目,成了一本全新的书。不过,这本全新的《众树歌唱》搁在今天,却不再是什么"武功秘籍"——其中许多诗篇,这三十多年来已经在各种读物上被不止一次地刊载,有些诗作,有过多个译本;书中选入的好几个诗人,他们被汉译的选集甚至研究专集,也已先后在大陆出版;再说这三十多年来，现代汉诗的局面也日新月异，大为改观——然而，《众树歌唱》却仍然引人注目，这本书搁在今天，仍然是带典范意义的诗歌译著。

"100"这个数字，指示一种完善——不妨把《众树歌唱》看作一幅努力完善着的欧美现代诗图景，它的体例，正有意去标记欧美现代诗的地形。叶维廉在《众树歌唱》里历数了现代欧美的一流诗人，也不忘选择几位二流诗人，书中为每个诗人的经历、交往、主张和写作所撰的评述短文，差不多勾勒出了上世纪最初十年以来欧美现代诗拓展的疆域，圈点了处在现代诗经纬坐标系上的各位诗人的位置。这使得这本书具备了导游手册的功能。而一本译诗集当然并不满足于此，叶维廉的翻译，更要把他所标画的地图变成一派实际的物理风光，带给读者亲历的游程。《众树歌唱》移来欧美现代诗的林薮，呈现着其中的那么多细节，"大雨；空江；一行旅／冻云火，薄暮沉沉雨／乌篷下一盏孤灯／芦苇湿沉沉；弯弯垂下／竹枝细语如饮泣"（庞德《诗章·49》），或"四月是最残酷的月份，并生着／紫丁香，从死沉沉的地土，杂混着／记忆和欲望，鼓动着／呆钝的根须，以春天的雨丝"（艾略特《荒原》），或"一个明亮的盆中的清水／粉红、白色的康乃馨。房间里的／光更似雪意弥弥的空气／反映着雪"（史蒂文斯《我们气候的诗》），或"低云横山岭／林木溢满雾／咫尺间，巨林隐退而渐／暗"（罗斯洛斯《雪》），或"五日雨连三日热／枞子上松脂闪亮／横过岩石和草原／一片新的飞蝇"（史乃德《八月中在酸面山瞭望台》），或"一棵树升起。啊，纯然的超升！"（里尔克《奥菲斯十四行》），或"在荆棘和枝桠间听／黑鸟的戛戛，蛇的骚动"（蒙塔莱《正午时歇息》），或"从我手中出来秋天吃自己的叶子"(策兰《花冠》),或"水在上/林在下/风在路上//静的井/桶黑 春水//水降临于树/天升起向唇"(帕斯《聚》)……但是,在对那么多细节,对叶维廉所译的每一首诗的具体读取中,我们却发现,向着欧美现代诗的游程,正翻转为我们的一次历险——确切而稍有点累赘的表述是——以汉语为征的我们的历险。这历险正缘于译诗本身,缘于当翻译这些诗的根本任务并非导游,并不服务于读者的欧美现代诗游程,而仅仅为了它自己那译诗的必要性的时候。

用"翻译:神思的机遇"这么一个代序标题,叶维廉确认了《众树歌唱》的这种必要性。"神思的机遇"最有名的例子,便是庞德的《神州集》(Gahtay,叶维廉译作《国泰集》),一本以误解汉语尤其汉字为前提的创造性的中国古诗英译集。其中富于建设性的一面,"中国灵活语法所提供的有异于西方的美学向度,和庞德通过中国诗的接触引发回响着中国灵活语法的创新与试探以及引带起美国诗人大幅度的实践这个事实",启发着叶维廉去以译诗"激发新诗语的一种再创造"——五四初期的"急于传达口信"、战争年代"很多想象的思维转向革命文学""钦定"文艺路线下"诗艺诗意语言变得更加瘦弱"和全球化带来的"感知、语言的工具化、单一化",在他看来,差不多便是作为新诗诗语的现代汉语的一般现实——那么,"神思的机遇"在于,"翻译是两个文化互通的港口,在通驿的过程中,必然牵涉到两个文化系统与语规的协商、调整",叶维廉认为,"翻译欧美现代名师名诗的过程中两种文化、诗语的征战下的对话、协商、调停的共生……或许可以帮我们恢复'感知、语言的工具化、单线化'前的丰富的呈现"。

只言片语来自写作

在他的另一本著作《中国诗学》里,叶维廉描述过他意欲"恢复"的、"丰富的呈现"的、作为理想诗语的汉语——它更像是一种"纯语言"——它"特有的'若即若离'、'若定向、定时、定义而犹未定向、定时、定义'的高度的语法灵活性,提供一个开放的领域,使物象、事象作'不涉理路'、'玲珑透彻'、'如在目前'、近似电影水银灯下的活动与演出,一面直接占有读者(观者)美感观注的主位,一面让读者(观者)移入,去感受这些活动所同时提供的多重暗示与意绪……",以"激发新诗语的一种再创造"为根本任务的《众树歌唱》的译者,企图从这部译诗集里追索出这种现代汉语的诗语(叶维廉曾把他所述的那些理想特质,追认给他认为"不易作交响乐式结构"和"一奔千里的语势",因而不宜于翻译西诗的文言诗语)。之所以要从译诗去追索,或许真的像本雅明在那篇如今已成名文的《译者的任务》里所说:"纯语言""它深深地隐藏在译作之中。……基于纯语言,一种自由的翻译建立在对自身语言的考验上。翻译的任务不在于告知的含义自身,而在于忠实地表达含义。而自由更能保存纯语言的本色。将那种依附于外来物的纯语言融于其自身,并通过转换将被围困在作品中的纯语言解放出来,正是译者的任务"。

于是,在《众树歌唱》里,叶维廉的译作就呈现出既不是亲近原诗印欧系语言的异化翻译,也不是以一般意义上的现代汉语为归宿的归化翻译,而是用一种更多历险意味的走钢丝姿势,行于二者之间,不,之上,来表演他绝非万无一失的语言高蹈。极端的情况下,譬如当他把威廉斯的 The Locusttree in Flower 译成《刺槐树开花》——

中属绿硬老亮断枝泻白香花再

的时候,会有人感觉受了磨难,会有人觉得另外的译法才更是汉语诗或美国诗,譬如赵毅衡译的《槐花盛开》:

就在
那些
翠绿

坚硬
古老
明亮

只言片语来自写作

  折断的
  树枝
  中间

  白色
  芬芳的
  五月

  回来吧

然而测其用心,叶维廉或要以"逐字的直译"拆除本雅明所说的"挡在原文语言前面的句子之墙"而建起得以透明本真世界"不涉理路""玲珑透彻""如在目前"之光的诗之"拱廊";或以此强调汉语诗学那字的本体本位,去呼应威廉斯对句子和逻辑连续性的切断……《众树歌唱》从汉语方面,继续和深化着庞德以翻译古典中国诗为契机的创造——那"文字的雕塑"。"凝炼我们诗的语言这个使命",叶维廉说,"我未曾一刻稍忘"。念念于此,哪怕并不能完成,那作为动词的译诗的典范性,还是值得被我们谈论。

(2010)

关于特朗斯特罗姆的两篇

· 李笠译《特朗斯特罗姆诗全集》

杜鹃侵巢的仪式

当弗罗斯特说诗就是经过翻译而丧失的那部分……的时候,他大概没有想到,也许他在拒绝诗被翻译的同时,却已经代表诗人——在将一件诗作从一种语言变换成另一种语言的交易中作为出产商的诗人——赋予了翻译家改装其产品的权利。既然另一种语言的读者不可能去感受原作者提供的那被称作为诗的东西,让他们去感受原作者提供的诗,就成了翻译家担当的任务。然而,诗又是不能被翻译的,那么翻译家在翻译一首诗的时候,要做的事情就不仅是翻译了。翻译家还得依据原作者提供的诗,用另一种语言去写出新诗。被翻译家写出的那首新诗,大概只约等于原作者的那首诗,大概只相当于一棵白杨树的水中倒影,它对于那个原作者也许有意义,其实已没什么意义,就像岸上的白杨树无法在乎水波对其形象的歪曲。

翻译诗的意义,在于能够从中感受其诗的另一种语言的读者,在于用另一种语言创造出翻译诗的翻译家,在于用以翻译的那另一种语言的文学及其传统。站在那另一种语言的文学及其传统的立场上，也不妨说，那个总是忧心于他的诗未能被忠实翻译的原作者，他的文学背景，特别是他用外语写下的诗，是不重要的。在翻译文学，特别是翻译诗的活动中，真正重要的当然是那个翻译家和被他翻译过来的诗，是那个被翻译家用另一种语言塑造的另一个诗人。套用维特根斯坦有关世界之神秘的那句名言——对于一个翻译诗的读者，值得探究的不是这首诗（和它的作者）原先是怎样的，而是它现在是这样的。那陌生的诗人和他的诗被翻译家带入另一种语言、另一种文学及其传统，他提供了一种真正的必要吗？当一个翻译家选择这样一个诗人而不是那样一个诗人，选择这个诗人的这一首诗而不是那一首诗，用作以另一种语言底片感光世界的取景对象，是必须还是必然？——轮换着运用汉语和瑞典语写作的李笠，在出版了他翻译的特朗斯特罗姆的诗选《绿树和天空》十年以后，又把这个瑞典人的全部诗作译成现代汉语的篇章，他呈现和强调了哪一种写作？

  在现代中国，翻译文学，特别是翻译诗，其实是一种并不主要针对普通读者的写作，它所针对的，是以翻译这样一种写作方式进入的我们的语言、文学及传统，它的真正读者——它期望的读者和对它怀有期望的读者，是现代汉语的写作者、诗人：那些在挑剔程度上，而不是在热情程度上更为合格的读者。正是在这些仿佛更专业的读者——写作者读者面前，翻译文学和翻译诗看上去才像一面对照的镜子——每一个被翻译过来的作家和诗人，也可以说每一个翻译了这些作家和诗人的翻译家，都充当着作家的作家或诗人的诗人的角色；就像每一个对写作本身有所贡献的作家或诗人,都会是我们语言和文学里的作家的作家和诗人的诗人。虽然,由外语作家或诗人(——由翻译家)来充当我们语言和文学中的作家的作家或诗人的诗人,总是会带来莫名的不安——在不满百年的现代汉语写作历史上,这种不安甚至焦虑,是以虚弱的固执去抗拒而不是接纳翻译;但却正好是翻译为现代汉语的写作输血,再输血——现代汉语的写作得以存活至今,并日益健壮,正由于现代中国的文学和诗歌之心没有排斥翻译之血,而是已经(尽管仿佛不情愿地)把翻译也接纳进了现代中国的文学和诗歌生命体。

在我们的文学和诗歌生命体里,那个由翻译家带来的作家的作家或诗人的诗人的写作是现在进行时的,翻译文学和翻译诗也正是现代汉语的文学和诗歌,一种写作,一种创造,而不是我们文学和诗歌之对照,用来反向(反像)地映出写作的所谓镜鉴。如此,翻译的意义也不过是写作的意义。作为翻译家的李笠代表特朗斯特罗姆,不,以另一个特朗斯特罗姆,现代汉语的特朗斯特罗姆的身份加入我们诗歌写作的圆桌会议。他,这个作家的作家,诗人的诗人,就并不会是高悬于大厅的水晶吊灯或俯瞰的偶像。他只能是我们中间的一员。他以翻译的方式写下的特朗斯特罗姆的全部诗篇,跟每一部刚写好的作品一样,也首先是一片半完成的天空(在抵达读者之前,哪一部作品不是半完成的呢?)。它需要被读者诗人们,尤其被译者诗人李笠自己去发现又发现——发现的结果是它的完成——完成的并非特朗斯特罗姆,完成的是一次现代汉语的诗歌写作。

我第一次读到特朗斯特罗姆/李笠,是在1985年盛夏,在上海开往成都的特快列车的硬卧车厢里——在一个月台上，我意外地买到了刊载那首诗的某期《外国文艺》——

> 淙淙、淙淙的流水 沉闷的声音 古老的催眠。
> 小河淹没了废车堆场，在一个个面具背后
> 闪烁。
> 我紧紧抓住桥的栏杆。
> 桥：一只驶过死亡的巨大的铁鸟。

我初读时的情境契合着这首诗的不安：火车行驶在一座无名的铁路桥上，钢铁栅栏的阴影排队掠过诗的空白，桥下的河流已近乎干涸。这种契合取消了乘火车旅行的无聊，并给出一种阅读的寒意——当前境遇的即兴诗篇，怎么可能是遥远国度里一个诗人在十几年前预先写就的呢？——它的诗题《1966年——写于冰雪消融中》，则赋予了铁道线上的寻常景象一种莫须有的黯然。说那种黯然是莫须有的，因为我猜想，或许只有在当代的汉语语境里，"1966"这样一串阿拉伯数字（它们由印度而世界，也早已成为汉字书写的一部分）才会真正唤起刻骨铭心的记忆，才会真正有揭开伤疤的历史之痛，那也仍然是当前之痛。那么，特朗斯特罗姆这首一共五行的短诗被李笠译过来之后，一定已有了重大的改变，它也许丧失了它的瑞典语之诗，但却因为被成功改装而获得了新鲜的现代汉语之诗。并且，我相信（尽管我不知晓它投生之前所来自的那个瑞典语前世），李笠的这首现代汉语之诗远远大于了特朗斯特罗姆的那首瑞典语之诗。诗篇的这种变化，要由翻译的读者来完成，而造成如此戏剧性变化的，在这首五行诗里，却是翻

译中完全等同于原作的那部分。"1966"这个数字,这个在两种语言的书写中通用的词,在各自的历史中积淀的意义却大相径庭。正是这个出现于诗题的数字,它在现代汉语里的历史重量,变成了这首译诗的重量。这是李笠在翻译的时候不曾料到的吗?在西驶的列车上,我却倾向于认为这是李笠刻意的选择。李笠也一定敏感于"1966"这个会让人触及"文革"的歇斯底里和幻灭的数字,他译写这首五行短诗,难道并没有鲁迅所谓"借别人的酒杯,浇自己的块垒"的意味吗?这首由冰雪融化而生流逝和漂浮之感的短诗里的沉闷的声音,古老的催眠,面具和一只驶过死亡的巨大的铁鸟,真的是关于可疑的解冻,而不是关于"1966"的吗?——这就是我初读时感到的寒意,正是这种寒意,令这首诗契合了我在那个盛夏闷热的火车车厢里读诗的时光。

  以后,李笠修改了他的这首译诗。现在,"淙淙、淙淙的"成了"奔腾,奔腾的","沉闷的声音"成了"流水的轰响","死亡的巨大的铁鸟"成了"死亡的大铁鸟",如果这种对于诗句来说是重大的改变能让这首诗更成为一首现代汉诗,它是否就更不忠实于特朗斯特罗姆的原作了呢?但忠实对翻译诗而言其实是无谓的,谁又会相信一种诗歌语言和另一种诗歌语言的各种要素是一一对等的呢?当你意识到诗歌翻译也不过是一种诗歌写作的时候,对翻译的要求也就不过是对写作的要求了。而作为读者,面对这首诗的前后两个版本,我固执于我的先入之见。不过,要紧的是,它对我将它误读的鼓励是前后一贯的。依靠对它的巧妙误读,它才成为李笠的特朗斯特罗姆的一首诗。

  而误读却不是误读,因为不存在一个阅读的标准答案。有成效的写作也只能规定阅读的大致方向,有成效的翻译(作为一种写作),一样只规定了阅读的大概。也许,翻译跟阅读的关系更微妙:当翻译是一种写作,它必先是一种阅读,正如阅读从来是一种翻译。翻译对原作的阅读,不仅不允许有误,而且必须去"贴服",如此,翻译才可能取"信"于对它的阅读。然而这仅是理论和说法;同样作为理论和说法,并且,在事实上——由于是一种写作,翻译就无不是阅读的偏颇。不过,如果所有的翻译都意味着背离原作,从而也像阅读一样并无所谓"误译"的话,翻译却还是有一个写作的标准。对于不能被翻译的"诗"而言,就更只能以写作的标准来衡量翻译"诗"。李笠对特朗斯特罗姆的翻译给予我的最初印象,就正是作为翻译的写作。现在,在读到特朗斯特罗姆/李笠那首短诗之后十五年,我得以读到他全部的诗作,它向我呈现和强调的,也仍然是作为翻译的写作。

　　作为翻译的写作,它并不朝向通常所见的那种"译编"(林琴南为那种"译编"树立过典型),尽管翻译正是用另一套语言符号去重新编排。作为翻译的写作,它醒悟于为什么翻译,并且以为什么写作回答着这个问题。这种醒悟,像这本诗集里第一首诗(《序曲》)的第一个句子,"是梦中往外跳伞":在一种翻译的朦胧中,在一种也许仍然固执于"忠实"甚至"贴服"的译述中,翻译者的写作溢出他那只借自别人的酒杯,从而浇向自己的块垒。已经提到过的"1966"仍然是一个值得再次利用的例子——在所谓翻译得最为"忠实","贴服"得原封不动的部分,翻译(在此正不妨将它理解为阅读)也已经迈向了写作。在另一首同样以年月为题的六行短诗《自 1979 年 3 月》里,李笠以翻译如此写道:

> 厌烦了所有带来词的人，词而不是语言
> 我走向白雪覆盖的岛屿
> 荒野没有词
> 空白之页向四方展开！
> 我触到雪地里鹿蹄的痕迹
> 语言而不是词。

我并不认为，在这首意味深长地区别词和语言的诗里，没有李笠的"厌烦"和他已经"触到"的东西。当这首关乎写作的诗是一首翻译诗的时候，它也是关乎作为翻译的写作的。翻译并不是曾被认定的用一个同义词去对等于外语里的那个词，它是写作——作为翻译的写作，是用另一种语言去说出。这首诗并没有对这样的不同加以区别吗？特朗斯特罗姆的瑞典语诗篇对站在汉语立场上的李笠而言，是"空白之页向四方展开"的"白雪覆盖的岛屿"，走向它，用现代汉语去翻译它，那"雪地里鹿蹄的痕迹"，是李笠"触到"的"语言而不是词"，是作为翻译的写作而不是"忠实"和"贴服"。

但却正是从"词"，从仿佛"忠实"和"贴服"的阅读中，翻译家找到了自己"语言"之旅的出发点。翻译家的阅读——像特朗斯特罗姆在一篇由李笠译述的受奖答谢辞里所说的那样，"……在我这里开始了一种进程。我被抛向某个方向，自己继续飞行"。在对所读的诗篇给予充分的"词"的肯定以后，翻译家倾向于一种"语言"的否定。于是，翻译家动手去拆卸他阅读的那首诗的每一个"词"，那个已经凝炼成诗的"词"的装置。这次拆卸是更深入的阅读，从感受、解释、分析和批评……直到"厌烦"，然后，翻译家得以从阅读进入写作。

在此，不妨学舌般地"翻译"巴赫金的描述——翻译家的"语言"直率地凝视对方那"词"的面孔，通过对方模糊地、渐渐清晰地体认着自己，意识到自己"语言"的可能性和"语言"的局限性……用另一套符码——他自己的"语言"，翻译家把一首原作改装成了"新"诗。

这种过程，或更生动的进程，被特朗斯特罗姆/李笠一再重演，一再重演……终于，在《晨鸟》这首诗的最后一节，他发出了感叹：

太妙了，在抽缩之际
我感受我的诗如何生长
它在生长。它占据我的位置
它把我推到一旁
它把我扔出巢穴
诗已完成

在谈论诗歌翻译的上下文里，这个杜鹃侵巢的仪式也仿佛是作为翻译的写作驱逐原作的仪式。也许，翻译诗就应该是这样的杜鹃——它要想成为那种被翻译家带入的语言的文学及其传统里一首有意义的"新"诗，就必须对原作忘恩负义。然而，赞许和欣喜地（"太妙了"）描绘如此这般的侵巢仪式，表明的其实是诗人和翻译家扮演了不得不让位给诗歌的雀形目鸟类的自觉。像特朗斯特罗姆/李笠在《72年12月晚》这首诗里暗示的，诗人和翻译家；不过是受雇于"诗"这种伟大记忆的隐形人。写作即写作者参与着将自己抛出自我之巢穴的仪式,——被确信和确立的,被一眼就认出的,只能是诗。

(2000)

一个北方艺术家

瑞典诗人托马斯·特朗斯特罗姆,在他今年三月的北京和云南之行里几乎没说话。他一声不吭地应对着李笠翻译的《特朗斯特罗姆诗全集》的出版、读者的热情、中国同行的盛誉和过誉。他的眼光里常常有几分好奇,但更多的是一种理解的俏皮。他一定看不懂他诗歌的中文变体;他也一定听不明白朗诵会上人们念了些什么,讲了些什么;他能否弄清有人上前去跟他嘟囔,也许只是想摄取"与大师交流"的照片?不过看来他知道这些是怎么回事儿。他平静,缓慢,"经常站着不动",如他在《画廊》一诗中所说。他让你感到他依然在实践同一首诗里的另外一句:"我必须经常沉默。自愿地!"然而也可能他只是老了。毕竟他已经七十岁了。

1990年,近六十岁时,特朗斯特罗姆因患脑溢血而半身瘫痪,导致了严重的语言障碍。据说他最近的(也许是最后的)一本诗集《悲哀贡多拉》(1995)里的十多首诗是在病魔缠身后勉力写成的,这为他赢得了读者和同行的深深敬意。而他诗艺的声誉,早在他第一本诗集出版之际就已经建立。如果排在那本《诗十七首》(1954)开首的《序曲》是其第一首诗,那么可以说,他用第一首诗就裁剪好了自己那件杰出诗人的制服。我甚至想说,他是那种在第一行诗里就预先写好了一生诗篇的诗人。"醒是梦中往外跳伞",这第一行诗也是最能让人想起特朗斯特罗姆的一行诗,像是他诗歌的一个标志。他以后的诗作,总是在醒和梦之间跳跃。他带领读者从梦跃向醒,但那也是从醒又跃入梦。

有一次,在谈论自己的诗歌写作时,特朗斯特罗姆提到了《老埃达》和《瓦隆之歌》。他说因它们笔法的凝练,他"无意中得到了诗的真谛:言简则意蕴深"。所以,也许,尽管这一领悟来自史诗,尽管他对杰克·伦敦在《马丁·伊登》里那段对阅读一个"被毁天才"所写的"描述我们太阳系骚乱和残忍纷争"的长诗之"欣喜若狂,眼里充满激动的泪水,全身如沐一场凉水浴"的描绘深感信服,他自己的写作却一直仅限于短制。他惟一的长诗《波罗的海》(1974),在我看来,也更像是许多短章的拼贴和连缀,并没有所谓"长诗的经营和布局"。

他的风格是精简和精确的,他总是更为精简和精确。那是一种沉默的激情和"一道直接来自魔术的飞溅的强光"——像他在《一个北方艺术家》这首诗里所写的那样。在这首诗里,他仅用两个字来安排第四节:"删减!"这让人想到米开朗琪罗的雕刻手艺。但特朗斯特罗姆选出的语言石料常常含有玻璃的质地,而且他干活的方式是投射式的。在《石头》一诗里,这些"我们扔出的石头"的"跌落"(一个跟"醒是梦中往外跳伞"一样的下降动作),"玻璃般透明地穿行岁月","像燕子/从山顶/滑向山顶",终于"玻璃般透明地/落到/仅只是我们自身的/深底"。诗句的方向和程式告诉读者,他的整个写作历程是下降的历程,从空中落向心之大地,越来越清晰地看到和说出人间事物。

关于特朗斯特罗姆的两篇

从《诗十七首》到《悲哀贡多拉》,每隔几年他就出版一本诗集。他的诗作大概不算多,十一本,一百六十三首。他的克制跟他的北方性格相吻合。他没有学会策略地弄"圆"自己,几十年来,他的写作并无戏剧性的变化,看上去,他像是个"扁"的诗人。他并不转身,甚至很少改变自己的姿势,他站在那里,"常常沉默无语"——请允许我再次引用《一个北方艺术家》,因为这首以格里格自白开始的短诗是特朗斯特罗姆的自白——但那是在"美丽陡坡"上的"沉默不语",可以想象它会有一个怎样的朝向空无的弧度。也可以想象,在他"为了征服寂静"而从"美丽陡坡""扔出石头"的时候,这石头"玻璃般透明"的呼啸会划出一个怎样的声音弧形——而这越来越落向深底的声音弧形,为他的诗歌写作扩展着音域。

不妨把猜想和求证他所设置的音域落差之悬念,当作翻看《特朗斯特罗姆诗全集》的一项乐趣,而他总能够出人意料。从前面提到的他著名的第一句,或从"教堂的钟声借着滑翔机柔软的翅膀飘入天空"(《音响》)这样的高音,他不断下降他的声调,他不停地下降,到"电梯发出一声叹息"(《坡顶》)还不够,到"教堂死静一片"(《管风琴音乐会上的休息》)还不够,到"今夜我和压舱物待在一起"(《夜值》)还不够。当他说"那里海底会骤然闪现——"(《在压力下》),"我被一只铁锚在世界的底部拖滑"(《尾曲》)的时候,你真的会暗吃一惊。然而,如果再把那本"诗全集"翻看一遍,你还会读到他用更为阴郁的低音写下的诗句。

很可能,他向纵深挖掘的低音让他必须用散文去写下一些诗篇。他童年的理想是做一个漫游世界的学者,他的散文之诗(它不同于所谓的"散文诗")则再次表明,诗歌写作是他的旅行。像《晚秋小说的开头》这样的篇章,让人们看到他怎样穿过了低音的极限,"踉跄地一步跳入黑夜"。他下降的声音行程似乎真的抵达了他所自愿的沉默之深黑。不过,我不得不第三次引用他的《一个北方艺术家》并且重复——"我来北方是为了征服寂静"!特朗斯特罗姆提醒我们,这也是他诗歌的声音又得以返回的时候了:"谁在高大的树下仰卧/谁就在树上",而"漫游者""穿过死亡的旋涡""站在树下",会这样问道:"可有一片巨光在他头顶上铺展?"

(2001)

从《生日之诗》到《生日信札》

·冯冬译西尔维亚·普拉斯《生日之诗》
·张子清译特德·休斯《生日信札》

还没遇见特德·休斯的时候,西尔维亚·普拉斯就曾几次自杀未遂。她的小说《钟形罩》,几乎是关于其早年生活的一本自传,从中可以看到她备受精神错乱的折磨。直到自杀成功,普拉斯一直饱尝神经病之苦,诗歌对于她,太确切地成了一种"苦闷的象征"。在从死亡那里得到解脱之前,写作无疑是她最重要的宣泄手段。1956年跟特德·休斯结婚前后那段日子,大概是这位女诗人一生中少有的快乐时光。这种快乐在于两个人的相互专注,在于普拉斯对休斯作品全身心的热忱,和休斯对普拉斯写作天才的坚定信念。像普拉斯的一位传记作者说的那样,她因此"获得了平衡"。这时候,艾伦·金斯堡已经在旧金山六号画廊当众脱过衣服,跳上桌子朗诵了他的长诗《嚎叫》。这固然造成"沉默中爆发"的惊人效果,其轩然大波终于发展成纵贯整个60年代的社会风潮;但它更直接的革命性,则是以暴力姿态冲撞了学院派的陈腐诗风。而普拉斯当时写下的诗作,则是准学院派的,有一点青涩,有一点奥妙,有一点反讽。要再过几年,到1959年,她才开始了她的"普拉斯诗风"。那时不仅"垮掉诗"已经在学院外成风,学院派诗歌也发生了转化和裂变。最典型的学院派诗人罗伯特·洛威尔出版了尽显"自白派"诗歌风貌的《生活研究》,一改"非个人化"为强烈的"个人化",甚至"私人化",为诗坛带来了持续多年的"自白热"。

1959年末,休斯和普拉斯夫妇应邀到纽约上州小城 Sartoga Sprgs 边上的艺术村 Yaddo 暂居。普拉斯在那里写了组诗《生日之诗》(七首),谈论她自己的创伤、衰弱和那几次未遂的自杀。算起来,普拉斯的普拉斯式写作,从这时才正式开始。到1963年2月11日凌晨打开煤气自杀,也就三年多时间,普拉斯用不断透支、掏空和耗尽自我能量的写作,匹配上她愈演愈烈的焦虑、苦痛和疯狂,贡献了一个分外耀眼的女诗人形象。她死后出版的两本诗集《涉水》和《冬天的树》,甚至全都是在生命的最后九个月里写成的。跟休斯的婚姻这时已形同废墟,她面临生活和精神的双重崩溃,但却不断写出佳作,"她的艺术不朽正是生命的分裂"——罗伯特·洛威尔在为她的另一本诗集《阿丽尔》所写的序中这样说。那情形,像一只毁于短路的灯泡,一刹那达到了极端炫目的白热化状态。

她那种普拉斯式写作并非她的独创,而是受当时诗潮和她曾偶尔听其授课的罗伯特·洛威尔的影响,但所谓的"自白派"诗风在她那里进展得最为神速和充分,几乎达到了极限,像洛威尔说的,获得了最"令人震惊而成功的结果"。她相信写作即一种投射,她朝她的诗歌投射她的自我、身体、神经、敏感、恐惧和歇斯底里。尽管她强调"一个人应该能够用有见识和智慧的头脑调度这些经验",但实际上她总是强调和过分强调她的个人隐私、内心创痛、犯罪心理、性冲动和死亡冲动,以至她的诗艺失控,快没了节制,这也许让她免于令人讨厌的圆滑(像我们目睹的一些标榜身体或半截身体的写作,只不过是收取小费的脱衣秀),却难免演化成跟她努力实践的自杀相得益彰的自杀式写作。她裸呈、剖解、揭示甚至亵渎自我的诗篇,在1963年初她那病态神经的极度错乱中达到了最高形式,她的诗跟她的死结合在一起了,就像在她看来,是痛苦把自我和世界结合在一起。当然,这就是普拉斯式写作,其宣言表述在她的《拉撒路女士》一诗里:

死
是一门艺术,一切全都如此。
我做得尤为出色

将诗人的传记成分,不,将诗人最私下的、传统诗人羞于启齿的心灵阴暗面:诸如酗酒、精神病、性变态、嗜死等等以激烈的诗歌方式加以展示,这便是自白派最关键的诗艺。普拉斯用诗歌揭示其精神、情感和私生活的那种罕有的真实性,极其勇敢,极其疯狂,也极其狭隘。她的诗最终未能以诗的力量和方式去纠正危险失控的生活,反而损害了诗人——诗中那位主角的生命。诗这种生命火焰的过分炽烈,很快就令她的生命成灰……

她丈夫特德·休斯的命运和写作则很不一样。他通常被视为风格质朴的诗人,他诗歌里仿佛拘泥形式的诗节,掩饰着,但时常是欲盖弥彰着诗人所感知的世间事物中那种强烈和持续的原始力量。他喜欢写有关动物的诗,尤其以写猛禽凶兽的诗篇著称。他诗作的寓言性和讽喻色彩显而易见,其艺术的方向跟普拉斯判然有别，既不私人，更少自白，其成立无需依靠诗人的身世、传记成分、隐私、不幸和精神状况等附加条件。他的表达较为隐匿，且因为并没有为自己的诗歌提供鲜明的诗人形象，所以，尽管他于1984年成为英国的桂冠诗人，他的诗名却不太彰显，远远没有普拉斯出名。而他当年对普拉斯的不忠和后来对普拉斯各种资料的严加掌控，还在某种程度上为他带来了一些恶名。他以其诗艺赢得的那个官方身份，也不会让人对他多一些好感。读读他为戴安娜葬礼所写的例行公事似的诗句，什么"因巨大的悲剧和损失／众多河流汇集成一"，人们还真会对他晚年的写作能力有所怀疑呢。

不过，1997年特德·休斯却以其最后一本诗集《生日信札》创了纪录：出版后一周内就销出五万册，不久销量更达十万册以上，成了一本难得的畅销诗集。实际上如此引人注目的却非特德·休斯和他的诗，而是他的题材，他写下的普拉斯。自白派诗歌固然倚重诗人的诗艺，真正耀眼的却是其惊世骇俗的题材。诗人的自白带来了适用于自白的新诗艺，也带来了一意窥探阴私而不是阅读诗歌的现代人的热衷。《生日信札》讲的是休斯和普拉斯的关系，初恋、求爱、结婚、生子，直至普拉斯自杀，记录他们夫妻生活中的大小事件，倾诉诗人对普拉斯爱恨交织纠缠不清的情绪思念。这些近于自白的内容让休斯的诗风也大为改观——《生日信札》读来像一种准自白派诗歌。所以，这本诗集除了缅怀普拉斯，也是在向普拉斯致敬。其书名仿佛特意要跟普拉斯的《生日之诗》对称和对位，也更突出了他缅怀和致敬的用心。

(2001)

"我的人民生活在这里"的"自我之歌"

· 黄福海译阿米亥《开·闭·开》

诗人向来把命名认作至为重要的一项职责。为自己体内的诗人命名,给他另起一个诗人之名,当然也就格外成了一回事儿。这个诗人之名不仅是那个人以诗的名义说话的面具,更是那个人用毕生写作倾心塑造的另一个人,一个理想的化身或形象。这么说大概已经能解释,诗人耶胡达·阿米亥何以那么在乎他为自己所起的这个希伯来姓名了——他曾以"阿米亥"为题写过诗,在他最后的诗集《开·闭·开》里,他依旧还在为"耶胡达"涂抹许多分行文字……

据《开·闭·开》的中译者黄福海注解,"耶胡达,是希伯来语的通俗发音,正式名字为犹大"。而"犹大"一词的希腊文与拉丁文译名便是"犹太人"。又据阿米亥自述,是在1946年吧,"当时我有了一个女朋友,我们都那么年轻,很快就筹备着要结婚了,于是我们决定取一个新名字,将来她也要用的。阿米亥,'我民生',非常有社会主义和锡安主义的含义:我的人民生活在这里!这本身简直就是它的固有名,所以我们就选了它。但生活就是这样:两个月后她跟我分手,我只留住了'耶胡达·阿米亥'"。

他留住的这个诗人之名意味特别,并且实在太特别了,其意味反而显得过于明摆在那里了。而这只能是刻意为之——为自己命名的这种风格,恰好是他的诗歌风格,这个诗人把自己命名为耶胡达·阿米亥,就是要突出强调其写作的品质。

正像为人所知的那样,阿米亥处身于"上帝/民族/家族/个体"这么个犹太社会的意识形态体系。然而他不是个正统教义的信奉者,他跟家族亲密相联的路径,则由于父亲的过早亡故而被阻断了。这种阻断,又非全然出于被动,它甚至会是一个诗人的主动行为。他用失去的父亲和幻灭的信仰,换取了一个可以与之对话的复合体——"我们的父,我们的王,我们的上帝"——"在我还是个孩子的时候,跟所有孩子一样,我以为我的父亲真的就是上帝,即便我反叛他,他也仍旧是上帝。但后来我发现,当然了,他是一个人类。我想上帝也是这样"。不能不留意的是,对这个复合体的这番解说,出自一个自命为"阿米亥"和要人们称其为"阿米亥"的诗人。这个诗人除了以其个体与"我们的父,我们的王,我们的上帝"展开对话,也老实不客气地以"我的人民生活在这里"的身份发出声音。也就是说,诗人阿米亥也是个复合体。在这个叫作"阿米亥"的复合体看来,"我们的父,我们的王,我们的上帝"这一可以对话的复合体跟自己其实无多差别——"他是一个人类"。于是,两个复合体也不妨是同一个复合体,它们之间的对话也不妨是轮唱,是齐奏,是独白。

如此情状便是阿米亥和他的诗篇。写作的复合是由于诗人对自己的命名,还是他出于复合的写作需要才给了自己这样的命名?答案也并不单一,只能是复合的,就像他为自己最后一本诗集所起的书名。

"我的人民生活在这里"的"自我之歌"

《开·闭·开》,那也是个复合体。请注意书中的这条注释:犹太教口传律法《塔木德》中说:"母体内的胚胎像什么?像一本合上的笔记本。它的手放在太阳穴上,双肘抵着大腿,脚跟顶着臀部,头在两膝之间。它的嘴是闭合的,肚脐是张开的。当它出生后,原来闭合的张开了,原来张开的闭合了。"书名《开·闭·开》据此而来。阿米亥在其中写道:"打开、关闭、打开。在我们出生之前,一切/都在没有我们的宇宙里开着。在我们活着的时候,一切/都在我们身体里闭着。当我们死去,一切重又打开。/打开、关闭、打开。我们就是这样。""开·闭·开"之际,阿米亥何止想把诸如世界观、生命观、语言观、宗教观、历史观、种族观等等等等叠加于其间,他简直想要让"开·闭·开"这个意象也像胚胎般包孕一切!

作为阿米亥的最后一本诗集,《开·闭·开》却不是个胚胎,而是他的最后总结。那么,"我们就是这样"这句话由"我的人民生活在这里"的阿米亥说出,也算是对他在这本诗集里所写的"以色列的历程"的一个总结吧。事实上,当他成了耶胡达·阿米亥,他就自识也要人们意识到,他写下的诗行除了是他的"自我之歌",也还是以色列和犹太人的"自我之歌"。跟惠特曼的《草叶集》一样,《开·闭·开》也有一个将其中所有诗篇复合为一的周全结构。只不过,不同于《草叶集》的开放性,正如阿米亥不是那个朝气蓬勃哼唱着"自我之歌",大踏步走向北美历程之未来的惠特曼,《开·闭·开》所显现的,是它的循环和对称性。

在这里,又有一个答案并不单一而只能是复合的提问:是"我的人民生活在这里"的信仰、文化、理念、传统、风习、现实和际遇之类，规定了《开·闭·开》如果想成为一首以色列和犹太人的"自我之歌"，就得是循环和对称的？抑或，因为这个叫阿米亥的诗人对以色列和犹太人历程的体会、认同、省思或反讽，这才赋予他所谓"我的人民生活在这里"的"自我之歌"《开·闭·开》以循环和对称？反正，阿米亥最后的这本诗集，因为它的结构布局而成了一本饱满的书。阿米亥用其希伯来词语、句子和段落打开的一切，全都闭合在这本书里了。而这恰好体现出以《圣经》为代表的犹太特征，何况阿米亥在这本书里大量引用《圣经》，几乎要把某些诗篇写成阿米亥的翻版《圣经》。

更具犹太特征的，则是放在这本书之首，题作《阿门石》的诗篇："我书桌上有一块石头，上面刻着'阿门'两字"……在这本书结尾的那首诗里，阿米亥又写道："我书桌上有块刻着'阿门'的石头"，至少还有一次，他让这行诗出现在书中一首核心般关闭却又被打开的诗里。《开·闭·开》仿佛"阿门"的回声，它说出"我的人民生活在这里"的一个重要事实："神灵变化，但祈祷在这里永存。"不过，以这句话为题的诗篇，同时说出的还有如下循环和对称的事实："祈祷创造了上帝，/上帝创造了人，/人创造了祈祷，/但祈祷创造了创造人的上帝。""可上帝却像一扇转门，绕着铰链转呀转/进进出出，旋着、转着，/无始无终。"所引的最后两行诗，阿米亥分别引自《旧约》和一首赞美诗，它们则又是"打开、关闭、打开"的另一番形象说法，是对"我们就是这样"的又一种复合表述。"刻着'阿门'的石头"甚或是打开、关闭、打开《开·闭·开》这本书的钥匙。"一块石头，见证着曾经始终存在的一切，/必将始终存在的一切……"不妨这样认为：因为他的桌上有这么一块

"阿门石",阿米亥才敢说"我预言往昔的岁月"。

"预言往昔",这才是《开·闭·开》说出以色列和犹太人历程的方式,也是阿米亥唱出"我的人民生活在这里"的"自我之歌"的方式……

(2007)

现世不过是材料而已

·刘瑞洪译埃利蒂斯《理所当然》

1979年,在发表领取诺贝尔文学奖的受奖演说时,奥德修斯·埃利蒂斯讲了一句在我看来对一个诗人及其写作最为切中肯綮的话:"……物质世界归根结底不过是材料而已。"一个诗人的物质世界,不会止于自然、物理和现象界,它至少得扩展至包括诗人自身在内的人之现实,其中诸如意识、心理、神话、历史、文化、社会、政治、记忆、语言和梦想等等不胜枚举。要是将作为诗人之材料的物质世界以"现世"名之,我想,埃利蒂斯这句话的意思就更为鲜明——在那次演说里,他要人们留意"世世代代一脉相传使我们得以立身于世的连环链条。这些环节,这些联系,我们能清楚地看到,从赫拉克利特到柏拉图,从柏拉图到耶稣,以不同的形式一直传到我们。它们令人信服地说明一个不变的真理:来世包含在现世之中,正是现世的各种元素将重新组合成另一个世界"。无疑,埃利蒂斯和他创造的"另一个世界",已经成为他所指出的连环链条的重要一环。那样的一环除了是一个承上的结果和启下的开端,也是一个自足的圆满——阅读埃利蒂斯,带给我们的正是这样的印象。而最能突出这一印象的,是他酝酿了十年,花了差不多两年时间伏案写下的现代史诗《理所当然》。

《理所当然》将埃利蒂斯身在其中的希腊现世置于一个基督教的框架之中,其意图却不是宗教上的"另一个世界",而在于凡尘里个人意志的升华和深化所导致的新宇宙论、命运奥秘的揭示和神话的普泛。有论者谓,埃利蒂斯"利用基督的意象作为一种神话的来源,并使之适合自己的需要"。《理所当然》里这样的诗句:"最初是光在第一个时辰/嘴唇依然黏着陶土/吮尝着世间万物";或这样的诗句:"看哪,这就是我,/为少女和爱琴海岛屿造出的我";或这样的诗句:"理所当然应该赞美光明/人类镌刻在石头上的第一声祈祷";以及更多同样美好和千差万别妙不可言的诗句,正可以用来充作论据。

一眼就能看到的,是《理所当然》在视觉方面展现给读者的醒目的力量。仍然是在那次受奖演说里,埃利蒂斯赞许"建造圣堂的赛克拉德斯人",说他们"曾为每一种环境找到最佳的建筑方式",而他自己,"感兴趣的是按不同的结构形式处理材料"。作为一种时间艺术的诗歌,《理所当然》的外观却呈显伟大的空间感,这得归功于埃利蒂斯从赛克拉德斯人那里得到的启示和他在诗歌里处理材料的结构能力。这部作品章节诗行的排列方式,对位于教堂的恢宏布局和高耸企望,令诗歌音乐的冉冉升华被直观地目击;而这座纸上教堂以其开篇第一章"创世"为基座,中间一章"受难"为主殿,最后一章"赞美"为穹窿和尖顶;于是,看上去,《理所当然》的诗歌音乐就又以倒着向下建筑的方式,获得了不断钻探的深化。

这种结构上显而易见的匠心,不正是为了相应于埃利蒂斯赋予《理所当然》通体可见的纯净和圣洁吗?这种纯净和圣洁,跟他反复申说的光明和清澈并无二致,它们正是这位希腊诗人贡献给现世的来世。它们的成立,则有赖于埃利蒂斯在一篇集中反映其诗学思想的访谈稿《光明的对称》里所说的:"将一种认识世界的方法引入诗歌。"这种认识的方法,强调光明和清澈义中应具的去蔽与鉴澄,几乎是不言而喻的。果然,在同一篇文章里,埃利蒂斯提起了他一向崇尚和竭力要在其诗歌里实现的"透明"——他承认,透明可能是唯一占据其诗歌的东西:"我讲的透明的意思,是在某个具体事物后面能够透出其他事物,而在其之后又有其他,如此延伸,以至无穷。这样一种穿透力,正是我努力追求的。我认为这体现了希腊的某种实质。"换言之,希腊的某种实质——那个希腊之来世?——便在于"透明"这种"认识世界的方法"在希腊现世的运用。

　　理解他所谓"透明"的最佳途径,要从对埃利蒂斯的阅读和吟诵中去充分意会和体察。《理所当然》便是一个将透明引入诗歌去观照希腊的范例。你会发现,在《理所当然》里,正像在他的众多诗篇里,光明和清澈,纯净和圣洁,埃利蒂斯个人化了的那种透明,相距逻辑和理性都甚远。不少人觉得这部现代史诗难以读懂,不好评价的原因或即在此。然而,这却刚好是埃利蒂斯把"透明,这个以物理观念来看仅存于自然界的东西……移到诗中"的重要缘由:"透明的东西同时又完全可能是无理性的。"——在他的运用里,这"可能"二字始终被改为了"必须"。

　　埃利蒂斯诗歌写作的指归,不妨引用《光明的对称》里的这样两句话:"……根据自己对希腊现实的理解来进行一种革命……使我们能够创造一种纯希腊成分构成的文字形式并以此进行表达。"这一指归的前提,便是反抗和摧毁理性主义。因为,文艺复兴以来,理性主义占统治地位的成见之下的希腊,在埃利蒂斯看来,只是一个冒充的希腊,"为了去伪存真,就必须废除统治西方的理性主义传统"。他的腔调,会让人想起爱因斯坦并非毫不相干的另一项指控:"我们在物质问题上被蒙蔽了,真正的世界并不像我们认为的那样,而我们关于空间的概念是错误的,我们制造的时间是错误的,光以曲线传播,物体的质量是可变的。"——去除了逻辑理性蒙蔽的透明,或许,可以是看待作为材料的物质世界之眼光的纠正,但在埃利蒂斯及其《理所当然》,就更是这种眼光的塑造。那个来世,那"另一个世界",因为透明而得以显现。

(2008)

头脑中的旅行

·陈东飚译博尔赫斯《在约瑟夫·康拉德的一本书里发现的手稿》

有一阵子,除了想成为一个诗人,我还想做一个职业旅行者。高考前后我查询过地质专业和航海专业,后来曾打算参加探险队,去漂流或寻找巨人、野人和雪人,再后来退而求其次,看看能否去做个导游什么的……我对一个叫康拉德的作家感兴趣,他在海上二十多年,行踪及于世界各地,是所谓"行万里路"的典型(在另一层面,康拉德的旅行则是绝大多数诗人和作家都难以企及的:他从自己的母语出发,到一种外语里展示写作的天才)。那时候我的履历却差不多只是从家里出发去学校,尔后则改为每天去一幢毗邻黄浦江的大楼上班,坐在一间档案史料室里凭窗翻看旧《申报》缩印本。这种日子,我过了许多年。我对康拉德的喜爱,一半由于我对他浪迹天涯的眼热——大概我觉得那样才最是所谓的诗人生涯。

当然我也喜爱别的诗人和作家,其中比较特别的一个是博尔赫斯,他的形象似乎跟康拉德正好相对。这位居住在布宜诺斯艾利斯的书写者,尽管一开始创作一些歌咏其军人祖先和死亡的诗篇,以及有关恶棍、拼刀子汉子和海盗的故事传奇,却被认为是一个得益于"读万卷书"的诗人和作家,一个如他自己所说的活在梦的图书馆里的人。对博尔赫斯的喜爱,我不知道,是否有一半出于对未能如康拉德般周游世界的自我慰藉?因为,总在书堆里泡着,从浩繁的卷帙里汲取激情、灵感和写作资源(他声称"首先我把自己看成一个读者,其次是一个诗人……"),不怎么出门,失明后更是行动不便的博尔赫斯,成就了判然有别于康拉德的诗人生涯。那是另一种旅行生涯,它的历险虽然不以一具愈益在时间里磨灭的身体去穿越无限空间,却要让无限时空穿越渐渐完满的自我。

至今我未能如康拉德般义无反顾地远游,却也有了几回短暂的旅行。我反复去过一个隐在万顷湖荡幽处的千年古镇,每次走到那仿佛世界尽头的栈桥边上,去注目成天盘踞在一家小小的烟纸店里读《夜航船》的老头,我就会把他当成水乡的"博尔赫斯"。也许他一辈子都不曾离开过他的烟纸店,却也阅尽了人间沧桑。无数从物质首都、世界中心屁颠屁颠赶来的观光客从门前经过,到栈桥上拍照,抽一支烟,世界尽头的博尔赫斯于是也就顺便把他们一个一个全都给游历了。那么多来到布宜诺斯艾利斯的博尔赫斯面前的书籍也正相仿佛,带给他五花八门的宇宙消息。而那个被囿于大城千闲万闼里的情境而一味枯坐的人会怎么想?——我会认为博尔赫斯就像他常常要去吟唱的镜子,从他那儿,我照见了自己倾向于博尔赫斯的旅行者生涯。这样的我自己,从康拉德那儿我不能看到。

然而透过博尔赫斯,你却能从康拉德那儿看到你自己。要是你相信世界及其历史正是语言构筑的景象,要是你相信,现实和未来也不过是语言的一番造化。

《面前的月亮》(它刚好可以被理解成镜子)出版于 1925 年

只言片语来自写作

(康拉德死于前一年的 8 月 3 日),在这本诗集里,博尔赫斯收入了一首很可能有感于康拉德之死的短诗:《在约瑟夫·康拉德的一本书里发现的手稿》。标题充分地博尔赫斯化——谁"发现"的?谁的"手稿"?"约瑟夫·康拉德的一本书"是指康拉德的著作还是康拉德的藏书?这本书又在谁的手头?——它有着无数歧义,可以像无数歧路或交叉小径,它们看似全都交集于约瑟夫·康拉德这个名字,却又从这个名字四散开来指向每个人。这个平实的标题因而有如《沙之书》般繁复——在那篇小说里,博尔赫斯讲述了一本无限之书:"那本书像沙子一样,无始无终。"那个出卖"沙之书"的人"自言自语地说:'如果空间是无限的,我们也许是在空间的任何一点上。如果时间是无限的,我们也许是在时间的任何一点上'"。那么,康拉德或博尔赫斯或偶然读到这首短诗的你,也可以是任何人——你也可以是康拉德或博尔赫斯或包括你在内的任何人:

> 在飘散出夏季的颤抖的田野里,
> 纯粹的白光将日子隐没。日子
> 是百叶窗上一道流血的裂口,
> 海岸上一片光辉,平原的一场热病。
>
> 但古老的夜深邃,如一口罐子
> 装满了凹面的水。水呈现无限纹理,
> 而在徘徊的独木舟上,仰望着星星,
> 人用一支烟量出了闲散的时间。

> 灰色的烟雾弥漫,模糊了辽远的
> 星群。现在流出史前与名字。
> 而世界仅仅是一些温柔的朦胧。
> 河还是原来的河。人,也是原来的人。

折射在其中的影像不论是谁其实都无妨了。然而,要是我还能够再次透过这首诗省察我身体里面的旅行者康拉德,我所倾向的博尔赫斯就必定是盘踞在烟纸店里的老头,或散步于无名小镇一条尽管已经污染不堪,却也"还是原来的河"的河畔的那个人。更加贴切地配合于这样一个旅行者之我的文字,得到葡萄牙诗人和作家费尔南多·佩索阿那儿去寻找:

> 有时候,我认为我永远不会离开道拉多雷斯大街了。一旦写下这句话,它对于我来说就成了永恒的谶言。

佩索阿又有一则《头脑中的旅行》:

> 黄昏降临的融融暮色里,我立于四楼的窗前,眺望无限远方,等待星星的绽放。我的梦境里便渐渐升起长旅的韵律,这种长旅指向我还不知道的国家,或者指向纯属虚构和不可能存在的国家。

(2008)

特隆故事后记

·王央乐译博尔赫斯《特隆,乌克巴尔,奥尔比斯·特蒂乌斯》

我把博尔赫斯的《特隆,乌克巴尔,奥尔比斯·特蒂乌斯》看作文学翻译的寓言,大概是基于这样的尴尬:尽管我一向有着对"外国文学"的阅读热情,其实却不具备接触它们的起码条件。我不通外语,无能越出汉语的长城。如此,我能够认知的"外国文学",不过是翻译文学的描述;就像在那篇小说里,被不遗余力地缔造发明的40卷《特隆第一百科全书》,才是幻想世界的现实——那被虚构的某颗命名为特隆的星球、星球上的全部所有和一切细节。

当然,我知道(那毕竟是常识),"外国文学"——存在于诸多对我来说不可索解的语言里的文学现实,绝非特隆式的乌有。然而,又何妨将它们假设为乌有?权当它们是文学之特隆!实际上,它们进不了我阅读的视野。考虑到语言划定了界限,我可以说,"外国文学"并不存在。存在于我所熟习的汉语,尤其是现代汉语之中的,那由翻译家们加以描述的所谓"外国文学"世界,其实是另一种文学现实,一个翻译文学的世界。如果你认为那些翻译家们,特别是翻译家们组成的协会和研究所,跟特隆故事里那个"秘密慈善团体"有几分相像,那么为什么,你不能暂且把他们所描述的"外国文学"当成虚构呢？

我认为，博尔赫斯（或某个译述者——有必要故意混为一谈吗？）为那篇小说续写的后记，令特隆故事更有意义。它谈到幻想世界如何进入了真实世界。耐人寻味的，也许不是刻有特隆字母，像睡着的小鸟般轻柔颤动的神秘罗盘的偶然被发现，或成人才勉强拿得动它，小孩却根本没力气拣起的一个指头大小的锥体带来的可厌和可怕，而是特隆对既存语言的渗透方式。既存语言像池中的蓄水，它能够稀释那滴唤作特隆的蓝墨水，却也一定被滴入其中的蓝墨水特隆多少改变了它的颜色。正是这种改变，让人联想到翻译对译者使用的语言和那种语言之文学所做的事情。你听说过，钦定本《圣经》是翻译改造语言的多么好的例证；你也听说过，菲茨杰拉德的《鲁拜集》和庞德的"中国诗"，如何表明了文学翻译不仅是以不同于原作的素材和法则进行临摹，而且是用新的素材和法则去再发挥、去再创建原作的努力（有如贝聿铭，在卢浮宫前安放的是一座玻璃金字塔）；但它们都不如在现代中国进行的一系列翻译实践，更足以显示其发明新语言、设计新文学的作用和意义。那蓝墨水特隆在汉语的池中造成的景观，细想起来几乎让人不敢相信：它不仅改变了池中之水，似乎更改变了整个蓄水池——它使得之后汇入流出其中的水，看上去总也带一点蔚蓝。现代中国的诗歌样式、散文样式、小说样式和戏剧样式，特别是被称作现代汉语的书面语样式，它们哪一样不是由翻译造就的蓝墨水特隆幻化开来的？它们形成的语言现实里，如此现实地吸收了翻译描述的特隆。并且，那种蔚蓝，没有让人将对它的烦恼持续太久。

甚至，因为翻译"外国文学"而遭改变的现代汉语文学，已让人浑然不觉、不记其有异。尽管仍会有滑稽的提醒:会有人痛心疾首起来,批评小说家蹈袭了翻译小说的样式,批评诗人们动用了翻译语言之蔚蓝。——只不过,这刚好又可以是反方向的例子,证明现代汉语从惊人到迷人的文学景观的来历,被忘怀得多彻底。责怪者没想到,他用以痛心疾首的文章样式,也正蹈袭自以往(不管是否翻译的)文章样式,其痛心疾首的语言,也是被染色的。那悖谬的固执引人注目:认为文学翻译玷污了现代汉语及其写作的"原创纯洁性",进而懊悔,"外国文学"已经由翻译,属于了现代汉语文学之过去,像那个小说的叙述者(而我读到的是那个译述者)谈及的:

> 在记忆里,一种虚构的过去已经取代了另一种过去的地位。关于这种过去,我们什么也不能明确地知道——就连它是虚假的也不知道。

那么,这样的忧虑仿佛有见地吗?——再不警惕那仍在进入现代汉语文学的,被我假设为翻译虚构之特隆的"外国文学",也许,于不知不觉中,现代汉语文学的现实会反成为乌有。从那篇小说里,你也能读到差不多的忧虑:由于现实世界朝特隆"这个有秩序的星球的细微而广阔的证据屈服",由于"与特隆的接触,以及特隆的风习,已经使这个世界解体",由于"一个孤独者们(我忍不住想在括弧里提示你:为什么不把他们想象为翻译家?)的分散的朝代已经改变了世界的面貌",作为一种估计,"从此以后一百年,就会有人发现一百卷的特隆第二百科全书的"。它的后果则不堪设想——

到那时候,英文,法文,以及纯粹的西班牙文都要从这个星球上消失。世界就是特隆。

小说却紧接着说:"但我并不在乎",小说给出了一个十足博尔赫斯式的结尾(译述者已将它操练得那么纯熟),"我照样在阿德罗格城旅馆的宁静日子里继续修改勃朗的《尸灰瓮》的克维多文体译文的未定稿(我根本不想拿去付印)"。

竟然在最后涉及了我的兴趣所在。很可能,正是那貌似闲笔的结尾,提醒我将这则特隆故事,跟我感受中的文学翻译取得联系。而这种联系,我相信,为我打开了被我的阅读一带而过的幻想的秘密。我再次去注意我并不曾忽略的一句话:"特隆是一个迷宫,然而是一个由人所规划的迷宫,一个命定要由人予以解开的迷宫"。意识到我还是忽略了它,没觉察到它里面扭转故事进展方向的那股力量:它使得整个故事的讲述口吻多了点戏谑,令特隆故事忧虑的远景,听上去不过是这故事包含的真正虚妄……

在"拉莫斯·梅希亚城的高纳街上一座别墅的走廊尽头",在"阿德罗格城的一家旅馆里",都高悬着"令人不安"的镜子。特隆故事正是从这两处镜子的"幻影深处"向你展开的。实际上,特隆故事就是一个镜中故事;特隆世界,也无非是一个镜中世界。镜子的虚构能力,它设置迷宫的规则,在于它对摄取之现实的变向和变形,被幻想出来的特隆,则体现和服从了镜子的这种能力和规则。并且,镜像必须取决于镜子。镜子作为一种现实,是不能被摄入镜像的现实。镜子的被摄入,需要另一面相对的镜子。尽管特隆被假定为一个平行于真实世界的幻想世界,映出特隆世界的镜子,却是那属于真实世界的,将它捏造和虚构的语言。无论是臆写了

《特隆第一百科全书》的语言，企图令特隆世界进入真实世界的语言，还是有可能面世的"特隆第二百科全书"的语言，都是同样的语言，人的语言，照耀人之世界的魔镜。特隆的幻象，其迷宫性质，正是由语言魔镜所赋予。特隆不构成另一种语言，它并非相对于人之语言的另一面镜子，能够令真实世界成为其镜中的一个幻像。不过——我将要羼入已经用过的另一个比喻——特隆的特殊之处，在于它不仅是悬空着映入语言蓄水池，成为其镜像的那滴蓝墨水，而且它滴破、化入了蓄水池之镜。故事的奇想是：特隆由镜像融合进镜子。

然而，这种融合进镜子的镜像，并不真的会像某种忧虑，渐变成与自身相对和相反的另一面镜子。蓝墨水特隆滴入后复归平静或再不得平静的语言蓄水池，是同一面镜子，仍然体现着语言魔镜一贯的胜利。正如"蓝墨"水是一种蓝墨"水"，特隆对既存语言的渗透，其方式也无法是非语言的；即使被发明出来的可能的特隆语，也必定是一种人的语言。融合进镜子的镜像不过是特殊的镜像，由语言幻想的特隆世界，根本只属于语言世界，哪怕它充斥、占领了人的全部语言世界，它依旧只属于语言世界——语言世界不会反过来属于特隆、消失于特隆，就像你没见过，打碎的镜子里还会有完好无损的镜像。

来自特隆故事的消息，被我接收的，现在看来，不是幻想世界进入真实世界的消息，而是语言世界接纳幻想世界的消息。在读到"现实几乎立即在不止一点上向后退让，而且事实是，它渴望着退让"的时候，我会把"现实"理解为"既存语言"。由于幻想世界无非是语言的发明创造，那么，那消息报导的，难道并不是一种语言自身更新语言世界的方式吗?当特隆故事被看作寓言,那些被假设为虚构了"外国文学"之特隆的翻译文学,除了是汉语的镜中之像,还能是什么呢?翻译文学的幻想法则和描述方式,除了是汉语,尤其是现代汉语的,还能是怎样的呢?现代汉语通过文学翻译,跟通过其写作,要做的无非是同一件事情,去建设现代汉语文学的过去、现在和未来。实际上,对现代汉语而言(就像对别的语言而言),文学翻译也是写作,只不过这种写作对现代汉语的特隆意味,使它总是被当成了现代汉语写作的一种现实之未来,而当这种现实之未来融入了现代汉语文学的现在,它又立即被当成了影响现代汉语文学现在的过去。翻译文学常常并不是现代汉语文学的现在,它常常被以为是跟现代汉语文学相对的另一面镜子。然而,它并不是。它的想象力,翻译文学而不是"外国文学"的想象力,只有在翻译者所用的语言中才可能实现,它应该被视为现在进行时的现代汉语写作。我的阅读感受,倾向于认为我所假设的并非假设,或那假设首先并不是假设。因为,我知道(这也毕竟只能算常识):我所面对的翻译文学,首先是属于汉语文学的;一种伟大的汉译作品,首先证明了汉语的伟大;一滴汉译的蓝墨水特隆对汉语的池中蓄水的改变,首先是由于汉语改变自身的意愿、其改变的可能性和值得被改变;伴随着现代中国的翻译实践,被认为跟文学翻译脱不了干系的,新的诗歌、散文、小说和戏剧样式的形成,尤其是现代汉语的发明和渐趋成熟,首先是汉语及其文学自身的急需和自我创造。在我看来,对翻译文学的接纳,是汉语文学的自我接纳。汉语几乎是梦见了被称作"外国文学"的特隆世界,并且用翻译的方式将它们接纳。被翻译描述的"外国文学"并不构成汉语文学的所谓"借鉴",它奇异地融合进汉语之镜,有如蓝墨水溶化于水中——它甚至不能被说成是池中蓄水的一部分,它几乎无处不在地存在于现代汉语的文学之中了。

有关对特隆故事的谬谈、将它跟文学翻译的个人化牵扯,我不想再去多作发挥了。要经由特隆故事说出我眼中的翻译文学(它并非有些人误认为的"外国文学")的想法,很可能早早就埋藏在我初读王央乐翻译的《博尔赫斯短篇小说集》的经验之中了。那是在17年前,我对那个小32开平装本封面上特异的蔚蓝印象深刻——它填充在H形图案的上半部分。有一回,闲聊过对这种蔚蓝的喜悦之后,我听到一个比方,说那H形图案正欲发展成蔚蓝的U形,就像现代汉语文学,会完全失守于文学翻译带来的影响。这比方添加了闲聊的乐趣和严肃性,让我在又提及H形图案里的那种蔚蓝时总要记起它。不过,忘了是从什么时候开始,我不再同意"失守"那么个被动的词儿了。我也不同意,由于文学翻译表面上对现代汉语写作的巨大影响,而把它形容为写作的众多父亲里一个易于被确认的父亲。实际上,文学翻译也是写作,是现代汉语的写作成果,假如它竟然像一个父亲,它的父亲形象,也一定是写作这儿子生养出来的。在文学里,儿子的能耐造就父亲,博尔赫斯则引述艾略特:"作家的劳动改变了我们对过去的概念,也必将改变未来。"考虑到我前面说过的,翻译常常被当成现代汉语写作的未来和过去,这一引述就相当贴切了。而当文学翻译是现代汉语写作的现在进行时,它就是写作的主动选择。现代汉语的文学写作"获取"它的翻译文学,"失守"的说法,过于不确切。

我相信,每一次真正的文学翻译,都能从写作中找到理由,文学翻译的标准,也就是写作的标准。正是出于写作的理由,正是以写作的标准为标准,现代汉语文学经由翻译拓展自己疆域的能力才值得惊叹。一个事实是,从文学翻译得来的阅读体会和想象,必定跟"外国文学"原作读者的体会和想象强烈地不同。汉语,现代汉语,它的声音和气质如此紧密独特地跟我们的民族感情和感受产生关联,现代汉语的翻译文学作品,只能强烈地不同于,也许对应于它们的"外国文学"原作,成为我们民族的文学作品。用我们的民族语言虚构描述的文学之世界图景,也正是我们的经验、记忆、传统,以及新写作的背景和出发之地。

(1995)

必要的假说

· 段映虹译瓦莱里《文艺杂谈》

保罗·瓦莱里不厌其烦地在《文艺杂谈》里反复申说着一种愿望。这种愿望是诗人的心事，其表达却常常借助对音乐的议论，口气是羡慕甚或妒忌的。在题作《论诗》的演讲里，他说道："音乐家何其幸运！音乐艺术的发展为他提供了得天独厚的条件。他的手段是十分明确的，他的创作材料早已被制作好摆在他面前。……我们可以说音乐预先存在并等待着他。音乐早已写成了！"在《诗与抽象思维》里，他又写道："音乐家掌握着一套完美的系统，其中特定的工具使感觉和行为准确地相对应。……音乐形成了一个绝对自我的领域。音乐艺术的世界，是乐音的世界，它与杂音的世界泾渭分明。……当一个乐音发出时，单独一个音，就能够唤起整个音乐世界。"诗人的情况却相对糟糕！"诗人苦涩而又矛盾的命运迫使他将一种日常生活和实用的产物用于特别的和非实用的目的……"瓦莱里抱怨说："语言除了应用于生活最简单和最普通的需要之外，它完全是一种准确工具的对立面……它不具备任何成为诗歌工具的条件。"

看上去，诗人像是一群被迫以沙筑塔的苦命人儿，不过，他们因此也显得了不起：每一次写作都成为抗争，都泛起——常常更是泛滥着——理想之光。按照瓦莱里替诗人设想的:音乐并非音乐家的专利,一种"特殊音乐"即"诗的音乐",需要由诗人们创造出来;而"音乐世界",实在是一个可以简单方便地解释直至证实"诗的世界"的概念。这种愿望或曰理想中的"诗的音乐",曾被瓦莱里拿来跟梦境作类比,"我们名之为诗意的情感"大概是这样的:我们发现"我们所认识的这些事物和生命——或者不如说代表着它们的观念——以某种方式改变了价值。它们相互呼应,它们以不同寻常的方式结合在一起;它们变得……音乐化了,相互共鸣,如同和谐地回应。如此定义的诗的世界与我们能够想象的梦的世界极为相似"。

如此,诗人如果将"应用于生活最简单和最普通的需要"的语言朝梦的方向引领,是否也正把语言朝诗的方向、音乐的方向引领呢?瓦莱里用另一个类比肯定了这一点。他承袭14世纪的诗人马莱伯,认为语言的应用类同肢体目的明确的行走,而肢体漫无目的或超越了应用性的舞蹈,可以一比语言的诗化。从这一视点来看,舞蹈多么像肢体之梦!而诗,实在是诗人令语言梦见的梦。就像梦的姿态里兼具放弃和期待的意图,诗也是在"最彻底的放弃或最深沉的期待中形成或被传达的"。所以,当瓦莱里告诉我们,诗化了的语言因放弃而"获得了一种价值;它是以牺牲已完成的意义来获得这种价值"的时候,我们会意识到,其价值正在于它所期待的新的意义——那个诗的世界,音乐的世界。

由行走与舞蹈、梦境与现实、音乐与杂音的区分,散文与诗的区分显得顺理成章了。但是语言一再混淆着这两个世界。诗人的困扰在于"每个词都是一个声音和一个意义的同时叠加,但它们之间没有任何联系。……他不得不同时考虑声音和意义两个方面;不但要满足和谐和音乐性,而且要满足不同的智力和美学条件,尚且不论约定俗成的规则……"诗人必须为此在写作中徒劳地持续专注和警觉,因为,"他每时每刻都要创造或再创造音乐家唾手可得的东西"。他创造出来的东西,不,他愿望和理想中的创造之物,那种"诗的音乐",被瓦莱里不现实地名之为"纯诗"。说它不现实,是因为它的无法实现,它不过是瓦莱里经由音乐、梦境和舞蹈而来的假说,实在是一连串设想延伸而至的一个极端——从这一极端我们回看,发现瓦莱里在《文艺杂谈》里不厌其烦津津乐道的那么多说法,的确正展开在一个"如果"的层面上:

> 如果诗人能够设法创作出一点散文也不包括的作品来,能够写出一种诗来,在这种诗里音乐之美一直持续不断,各种意义之关系一直近似谐音的关系,思想之间的相互演变显得比任何思想都重要,辞藻的使用包含着主题的现实……

这种假说过于诱人,以至于它带来了绝望。我相信,正因为"纯诗的概念是一个达不到的类型,是诗人的愿望、努力和力量的一个理想的边界",瓦莱里才会在《关于马拉美的信》里这样写道:"美的定义是容易的:它是让人绝望的东西。"不过,他接着马上说:"但应当庆幸这种绝望。它让你醒悟,让你明了,而且像高乃依笔下的老贺拉斯所说的那样,——它拯救你。"其拯救的方式,跟悖论相仿。

在我看来,正是"纯诗"和"诗的音乐"这种让人,尤其让诗人绝望的假说,将希望赋予了现代诗歌。瓦莱里在无序的诗歌荒野里安放下一只"纯诗"的坛子,使之成为了现代诗歌风暴的风暴眼。"纯诗"或更直观的"诗的音乐"的不可企及,反而给了现代诗歌一种理想主义的向心力。当瓦莱里在《波德莱尔的地位》一文里引申波德莱尔并强调指出"所谓象征主义,可以简单地概括为好几派诗人想从音乐中收回其财富的共同意愿……"的时候,或许就同时指出了那些一向被视为"颓废"的诗人,实在是一群诗艺的理想主义者。这群诗艺的理想主义者正是瓦莱里的一个来源,也是他在《文艺杂谈》里一再涉及并赞不绝口的话题,话题的中心,仍然是"诗的音乐"这一必要的假说。

"纯诗"和"诗的音乐"这样的假说,也终于使"反诗"假说显得鲜明和活泼。那刚好也是一种拯救——现代诗歌风暴漩涡里的"反诗"离心力,正是从"诗的音乐"假说里获得其确切的、对称和对抗于"纯诗"的诗歌理念的。这好像更有力地证明了瓦莱里假说的必要性,以及瓦莱里在《文艺杂谈》里喋喋不休地谈论的必要性。这也表明,相对于诗艺理想主义者的向心力,那些致力于反诗写作的诗人的离心倾向,只能构成诗歌运动中辅助的一面;要是离开了"音乐"和"纯诗","反诗"的余地又在哪里呢?关于"反诗",瓦莱里在《诗歌问题》一文里援引达朗贝尔,为它找到了一个极致的说法:"诗中好的东西只是那些……在散文中优秀的成分。"可想而知,瓦莱里立即针锋相对,他写道:"这句格言属于这类情况,其反面才恰好是我们认为应该想到的东西。"而就针对"纯诗"假说的诟病,瓦莱里诟病道:"在批评的理由中,有一些不妨归纳为这样一句无法接受的话:诗是散文。"

那么,不妨再次引述瓦莱里——尽管几乎不可企及,诗人正当的任务仍然应该是去协调声音、意义、真实、想象、逻辑、句法以及内容和形式两方面的创造,从普通语言这一不断变化,不断遭到污染的实用性工具里,提取出一个纯粹完美的声音,"它悦耳动听,无损瞬间的诗的世界,它能举重若轻地传达远远高于自我的某个自我的概念"。

(2002)

阅读种子而非嫩枝

· 鲁刚译默温《五月之诗》

要是为《五月之诗》寻找题记,作者默温自己写在《破晓》里的几行诗大概适用:

> 我参加了这个行列
> 一条敞开的门廊
> 又一次为我说话

《五月之诗》所追忆的,恰是一次让人参加到行列之中的敞开。在这本书里,默温讲述法国南部的迷人风光,正在这风光里衰落下去的古老传统,和曾经活跃于那个传统,不,应该是创造和发扬过那个传统的行吟诗人,还有就是12世纪那些优异的普罗旺斯诗歌。他的讲述从上世纪50年代一个早春的上午,他意外获准去精神病院拜访名诗人埃兹拉·庞德开始。正是庞德在华盛顿圣伊丽莎白医院那间宽敞而阴暗的会客室里,把默温引向了耀眼和旖旎的普罗旺斯。

针对刚刚开始其诗歌生涯的默温,庞德提供了一句格言式的忠告:"阅读种子而非嫩枝"——它专门写在一张寄给默温的明信片上,成为默温后来多次远渡重洋,在法国西南部乡村漫游和几度在那里居住的重要原因和充足理由。

要是你读到过默温早期的诗歌,诸如《两面神的面具》里那些旋风般地运用了民谣、六节六行诗、颂诗、重唱、歌词等多种欧洲传统形式及技艺的诗篇,大概就会对默温特意提及庞德以"种子"和"嫩枝"为形象的比喻性教诲有具体的认识。《五月之诗》里谈论的那些中世纪的行吟诗人,从普瓦蒂埃公爵吉扬四世到他的封臣、朋友和对手,旺达杜尔的埃布勒二世,再到吉扬的孙女埃莉诺的侍从贝尔纳·德·旺达杜尔,再到埃莉诺的儿子,"狮心王"理查,以及被但丁在《神曲·炼狱篇》第二十六歌里咏唱的阿尔诺·达尼埃尔,据说撰写了贝尔纳传记的吕克·德·圣西尔克和曾经在一节诗里讽刺挖苦过贝尔纳的佩尔·达尔凡尔纳,更多知名和不知名的歌者……他们都可以被视为后来诗歌得以抽出其清新"嫩枝"的传统"种子"。通过他们,默温探讨和宣讲了延续的必要。文学表达和诗歌语言的延续,也就是人类情感和经验的延续。他自己的诗歌实践,则构成了延续之链的重要一环。

在整个诗歌史、语言史和文明史的延续之链上,但丁肯定是更为重要的一环。但丁的成就,跟他对中世纪行吟诗人及普罗旺斯诗歌至今无人能比的熟悉程度密切相关。在《五月之诗》里,默温还专门提及,艾略特将《荒原》题献给庞德所用的"最卓越的匠人"一语,即来自但丁《神曲》中对行吟诗人的赞辞。尽管默温对庞德英译的行吟诗人歌谣所用的风格不以为然,但他还是把这个在某种程度上可以视为其导师的诗人,放在了这条诗歌延续之链的又一关键环节。

《五月之诗》稍稍评点了历代人物为古老传统的必要延续所

作的努力,它着重记录的,则是作者自己的一系列工作。为了不让他所读过的那些行吟诗人的作品在他那里"像撕碎了的织锦所残留下来的碎布,像一个被拆卸的拼图玩具剩下的断简残章一样,精致但却零散而不成体系",青年默温甚至用他那时仅有的一小笔钱,买下了位于法国腹地某个山坡上的农场遗迹,一间村舍,使它和周围的村庄,如他在书中所言,"成了我生命中不可或缺的组成部分,既是我所珍惜的财产也是我无法躲避的使命"。他在那里居住下来,为了让"现在这种语言,这种高度乡村化的、被吉扬四世和贝尔纳·德·旺达杜尔称为拉蒂语的语言整天包围着我"。

让人感动的正在于此——默温对行吟诗人及其诗篇的追摹怀想,都由这些诗人当初咏唱其诗的环境所衬托。《五月之诗》是在其游记和回忆录的框架里考察和想象中世纪行吟诗人和诗歌的,对当地的人情物理、景象风貌的展现,将默温自己的故事、际遇穿插其间,加上对几个重要遗址的探寻、对一些历史传闻的探究,令这本书收获了足够的丰富性,也使得所谓对"种子"的"阅读",一开始就不限于中世纪诗歌这一狭小的范围。以一种诗人的方式,默温更注重"阅读"他在二十多岁时的一个夏天,由"乘一辆破车在法国西南部的凯尔西郊区漫游"而"滑入"的"毫不设防的古老传统"——"这些传统在季与季、代与代之间不断延续,其深远的程度非我所能想象。……这些传统在我开始了解时已经开始衰落。……但在仍将帕托瓦语作为第一语言的几代人里传统还是保留着,在传统尚未消失之前,相比去研究无论我还是我的邻居都不熟悉的悠远历史,我更热心于研究其传统延续的不同线索"。

显然,诗歌是延续传统的最重要的线索。《五月之诗》便是对这一线索的强调和清理。循着诗歌的线索,默温从"种子"般的行吟诗人传统和中世纪诗歌中不断汲取着他所寻求的力量。"我要做的",在书的另一处,默温说,"是要发现废墟之后,到底什么才是屹立不倒的东西"。于是,引在下面的这几句,就成了诗人默温必须在《五月之诗》里说出的话语:

> 站在今天的旺达杜尔这片废墟上,或者吟诵着贝尔纳的作品,我们想听的不仅仅是古代罗曼语的音节,还有整首诗能够活生生地流动起来,而如今我们做得最好的也不过是发出一些断断续续的、蹩脚而陌生的声音。但是倾听的渴望是我们重新关注诗歌的动力,关注我们这个时代或其他时代的诗歌,希望古代有些东西能够穿越时空距离就像水流过双手一样——那就是原生态的生命。

(2006)

对新千年文学的想象

· 黄灿然译卡尔维诺《新千年文学备忘录》

在以"精确"为题的那篇讲稿里,卡尔维诺写道,"文学创作的形式选择与对某个宇宙学模式的渴求(要不就是对一个总体的神话学框架的渴求)之间这一纽带,甚至存在于那些不明白宣称这种渴求的作者那里"。而他本人,显然明确地宣称了自己的渴求,并基于其渴求,在《新千年文学备忘录》里,想象着未来千年的文学。他的遗孀说明并没有全部完稿的这本书时提及,"卡尔维诺很喜欢'备忘录'这个词"。他用这个词吁请未来的写作能够从他所倡导的价值里记取一种想象(甚至不可想象)的文学。这个词当然也是在告诉未来,他是从对过去文学的记取里想象未来的。而每一次记取都带着想象,都带来想象,作为讲稿的备忘录里,卡尔维诺也用他所倡导的价值,顺便重新想象了过去的文学。

对于想象,想象力,卡尔维诺有专门的讨论。他自问——在"形象"那篇里——"作为知识工具的想象力或作为认同世界灵魂的想象力,我选择哪一个?"随即回答说:"我应是第一种倾向的坚定支持者。"而这种倾向意味着"想象力发挥作用的渠道虽然不同于科学知识的渠道,却能与科学知识的渠道共存甚至协助科学知识的渠道,而且是科学家作出其假设所需的一个阶段"。科学知识被卡尔维诺在他的文学讲稿里反复提起,当他把自己的文学想象力也紧密相关于科学知识时,他对一种能够被科学知识表述的宇宙学模式或神话学框架的渴求,就更加昭然。在文学世界,他所倡导的几种价值或许并无多少新意,但这些文学价值在那样的模式或框架里,却还是被卡尔维诺焕发,且焕然一新了。

也是在"形象"那篇里,他特别提到了《宇宙奇趣》的写作,譬如第一个奇趣故事《月亮的距离》,那"源自引力物理学的写作初衷,打开了描写一个梦幻式故事的可能性",从而,"利用典型神话形象的写作,可以从任何土壤中生长出来,甚至从最远离视觉形象的语言例如当今的科学语言中生长出来"。在这里,卡尔维诺想要告诉未来的是,文学应如何去认领被科学知识越来越抽象化了的世界——该不该认领这样的世界早已经不在话下。卡尔维诺所讨论的,被黄灿然译本写作"形象"的这项文学价值,在我所见过的另外两个译本里分别写作"显"和"易见"。它强调视觉想象,那种"直接产生在脑中,而不必通过五官来感知它们"的幻象。正是这种"先于文字的想象力或与文字的想象力同时发生的""幻想的视觉部分",卡尔维诺认为,"在文学……致力于新颖、独特和发明的时代",可以跟科学知识那"论述性思想的意图结合起来"。在这样的写作里,"视觉方案成为决定性因素,有时还意料不到地决定某些既不是思想揣测也不是语言资源所能解决的局面"。

而"精确",要是将这种文学价值置入"不明确"和"无限"的宇宙学去要求写作和形式,那就得"建基于有序与无序的对比"。卡尔维诺不忘指出,"有序与无序的对比是当代科学的精髓"。他玩味结晶体和火焰这两个相反意象的精确:"两种使我们都无法把眼光移开的完美形式,两种在时间中生长、消耗周围物质的模式;两种道德象征,两种绝对,两种归类事实和理念、风格和感情的范畴。"这可以是精确的"双重性",譬如马拉美的"文字通过达到最高层次的抽象和通过揭示虚无是世界的终极实质,而获得最极致的精确",正相对于蓬热的"世界以最谦逊、最不显眼和不对称的事物的面目出现,而文字则要用来唤醒我们的意识,意识到这些不规则的、无比精细地复杂的形式的无限多样性"。但未来的文学将会发展卡尔维诺曾经在《看不见的城市》里给出的企图"包含双重性"的精确:"一方面是把次要事件简化为抽象模式,再根据这个抽象模式进行运算,证明定理;另一方面,是文字所作的努力,旨在尽可能精确地表达事物可触可摸的方面。"

至少在一个方面,这种"精确"的价值跟所谓"轻"的价值是关联在一起的,那就是"写作作为世界那粉末般纤细的物质的隐喻"。几乎可以达至精微,"叫做深思之轻的东西",卡尔维诺说,"是一种以哲学和科学为基础来观看世界的方式",它使得"文学作为一种生存功能",得以"为了对生存之重作出反应而去寻找轻"。而"快"这种文学价值,它体现"物理速度与精神速度之间的关系",它让"写作在一切存在的事物之间或可能的事物之间建立直接联系"。后面这句话又可以放在卡尔维诺谈论形象的语境里面——"追踪精神电路的电光"之快要去"抓住并连结时空里远离彼此的点",那就得直接"瞄准形象,以及从形象中自然地产生的运动",令"这股想象之流变成文字"。"轻""快"的价值被他梦想成这样一种文学,"把浩瀚的宇宙学、萨迦和史诗全都缩成只有一句话隽语的大小"。他认为,"在甚至比我们现在还要拥挤的未来时代,文学必须追求诗歌和思想所能达到的最大程度的浓缩"。

卡尔维诺说自己的写作"总是面对两条分叉的道路",于是,他又想象未来千年,会成就一种多面结构的、网络状的,"你可以在网络中追踪繁复的路线,并得出繁复、枝杈状的结论"的文学,这也是他一直都在实验和实践的文学。在论"繁复"的讲稿里,他探讨那种"作为一部百科全书,作为一种知识方法,尤其是作为一个联系不同事件、人物和世间万象的网络"的作品,认为我们的时代和未来的文学应该"试图实现一个古老的愿望:表现各种关系的繁复性,不管是效果上还是潜力上"。他的另一个愿望,则是去设想一种"从外部构思的,从而使我们逃避个体自我的有限视角,不仅能进入像我们自己的自我那样的各种自我,而且能把语言赋予没有语言的东西"的文学。这些不可想象的设想仍然出于他对自己的宇宙学模式或神话学框架的渴求:"由于科学已开始不信任那些不分门类、不专业化的总体解释和解决,因此文学的巨大挑战,是要有能力把各种知识分支、各种'密码'组合成多层次和多层面的视域,并以这视域来看世界。"

他的总结是:"在我希望下一个千年继承下去的各种价值中,有一种高于一切:一种具备对精神秩序和精确的爱好、具备诗歌的智力但同时也具备科学和哲学的智力的文学。"但还有更值得敬佩者——在我看来,《新千年文学备忘录》所倡导的这么多价值里,卡尔维诺的倡导本身,他对未来文学的想象,那种想象的热情、勇气和奋力把想象变成文学现实的写作,才是尤为可贵的价值——我不得不又一次抄录:"野心太大的计划,在很多领域也许不值得鼓励,但在文学领域却多多益善。除非我们给自己定下无可估量的目标,远远超越可达到的希望,否则文学就不能保持活力。除非诗人和作家给自己定下谁也不敢想的任务,否则文学就不能继续发挥作用。"

(2009)

序跋

《海神的一夜》自序

　　这是来得略晚的诗集。由于迟到,其成书办法就由剔除代替了通常的汇辑。我努力不保留以现在的眼光看来是不能成立的那部分诗作,然而我做得并不彻底。一些早年的习作,一些有着明显欠缺的篇章仍将占用纸张,一些因异想天开带来的失败也还是有迹可寻。仿佛恋爱者换一下视角而把情人看成西施,出于个人原因、怀旧之情、命运的而非诗艺的考虑,标尺被我降低了不少。所以,终于,这不是让它的写作者放心的诗集。

　　实际上,真正让作者本人放心的诗集近乎不存在。放心的程度总是与诗集的厚度成反比。彻底放心(它需要决心和死心)有赖于彻底焚稿,正如沉默有时候会是抵达完美的诗篇。

　　但诗人的焚稿或复归沉默又常常出自更大的不安。这种不安溢出语言和写作,成为对时光、记忆、光荣和死亡的弃绝。我不能说诗歌总是会把诗人引向这样的弃绝,可是的确,我知道,一个人第一次提笔写作的冲动里包含这样的弃绝成分。

　　我愿意把我最初的弃绝称为逃逸。它是一种想要让灵魂出窍、让思想高飞、让汉语脱胎为诗歌音乐的梦幻主义,一种忘我抒写的炼金术。写作作为逃逸的激情,是精神的历险,可能的白日飞升和从自我向无限展开的翅膀。至于其乌托邦,则也许可以用奥哈拉写给阿什伯利的几行别具风趣的诗来形容：

> 我不相信没有另一个世界
> 那里我们将坐在一起
> 将新写的诗读给彼此听
> 在高高的山顶上，在风口里
> 你可以是杜甫，我是白居易
> 孙猴女士将在月亮上
> 笑我们那不合适的头脑

诗歌提供给这个世界的，就正是"那不合适的头脑"相信的"另一个世界"。而这难道不是诗歌来到人类中间的理由？如此，对于我，诗歌写作已不仅是逃逸——靠着词的虚构指引而进入的奇境又会是一面奇镜，以对照的方式对抗诗人不能接受的丑陋现实，以改变事物意义向度的方式改造事物本身。

这算得上是一个狂妄的初衷。诗篇是否充分体现了这样的初衷，我没有把握。并且，它是一种追认，它并非事先即被认定。而是在过程中被发现而说出——这跟我具体的诗歌写作倒正相一致。我极少构想或设计诗篇，而是让诗篇在纸笔之间如梦似幻地自动生成。不过，即兴中未必就没有深思熟虑。很可能，它仿照了词的神秘出生，确切的意指早已贮藏在第一次无意识的发音之中了。

或许，我直觉到，任何定见都是对诗歌写作的妨碍——我听说过，诗歌必须带来惊讶，诗歌写作的巨大喜悦正在于它的出乎意料——一则题为《漫游》的碎笔夸大了我的信马由缰：

《海神的一夜》自序

不,我甚至不是个写作者。在开始的时候,我可能抽打和驾驭着语言,但最终必定是语言驮我到我从未梦见过的新省份、新国度和新家园。我已经记不起自己是否有过什么既定的目的地,我更像一个随意的漫游者。仅仅因为不愿让刚刚开始的谈话中断,我才告诉陌生人一个我临时想到的随便什么去处。我的回答或许每一次都有不同,甚至互为矛盾,令自己困惑,但我不虞前程的脚步是轻捷的。"我身上绝没有那种专横武断的思想,我是说,那种作为最后确定的思想。这种祸害我一向是远远避开的。"(玛格丽特·杜拉斯)

方向却明确地朝着梦幻。为了自由和美感的生活、更高意义的存在、诗意、真理和圣洁——这些蒙尘的字眼需要用诗艺去将它们擦拭,不仅使之重现光彩,而且使之重获其质的朴实、神奇和黑暗。

[附识]

这篇自序曾用于《明净的部分》(湖南文艺出版社,1997)和《即景与杂说》(中国工人出版社,2000),现在将它移用于自认为编选得相对完备的这部《海神的一夜》(1981—2013 年的短诗结集)。在将此篇用作《即景与杂说》自序的附记里我写过的几句话,也值得在此重申:"我有意由自己来规定自己的'诗全编',是为了既能够呈现自己诗歌写作的完整面貌(它的一半在抽屉里有过不短的被埋没的时光),而又能够赖账(主动把那些要不得的篇什从自己的诗集里扔出去)。我希望,人们仅仅把最终被诗人认可的诗篇归于那诗人,而不会有好事者,令人失望地去捡回诗人因

只言片语来自写作

糊涂、不谨慎和被利用而散布在外的习作和劣作。"我一再地修改自己的诗篇——对于写作者,他的作品都还未完成——标于我诗篇之下的,是开始草写的那个年份。

(1997—2013)

《夏之书·解禁书》自序

《夏之书》的写作前后跨越了差不多两年,《解禁书》则跨越了十年。又过去许多年,这两件作品成了现在这个样子。时间的变形记里,我不知道,以后它们还会以怎样的面目重现,就像我已经不记得,它们曾经是以怎样的构想来到我笔下的。甚至,这两件作品此刻以这样一本书的方式呈示,我认为,也不是我的有意为之,而是缘于想象出来的那些诗篇的内在节奏。是那种很可能我不太恰当地称之为写作的内在节奏的东西,形成了它们现在的样子。

《象传》释《易》"反复其道,七日来复",说是:"天行也。"不过,在读到这将"七"指认为宇宙运动的周期性数字的定义之前,以及,在听说了更多有关"七"的完整和完美的灵通意义之前,"七"就已经莫名其妙地是我特别钟爱的数字了。《夏之书》和《解禁书》各为七章,正所谓恰巧("巧"不也暗含着精合密凑的数字"七"?)。那么,如果要一个最小的理由,且当我是这样想的吧:是那个数字"七",令这两件作品的如此存在显得合适。

(2010)

《流水》弁

《流水》是从倾听和阅读得来的写作——我的写作,无法仅仅停留在对倾听和阅读的赞赏"不已",而要去深化和穿透,要去给那种牵丝攀藤的偶然想象一个必然性和切实性,一种因为话语跟语法真正的一致般配而生的意义即形式的无可替代的说服力,要去把某些方法论推至极端,从而更上层楼,从而超越之,从而去成为马拉美所说的"事先构思好的""讲求建筑艺术"的书……那支古琴曲和它的文本是真正未竟"不已"的——于是,言词《流水》就充沛于借来的空渠——写作的篇章布局就对应于曲式结构,就摹用和发挥文字谱的语言方式,就以臆写伯牙和钟子期传说作为展开——故事的"知音"主题,正是贯穿着这个由倾听和阅读而引起了写作的讽仿式故事的主题。为了加强讽仿效果,在插曲里,依据人类妄想把古琴曲《流水》运送到莫须有的星际人耳畔的事迹,我的写作又去揶揄科幻文艺的宇宙意识。不过,如果你注意到框入方括号的副题或题辞,[戏仿的严肃性],你就不会仅仅从一个向度去玩味其"严肃性"。来自倾听和阅读的写作,又去指涉倾听和阅读,渴望着回到倾听和阅读;这个有关"知音"的诗文本,更进行着写作跟倾听和阅读的对话。实际上,你知道,是这种对话构成了写作,成为写作的核心,写作的全部,写作之写作,直至写作的自我解嘲。我不记得谁的写作绕开过这种对话——假设有企图甚至例外地绕开了这种对话的写作,那不正好是一次这样的对话?而作为人类伟大的创造,古典格律诗和词曲的程式化写作,名为《尤利西斯》的那本书的对位式写作,从多么不同的方面言明了这种对话!我以这两种写作为例,因为《流水》的写作直接受到了这两个不同方面的启示。

(1999)

一个说明
——《导游图》后记

将《导游图》(它是我 2003 年写下的一首诗的标题)用作书名,是想表明,这本诗选意图显示我三十多年诗歌写作的大概景象。然而《导游图》又有所侧重,它收录了 2000 年以来我写下的每一首诗,也把很多页面分配给了我的几首长诗。上世纪 90 年代写下的那些短诗,我选用了一小部分;上世纪 80 年代写下的短诗和长诗,我选用得更少。而那二十年占去我写作至今的三分之二时光,并且,当然,对我来说是很重要的写作时光。那么,跨进新世纪以后的写作更加重要吗?我只能说,因为离这些作品更近,让我更加不知该如何取舍。我的诗文本《流水》未能收到这本书里。它的篇幅相当于一首超长诗或一整本书,我不愿意将它切割开来,只选用某个部分。

所以,这本书不仅是一张过多观照了一些局部的导游图,还是一张或许忽略了最名胜景观的导游图。不过,不妨自我推销一下,它仍值得一读。

跨进新世纪以后,我的写作速度放慢了许多,甚至奉行起所谓的寡作主义来。前些天,一位译者向我提问:"涉及写一首诗的时候,对你而言,什么是危险的?"我回答:

> ……比较可怕、称得上危险的,反而是无所阻碍地写。那种太即兴的、太巧妙的、太轻易的、一挥而就的、淹没在才华里的、频频出手的、数量可观的写作,正隐含着(有时已经是明摆着)写作的危机。最近十年我对所谓寡作主义的赞同,我越来越减缓的写作,大概正有着躲避这种危险的用意。滑溜的、驾轻就熟的写作以降低难度和重复自己为代价,二者都意味着对于世界没有新的发现、对于语言没有新的建树、对于写作没有新的向往。这种危险,的确时时出现在你奉献给诗的每一行、每一个字里……

这个片段回答,在解释何以寡作的时候,也涉及了我对自己写作的要求。许多年前,为了谈论自己的写作,我在短文《在某一时刻练习被真正的演奏替代》里说:

> ——演奏,在时光里完成音乐(它是对诗的一个比喻吗?),前提是反反复复地练习,去细察、领悟、理解和把握,也许这才是我的写作。……我知道,所有的练习只为了一次真正的演奏。换一种意思稍微不同的说法:真正的演奏只能有一次。……从开始写作到现在已经那么多年……他仍将继续。在某一时刻,他未必意识到,练习被真正的演奏替代。

这讲到了开始的时候我为什么写得勤快;这概括了我的写作历程,也反映出我的写作态度。或许,我比较不愿意删去新世纪以来的作品,是已经意识到它们接近和进入了我所意欲的自己的演奏。

关于短诗,我曾有过这样的议论:"我认为一个没有写出优秀短诗的诗人不应该被视为像样的诗人,也就是说短诗是一种尺度,可以量出诗人的技艺高低。一个当代诗人的确立,必须依靠其短诗的引人注目。我偏爱短诗,因为说到底,短诗……才是诗。"这样的议论势必牵涉我对长诗的看法,尤其,我还写了那么多长诗。

  记得在一次访谈里我说过:就像爱伦·坡(Edgar Allan Poe)认为"长诗是不存在的",我也"不相信"长诗。不过,我又说:"这种不相信里也包含着不相信长诗真的不可能完成的意思。"——长诗成为对我的诱惑,原因或在于此。长诗的诱惑还在于,作为一种诗歌类型,它也恰为古代汉诗所忽略,这就给致力于在伟大的中国古典诗歌传统之外获得诗意及诗艺自主和自我的现代汉语诗人一个绝好的用武之地,因为在长诗领域(并非真的可以否认这个领域的存在)现代汉诗有可能免于,譬如说,在短诗方面存在的来自古代汉诗的阴影甚至压力形成的焦虑。当然,我认为,长诗写作并非一种策略性选择,而是当代诗人的重要实验和实践,去实现,相对于古代汉诗而言,仅属于现代汉诗的诗意及诗艺典范。这或可解释我为什么在这本选集里放进自己这么多的长诗。

  我的好友,诗人和批评家杨小滨先生深刻地参与了《导游图》的编选。感谢他。也感谢秀威的伊庭和奕文。

(2013)

《词的变奏》自序

诗人是自命的点铁成金者,散文正是他想要用法术化却的成分。说避免散文是诗人众多的使命之一并无过错,甚至可以说,避免散文是诗人最基本的手艺。所以,不妨把"仅仅从理论上看,一个诗人可以完全不作散文"(布罗茨基《诗人与散文》)改写成"一个诗人有必要完全不作散文"。诗人而写散文,如果算不上羞愧之事,也几乎是一件屈尊之事。

但理论和原则是诗人的化妆术。从醉人的聚光灯舞台退场后,诗人并非真的不卸妆,不靠在临睡的枕头上写日记、回信,为自己在众目睽睽之下的脸谱反驳批评家外行的责难或阿谀。另外,诗人也受到如同豪雨之于旱季的那种诱惑,诗人也受到如同人类之于盗火者的那种诱惑——诗人也受到散文的诱惑,就像他曾受到与散文可以画上等号的语言的诱惑而选择了炼金术——在诗人写作的某个阶段,那通常是自认为已经有能力不避免散文的时候,他会以本来面目出现在上午的写字桌前,拧开笔,写诗人的散文。

在这里,谈论诗人之所以被诱惑会比较切实。我相信,诗人接受散文的诱惑,并不是他认为他能够从散文那儿获取好处,尽管散文未必不能把它的好处提供出来。只是,散文能够提供的好处,诗人实际上已经从语言那儿全部得到了——诗人接受散文的诱惑,是因为他觉得,他可以为散文做些什么。散文对诗人的诱惑来自散文有待被诗人重新发明的命运,以更为严格的写作去剔除散文文体中的渣滓。诗人企图把散文也处理成一件件作品。

  散文家得以使散文跟莫里哀喜剧中那位贵人迷"说了四十多年"的语言有所不同,成就所谓的散文艺术,其途径正好是学习诗艺。但诗人却不满足于让散文艺术地体现其散文的艺术。于是他坐下来,写诗人的散文。如同他总是对诗歌所做的,诗人试着将散文文体腾出,而刚好将写作留在了纸上。他写作的精神向度跟诗歌一致,结果则不会(不该)是诗化的散文或成色仿佛亚金的散文诗。如果诗人的散文仅仅是其诗歌的延展,或其诗歌的弥补,散文对诗人的诱惑就没什么诗学意义,那只不过是用另外一套咒语去重玩点铁成金的游戏,而且(由于太贪心)效果并不会好;只有当诗人把散文当作另一种全然不同的诗歌写作,从散文写作方面抬高它与诗歌文体相对峙的阅读边界,使得诗歌与散文这两大文体样式在一个新的散文观测点上更一览无余地被区别看待,而又得出写作等级上一视同仁的结论,散文对诗人的诱惑才会有意义。

  对诗歌写作的实践和理解,会让诗人更加懂得什么是散文。一个简历中缺少诗歌(诗歌写作的经验,至少是对诗歌的恭敬和喜爱)的散文写作者,其实不可能懂得散文的艺术。或许,只有诗人才有能力赋予散文作品那属于诗歌(更属于音乐)的韵律、速度、节奏、色调、风格、情致和幻化之光。可以肯定的则是,只有诗人才会通过其散文写作重新发明散文,并将这种发明赋予诗歌。

  这已经不像一篇自序——它谈论的想象中诗人的散文,跟我实际的写作相距甚远——它成了诗人的另一种化妆术,被用来强调(且不说美化)我那些收录在一起的散文随笔。那些是书写的结果,有不少还是涂鸦的结果。我是说,它们在纸上的启动、变速、展开和转换,它们的延续、中断、复沓、孤立、空心、虚幻、闪烁、黯然和自我否定,是无所用心、有意为之和力所不逮的混杂,是我诗歌以外的,却仍然被诗歌所包容的写作。当然,化妆术后面的本来面目不免要努力相像于理想的脸谱。我猜测,在这样的写作中真正得益的也许是散文;然而,终于,我的诗歌写作会有其新意。再说一句——是否多余呢——我散文写作的出发点,以及它企图抵达之地,只能是诗歌。

(1996)

《黑镜子》跋

我最初的几则随笔,留存于现在题作《七十二名》的那些篇章里。开头的时候,我只是将它们当作诗行来写,似乎没怎么意识到,它们正偏向另一种文体。不过很快,我发现它们的确没有成为诗,而是试图去成为布置给以往诗作的纸上背景。它们摹仿辞典、识字课本、分类手册或旅行指南,想要以工具书的面目出现,成为我诗篇里一些词语的假冒索引和无效注解。然而它们并不是依附性的篇章,并且,就像从湖心扩散开来的波澜要回声般重返湖心,从诗歌扩散开来的随笔,也总是被向心力牵扯,不断回到诗歌。它们的激情、幻想、比拟和臆写跟诗歌比起来,也有回声式的夸大,或曰夸张。

可以跟我的诗歌写作齐头并进的,后来,还有《琐行寓屑》《地址素描》《幻术志臆》《晨泳者说》和《你将去西藏》这样一些我更愿意称之为虚构作品的随笔,它们混合着戏拟和杜撰。它们的另一特点是以片段和断章呈现在纸上。最初的尝试或许算不上自觉的写作,我的力所不逮清晰地留存在书页的空白处。接下来的几种作品则出于预谋,用片段和断章之砖瓦,我企图营造我想象的建筑。但也许,那只是一座有浮饰的门廊,在门廊下,我并不指望你能够找到让你进入的可能的门径。对我而言,这些作品的意义在于构成了不同于通常作为抵达意义堂奥的散文。它是另一番激情的后果。它们的文体为写作腾出，想要让写作更属于写作，甚至让写作去接近所谓写作的枯燥。它们的狭窄，似乎是为了显得专注，专注于虚构我称之为写在诗歌背面的诗歌文本。某种程度上，这样的写作平衡了我的诗歌写作；要是将它们读作我的诗歌写作之对位，那么，它们就以其狭窄，使得我整体的写作面貌更为宽广辽阔。

《黑镜子》和《日记本》，是从我的记事簿册里打捞出来的随笔作品。它们提醒我，在我自以为一心关注于诗歌写作，有点儿刻意地尽可能避而不去进行所谓散文写作的那个时期，我其实写下了许多"散文"。这些日常的散文除了日记体的记述，还有几大纸板箱都装不下的巨量书信。《亲爱的张枣》以书信体呈现，大概也是提醒，并且纪念这种如今已经不再日常，已经非比寻常的文体。《黑镜子》《日记本》和《亲爱的张枣》都是应杂志和报纸的专栏之约而写的随笔。这是规定性的写作，带着遵命和强制性（譬如，篇幅的限定，不仅不可超出，而且不可不足……譬如，栏目设计者的策划，倾向，喜好，甚至思想……）；但它们更多的仍然是自作主张的写作，尤其《亲爱的张枣》，它对于我的必要性，让我希望能一直写下去，让我希望（而又）意想不到地，再次收到他，那位诗人的回信。

许多年前，在说明自己的随笔写作时，我写过一段话，现抄录在此："我从来不是一个有着全面、成系统、成熟和固定思想法则的人。与那种深思熟虑，建构制作的写作不同，我的写作在纸面上展开，在书写里成形。我真正关心的不是思想，不是由写作说出的东西,而是写作本身,是语言,是诗的诞生。我的出发点往往是一个名,一种语调,靠呼吸把握的节奏。写作的迷人之处大概就在于,它是无目的、漫游式的,从一个出发点出发,抵达的绝不是终点,而是另外一个未曾预料的出发点。即使在诗歌写作之外,在为诗歌写作布置背景和背景的背景的写作里,这样的倾向仍显而易见。这使得我的随笔写作所负载的说法——随笔不会像诗歌那样可以仅仅是一些词语(况且诗歌又何曾仅仅是一些词语)——漂移、闪烁、零碎、相互冲突。这使得,很可能,它们不过是言辞片断,难以构成完整的篇章。"这段话之后,我又经历了许多写作。回过头去抄录这段话,除了再次确认,也想对照着看看,我后来的写作是否已有所不同。

无论如何,这本随笔集都不具整体性,还没有资格去成为一本书。1885年11月16日,马拉美在给魏尔伦的信里说,一本书的郑重和盛大应该是"事先构思好的""讲求建筑艺术的""节奏本身客观、活生生一直伸入纸页,迭合成梦幻或颂歌的方程","而不是偶然灵感——即使这些灵感美妙绝伦——的集子……"一本书是诗人的目的。套用马拉美的名言:"世界为一本书而存在",诗人则更是为一本书而写作的。相对于那样一本书,我还在途中。这本小小的随笔集,或许,会是我藉以迈出的一步。

(2013)

望帝春心托杜鹃

——《最高虚构笔记——史蒂文斯诗文集》编者跋

诗歌翻译最为动人的一面,在于这种写作比诸诗歌写作,是一种更为纯粹的诗歌写作。一个诗歌译者相遇一个诗歌作者,要比一个诗歌作者相遇一个知音读者,更是一件会心的事情。如果阅读对话于作品,翻译则不仅抵及作品之志,更从其志(那并不是被映照和激发的译者之志吗?)而以另一母语思索和咏言。钟子期靠他混合着感受力和理解力的创意耳朵再现伯牙的表达,诗歌译者却要用自己的乐器亲证、实践和重新演绎诗歌作者曾经奏弄的那一曲。

一首诗的写作,对于诗人而言甚至是被动的。所谓诗歌书写诗人,是其一端;诗人写作动机的千头万绪,那些掺入其写作的种种非诗因素,可以是又一端。比较起来,诗歌翻译要主动得多。那种主动性,首先是译者对于诗人及其诗篇的选择。尽管,仿佛是那个已经完成了的诗人及其诗打动了译者,实则呢,杜鹃的啼鸣被如何感想,被翻译为"布谷"还是"子规"或别的什么,都要由那个译者说了算。

就是说,譬如,张枣、陈东飚和我翻译、编辑华莱士·史蒂文斯这部诗文集,固然如本书序中所言,因为"诗人心智之丰满稳密,处理手法之机敏玄妙,造境之美丽,令人艳羡和折服",然而,关键是,我们发现了史蒂文斯用英文抒写的那些诗篇成长于汉语的可能性和必要性;尤为关键的是我们发现了变奏他的诗歌,从而变奏汉语及我们自身的可能性和必要性。

诗歌译者的写作,从来不是依样画葫芦。"望帝春心托杜鹃",该是对这一创造性劳动的恰切比喻。译者的写作寄情于诗人及其诗歌;译者的写作进而如杜宇化身为杜鹃。诗歌写作的主动性在此升级,那种形态,大概又用得上"庄生晓梦迷蝴蝶"了。一方面,翻译会恋于译者与诗人的移志推心,另一方面,翻译又意识到译者跟诗人的对抗争胜。由于此,我才相信诗歌翻译是更为纯粹的诗歌写作,况且,诗歌翻译的动机又那么直截了当——只是要把一首诗翻译成一首诗。

本雅明在《译者的任务》里设问:"翻译是否为看不懂原文的读者而作?"回答是:翻译首先为翻译本身而作。就像一首诗的写作理想是诗歌本身,诗歌翻译这种诗歌写作,其指向并不止于原作,它穿过那个诗人的母语,去叩测被诗人母语仿造的纯语言。何妨把这种能够被想象的纯语言视为"公语"?以另一母语完成的译作,其实不是对原作的传达,而是对原作以其母语逼近的"公语",从另一母语侧面的逼近。所以,譬如,用汉语变奏的史蒂文斯不是对史蒂文斯英语的变奏,而是对史蒂文斯以其英语变奏的"公语"诗思之变奏。

诗歌翻译真正值得关心的,不是译作相对于原作丢失了什么,而是它为译者的母语添加了什么。望帝托杜鹃而剖表的是"公语"诗思里自己那颗啼血的春心,并将之造化成译者之诗……于是,就像刘禹锡在《送僧方及南谒柳员外》一诗的最后四句所云:"勿谓翻译徒,不为文雅雄。古来赏音者,燋爨得孤桐。"我猜想,对于"诗是非个人的"和"诗歌不断地要求一种新的关系"(《徐缓篇》)的史蒂文斯来说,如此看待缘于其写作的诗歌翻译以及更为普遍的诗歌翻译,并无不妥。

(2009)

大陆上的鲁宾逊

——《别处的集合:二十四人诗选》编者序

作一个历史的大概划分,可以说中国大陆的当代诗歌启于 1966 年开始的"无产阶级文化大革命"。就实际情况来看,不妨把这片大陆上的当代诗人之名,仅仅授予那些"文革"以后出道的诗人。那就是所谓的朦胧诗人、后朦胧诗人、新生代诗人、第三代诗人、中间代诗人、晚生代诗人,还有什么 70 后和现在已经现身了的 80 后诗人——也有人将他们统称为先锋诗人——可是又有诗人不愿意自觉戴上上述帽子的任何一顶,因为实际上哪一顶都不适合。所以,不妨就以几乎算不上命名的当代诗人名之,并且在这一名下,只把他们看作一个作为个体的诗人,令其超越他可能曾经身在其中的群体和诗歌运动、流派和代际,好让人们真正去关注他写下的诗篇。

这个作为个体的当代诗人是一个无名者,哪怕是在简历里写上"著名诗人"的那个人,那些人。逸出诗歌圈,几乎就没有了当代诗人和当代诗歌。在那些风云人物、政经大腕、文体明星直到恐怖分子都家喻户晓的当代生活里,诗人实在过于隐秘了。这隐秘,在中国大陆当代诗歌的前三十多年里是一种地下的,有时甚至是"非法"的处境;在加速和差不多已经进入经济和消费社会的最近数年的中国,则成了一种边缘际遇。当然,可以说,当代诗人的地下化和边缘化,并非全然被迫,而往往是出于诗歌尊严的主动选择。但是那种"被抛"感,却是当代诗人都有所体会的。

有人认为,中国当代诗歌始于食指(1948—)的短诗《这是四点零八分的北京》:诗人在上山下乡的时代列车开动之际探出车窗,跟母亲和家园诀别。设想一下,那个在诗篇里乘上时代列车奔赴迷惘未来的当代诗人,却因为他的诗而被留在了时代的站台上。可是他并非就不必付出诀别的代价了……他的情形——当代中国这片大陆上诗人的情形,更像是被遗弃在荒岛的那个人,被遗弃的原因,既跟鲁宾逊的原型一样——在航行中和船长发生冲突,又跟笛福塑造的那个虚构角色相似——在一次海难后得以幸存。他当时的处境是那样孤绝,被一片红海洋围困,没有援助,没有氛围,没有可能,只有危险。他的写作起于绝望,为生存而拼命,朝希望返回。

在对中国大陆当代诗歌的早期回忆里,总是会提到可以跟鲁宾逊从遇难船上搬往荒岛的有限物资相类比的"黄皮书"和"灰皮书"。《局外人》《变形记》《麦田里的守望者》《带星星的火车票》《人·岁月·生活》……这些当年的禁书、"供批判用"的"内部发行"的出版物,为中国大陆的当代诗人提供了最初的写作给养。其中,这些翻译作品在文学语言方面的影响是值得玩味的。在最近的一篇访谈录里,北岛提及,这些翻译作品"创造了一种游离于官方话语的独特文体……60年代末地下文学的诞生正是以这种文体为基础的"。在"被抛"背景下将游离的语言当作了根据地,进而,还是用北岛的一行诗表述,开始了"词的流亡"。这正是当代诗人自觉地下化和边缘化的标志和表现:鲁宾逊转过身去,背对汪洋,到岸上开辟自己的领地。

接下来,一切都是由诗人们自行操办的。大概而言,在中国大陆,当代诗人既是诗歌作者,又是自己诗歌的编者、出版者和推介者,又是热心和够格的读者。当代诗人还是自己诗歌的批评者,而且充任过几回自己诗歌的授奖者……这种自给自足的隔绝状态,的确令诗人们不安,认真探寻着解决之道,但久而久之似乎也就无所谓了。反正,当代诗人遵循自己的诗歌理想,确立自己的写作规范和评判标准,并且,打算或已经由自己来刻写自己的文学史墓碑了——这种鲁宾逊式的开拓、建功、立业,不止于把文明世界从制度律令到生活方式的一整套玩意儿移植了过来——当代诗人更从"文革"废墟中催生培育了全新的,令现代汉语拔节招展的现代汉诗。

现代汉诗渐渐地却又是迅疾地自主和成熟,除了可以列出一份它的优秀诗人名单和一串它自己的经典,主要还在于,它产生了只属于它自己的困惑和问题,并且它有能力自行克服和解决。现代性贯穿着它的诗性、汉语性和中国性,而这些又跟诗人的生存状况和内心生活纠缠在一起,同古典和西方这两大诗学传统对照、对话着,砥砺于当代的历史、政治和文化语境。

在80年代初的中国大陆,一种被称作"朦胧诗"的新诗歌正在引人关注。在经历了程度相对低浅的诸如"懂"与"不懂"的诗学论争和更多政治色彩的话语交锋以后,朦胧诗被主流诗坛不太情愿地接纳,也恰好带给再不能恬不知耻地惯用其"红色转喻符号系统"的主流诗坛一种泛朦胧诗风。探究起来,朦胧诗有一个在"文化大革命"的斗争疯狂和政治愚昧里沉潜和觉悟的启蒙主义渊源,其先驱诗人(譬如食指)在红色主流之下,神奇地令现代诗的艺术精神借道血脉,潜流般推进,直至涌现出一派新诗潮。朦胧诗人以饱经磨难的历史感、使命感和责任感,成为"文革"后社会批判、主体意识和人道主义的代言人;但它跟它所反对的国家意识形态及其政治抒情诗,却又有着一种以抗衡方式结成的亲眷关系。

因为他们所经历的,朦胧诗人集体性地困扰于"文革"噩梦和别的政治和历史噩梦。比他们年轻的一代诗人,对"文化大革命",则有着更多印象式的象征性记忆,却少有刻骨铭心的创伤记忆。60年代出生和比之更晚出道的70年代出生的诗人,于是就像是从海难和呼救里转过身去,打量只属于他的新岸的鲁宾逊,甚至愿意把自己的诗人角色置换为更为原始、单纯和本能的礼拜五。那种更注重生命形态、生存境况和生活方式的个人化、自白化的体验之诗,一下子铺张开来,背向了朦胧诗人的幸存之诗。

那是一些倡导回到本来面目的自身,直到回到一次性的身体本身的诗人,那还是一些企图回到前文化和非文化世界的诗人,那也是一些想要让诗歌仅仅在鲜活和被无数张嘴说滥了的口语层面上发生(发声)的诗人……他们似乎造就了一场以诗歌名义展开的青年运动:一连串的联络、串通,假想和实际的诗歌江湖,一些小恩怨,几次小狂欢……上海、北京、四川和江浙汇集了比较多的诗人,出现了"海上""圆明园""他们""非非""莽汉""大学生诗派"等等诗群名目,不久被统摄在了"第三代"的名下。秘密传阅集结着朦胧诗的《今天》杂志曾是这些诗人获罪的由头,回过头来,他们也编印了传达自己的诗歌主张、美学理想,直到价值观、人生观和世界观的地下刊物:《次生林》《现代诗内部交流资料》《汉诗》《海上》《大陆》《他们》《非非》……这些刊物常常被执法部门侦察和取缔,加之经费来源无非是几个同道诗人自己凑钱,所以总是不定期而且短命。

诗歌青年运动趋于迷乱和晕眩,其中几乎有红卫兵狂热激情的回光返照……这种诗歌行为的红卫兵症候,后来在不少当代诗人身上周期性、非周期性地发作,不知道是否是因为中国大陆的当代诗歌,刚好就发生在红卫兵运动席卷神州大地的年代。但是连算是被官方半推半就地接受了的朦胧诗人,也还是难以正常发表作品和公开表达其思想观念,更年轻的诗人们则还要没机会。压抑带来的窒息感,不能不让诗人们时有夺(话语)权的冲动而欲爆发。

《深圳青年报》和《诗歌报》举办的"中国诗坛 1986 现代诗群大展",为当时的诗歌运动提供了一个喷射的机会。它让人们检阅了现代诗"最空前的数量繁荣"、对红色诗歌和毛式语言的反叛,也让人看到了群情激昂的趋同写作行为里,真正意义上的诗歌文本的缺失,以及作为一种艺术方式的现代汉诗的失范和无序。退潮从高潮迭现处开始,那场诗歌青年运动,实际上在 1986 年宣言纷飞的诗歌大展以后就告结束了。尽管,还是不断有诗人用写作去撩拨身体和语言,去挑衅,去颓废,去划开诗的皮肤作自残式的对抗。但当代诗人开始更自觉地从身体和语言出发写下诗篇,去抵及精神宇宙和大生命之魂。

1988 年,一种叫做《倾向》的自印诗刊创刊,到 1992 年,出版了三期即被迫停刊，而后，一种承接其倾向的《南方诗志》又出版了五期，到1994年再告停刊。《倾向》和《南方诗志》，以及跟它们倾向相近的《红旗》《写作间》《象罔》《九十年代》《发现》《阿波里奈尔》《北门》《偏移》和《翼》等民间诗刊宣扬一种或数种人本主义而文本主义，现实主义而理想主义的现代汉诗，它们的出现，现在看来，是现代汉诗写作自觉的又一个信号，又一次表达了写作自律和汉语自律的那番渴意。这种自律的愿望，显然针对那场诗歌青年运动里泛滥开来的非理性、破坏欲、低级粗俗平庸和随意到近乎随地大小便程度的胡乱宣泄，但究其根本，则是来自现代汉诗的内在要求。

现代汉诗的发轫，可以追溯到近九十年前胡适的白话诗尝试，甚至更早时期一些诗人的设想和口号。作为尝试的白话诗后来有了诸多改观，又被称作新诗，渐渐自觉为用现代汉语写作的现代汉诗。这种新诗歌被一批受到西方文化影响的现代知识分子发明，其最初的立足点之一，是对中国古诗一般基础的反对。譬如它抵制古汉语，换用白话俗语和全新的现代汉语作为诗歌语言，因而报废了中国古典程式化的、格律严谨的诗式。现代汉诗的写作，就跟上了岸的鲁宾逊似的，尽管贫乏，但却自由。背离了旧的诗歌大陆，现代汉诗是以所谓"自由诗"的样式开始新生涯的，其情形，可以借用奥登在《论写作》里的一段话说明大概：

> 写"自由诗"就像荒岛上的鲁宾逊，必须自己煮食、洗衣、缝补。偶尔在例外的情形之下，这种男子汉大丈夫的独立精神会产生与众不同的杰作，可是大多数结果却是一团糟——床上的脏被单没有铺好，地板没有打扫，满地是空瓶……

这使得许多人想到要给现代汉诗穿上一套制服,哪怕那其实是一副镣铐。这样,至少这位鲁宾逊在场面上不至于太过与众不同,会让人以为他一切有序,被照料或看管得很好,其实际生活的芜杂凌乱就算没有改正,也可以有所掩盖。近九十年的新诗歌历史上,就一再出现过寻求和规划新的统一诗式或现代格律的图谋和努力,然而,不幸(不妨说所幸),每一次都一败涂地。

背离旧诗歌大陆的现代汉诗尽管的确是一个鲁宾逊,但他的新领地却远远辽阔于他曾经以为的小小荒岛,就像现代汉诗的实际情况,这个鲁宾逊要做的,是从一个小小的荒岛那点面积开始拓展,直到把旧大陆改天换地翻为新大陆。在这么一个鲁宾逊的这种进程里,现代汉诗所用的语言值得打量。

现代汉语作为不同于古汉语的另一种汉语,跟现代汉诗以反对古诗一般基础为立足点相一致,也跟古汉语呈一种反对的关系。古汉语是除方言口语和外来语之外,现代汉语的又一大来源,但现代汉语对古汉语的承继,却多是以反向和对照的方式实现的。当古汉语已经充足圆满、固步不前,仅属于往昔,现代汉语却翻转过来,不要拘束、满含可能性,用未来追认着它的此刻。由这种语言成就的现代汉诗,自由度可谓相得益彰。当现代汉诗意识到自己的领地并非一座小小的荒岛,意识到自己是一位大陆上的鲁宾逊,其奋力迈开的步武、宽广的视野、深沉的思虑和归向远方的渴念,会更需要不拘诸如床上的被单、地上的空瓶这类小节的自由。现代汉诗拒斥那种制服般的格式和像镣铐一样给自己戴上的铁律,实在是本能和本性使然。

这却并没有使得现代汉诗相对容易,反而更多困难。现代汉诗跟任何语言任何样式的诗歌一样,试图远离散文,它的自由体和自由化不等于散文体和散文化,它诗歌的规定性恳求着现代汉语的节奏和音乐。现代汉诗的节奏和音乐是如此与众不同——它要使每一首诗是这首诗本身,每一首诗是由这首诗形成的那么一种诗——它最大限度地避免诗人声音的类似化和类型化。每写一首新诗就要走一程新路,来一次新历险;每一首新诗在语调、节拍、形式、结构、布局等方面,都是一次新的抵达。由于没有可以称之为"他律"的外在诗律,现代汉诗的写作更具挑战性和创造性,它需要诗的高度"自律"!现代汉诗不仅是自由诗,也是自律诗,且主要是自律诗。现代汉诗这位鲁宾逊要有与众不同的杰作产生,就得与众不同地总是反躬自问和勤于收拾自己。

现代汉诗自律的可能性,是由于诗人们渐渐成熟的对现代汉语的自觉和自主意识。这片大陆上的当代诗人已经为自己的语言去做的卓有成效的事情之一,就是缴械了"文革"语词暴力,消解了红色话语系统,颠覆了官方言说模式。汉语性或中文性,正是这种语言改正的内在依据。

就像现代汉诗是一种反对古诗的故意发明,现代汉语也是一种被有意识地自觉发明的语言,它既大量承继和借用了古汉语、方言口语和外来语,又近乎坚决地排斥着这三个方面的负面影响。现代汉语为反对古汉语而出生,其出身里却有着几乎全部的古汉语成分。然而,反叛的孩子终将父亲的骨血完全化作了自身的骨血,从父亲的容颜习性里挣脱出来,成为有着只属于自己的容颜习性和自我意识的另一个人。现代汉语也只能是相对于古汉语的另一种语言。这仿佛鲁宾逊,把来自旧大陆的那一套,在自己的领地里翻新为一个只属于鲁宾逊自我的国度。方言口语,跟古汉语之于现代汉语的情形正相似,只是关系更为直接和亲密,可说是现代汉语之母。但现代汉语这种被书写所总结和规范的成长中的语言,却毕竟不是方言口语了。中国当代诗人里某些热衷"口语化"写作的企图,近乎语言意识的"恋母情结",其寄生感、依赖性和乱伦的可能,倒也并非不能转化为诗歌手段。现代汉语跟外来语的关系,则像是一种男女关系了。那除了是一种两情相悦,也还是一次次相互征服。现代汉语通过翻译得以成年,从翻译诗里,现代汉诗则看见了自己的另一个自我,常常让有些人(从父母的角度?)对之产生无限焦虑、痛惜和恼怒,他们似乎以为,汉语为此损失了什么。可为什么并不对此作如是观——那并非外来语入侵汉语,实在是汉语出发去远征!再怎么着,翻译也是自汉语的楼台朝远方眺望……翻译给了现代汉语一种新的语言视野,为诗人提供了更多的语言想象和可能性。

  在跟古汉语、方言口语和外来语的对话和对照中,现代汉语确立着自身。现代汉语之汉语性或中文性的依据,也要到这种对照和对话里寻找和发掘。当现代汉语被视为其自身,现代汉语的汉语性或中文性,也一定不在其自身之外。现代汉诗跟现代汉语的历史都极为短暂。它们差不多同时出生,而且在某种程度上,可说是相互为对方而生。现代汉语为现代汉诗提供了语言,现代汉诗竭力丰富着现代汉语。二者的另一共同点则是,现代汉语和现代汉诗都是在对未来的展望和想象里认定其自我的,它们也只有在对未来的追认和回忆中才能真正成形和确立。无疑,现代汉语和现代汉诗正是出于现代性的必须而来到这块大陆上的,其自己为自己制定规范的现代性品质,自是应有之义。现代汉语的汉语性和中文性,也一样需要在现代性前提下考虑和体察。现代性内在于现代汉诗和作为其诗歌语言的现代汉语。

同样的,所谓现代汉诗的中国性,也一定具备着现代性品质,就像现代中国和当代中国的中国品质里,现代性如此这般鲜明触目。正是贯穿其中的现代性,使得现代汉诗的中国性也不能在其自身之外事先被定义,而惟有在发生和发展中呈示和显现,在未来之眼的回看里才变得清晰和完整起来。这不免又让人想到了鲁宾逊——他的那个自我从他被抛的那一刻开始就完全属于了自己,其自我的成长和成形,则跟他艰难踏上的那片未知的新岸密切相关。

作为一种写作的现实,当前的现代汉诗跟它身在其中,且要在节奏音韵的字里行间充分呈示和幻化的当前中国相一致,都具有现代的、发展中的全部因素。现代汉诗这种现代的发展中诗歌,跟现实中国这个现代的发展中国家正相匹配,这或许即现代汉诗之中国性的最大特点,这也是现代汉诗这一用现实中国的语言——现代汉语写作的诗歌,几乎不可能不具备现实的中国性的重要保证,哪怕现代汉诗再怎么企图"拿来"域外文明及其诗歌的全部精华用于自身。出于丰富、壮大和成熟自我的同一意愿,现代汉诗更企图"承继"古老中国和古代汉诗,其"承继"的企图里,也正有着因反对甚至反动于旧中国和旧汉诗的出生和出身而必须与之争胜的信心。这使得现代汉诗在处理它跟古老中国的传统文明和古典诗歌的传统之美的关系时,无论如何都会将其自我和自主性放在首位,就像它在处理跟域外文明及其诗歌的关系时,总是将其自我和自主性放在首位。取决于它的语言和现实态度,现代汉诗的"承继"和"拿来",都将表现为戏剧化的辨析、解释、清算和重估……

在现代汉诗的另一层面,其中国性往往更引人注目。中国大陆当代诗歌跟政治的关系,几乎是譬如说谈论一个诗人的写作及其周边时回避不了的话题。这片大陆上的诗歌从来就是一种政治。遥远的不论,近代以来,国家命运跟诗的命运总是休戚相关,荣辱与共:公车上书、戊戌变法与诗界革命,辛亥革命、五四运动与新诗尝试,中华人民共和国的建立与红色诗歌的风行,"文化大革命"的发动与当代诗歌的发生……诗歌主动地去做了政治气候的风向标和晴雨表,却也是被动地随政治语境的变动而改换自己的嗓音……怎么看,诗歌都像是政治的附庸,这的确令人厌倦,对正在成熟起来,获得自主意识的当代诗人,则实在令他们感到厌恶。80年代的诗人们,无论是诗歌青年运动中的诗人还是更注重诗的自律及生命和精神要素的诗人,都有意识地不让自己的诗歌写作关联政治,更不用说去呼应政治了。或返回自我,或远逸高翔,新的诗歌语言建立在外于政治的另一世界里。然而,外于政治依然是一种政治表态。

正当诗人们以为可以背向伪劣恶俗的政治而在诗歌写作里自成一统,达成美学自治的时候,1989年又强行把诗歌纳入了政治话语。中国的政治和诗歌又一次合上了节拍:当政治生活来到一个冲突的顶点,诗歌也恰巧处在它周期性的转折点上。这使得80年代张扬喧哗的中国当代诗歌版图变得不那么有动感了,变得简明和清净了。清醒过来的诗人们顺理成章地不再继续其梦中的事业,因为,似乎,在无比丑陋的现实面前,至少诗人有理由怪罪诗歌——无论高贵和优雅的诗歌,"崇低"和"媚俗"的诗歌,语言实验室里的诗歌,宣扬和服务于随便哪一种意识形态的诗歌,反价值、反文化的诗歌,抒发古老情感、意欲回溯传统之源的诗歌……它们为转型的时代和共同体存在的理由何在呢?而那些并没有淡出,继续写下去的诗人,实在是醒得更早,或始终保持清醒的诗人,他们打一开始就埋首专注于自己与众不同的个人化写作,并且"在坚定的个人写作里不把写作缩小为个人的"。他们知道,史蒂文斯所谓"诗是诗的主题",意味着一首新诗,还得是在驳斥一般意义上的诗歌的基础上才告成立的诗,它是内倾的,不向诗歌之外寻求任何依靠,却要尽力让一切向心于诗。

90年代的诗人们从诗歌写作的炼金术里抬起头来重新打量眼前的现实,包括一向不愿意沾边的政治,既是对现实的直接反应,也是这块大陆上的当代诗歌写作行进到某一时刻的一种需要。并且,惟有出于诗歌写作本来的需要,这种打量和更深入的观察才会内化为一个诗人的经验和感想,才会带来诗歌写作的新意。其生长点,则刚好和只能是你先前的写作。这番打量并没有实质性地改变中国当代诗歌的语言追求和语言态度,只是,写作者的姿势有所不同了,或许写作者的姿势也并无不同,那位鲁宾逊仅仅改变了写作时身体的方向。于是,政治、现实、时代、日常生活里的杂质和历史图景里的乱象,这些朦胧诗之后的新诗人在其诗歌写作中有意避开,并不愿与之迎面相向的东西,再次需要诗人们透过诗歌将它们正视。要之,需要让诗歌跟它们建立一种不同于以往的看似反常,实则是更正常的关系。诗歌既不隔绝和回避它们,也不过于简单地介入它们——看似体现诗人主动性和承担意识的所谓"介入",却常常令诗歌终于不过是譬如说政治事件里一个投反对票的小摆设,诗歌实际上弃其自主,不由自主地被非诗化,被消化了。现代汉诗就像现代汉语,不应该被容纳,而应该有一个可以容纳和消化杂质的健康的胃。基于此,90年代以来,中国大陆的当代诗歌显得更为开阔、湍急、相对和浑噩不洁,那诗歌写作的漩涡中心,却留出了魅力无限的呼啸的空穴。真理和绝对悬而不论,诗歌写作不再急欲抵及和触摸它们——大陆上的鲁宾逊要让诗歌朝向无限,让世间万物在一首诗里翻江倒海……

  显然,鲁宾逊的故事还得要讲完整。自某个群体的代言人返回个体自身依然不够,现代汉诗必须返回诗歌本身;返回诗歌本身也还不够,现代汉诗还得从它的汉语性、中国性和现代诗性出发,迈向追认和光大其过去和现在的那个未来。等到造好了大船,他终于要像奥德修斯(更古老的鲁宾逊)那样踏上返乡之旅,去找回和融入伟大和悠久。其途径并不确切惟一,其结局也不能预先设定,可以料到的,是他的命运里仍然少不了持续的漂泊。

(2006)

《倾向》诗刊一、二、三期前言

第一期编者前言——《倾向》的倾向

"因为艺术家一定有所发现——"

杂志扉页上的这句话引自庞德1913年的诗论《严肃的艺术家》。引用它是想借以表明《倾向》的诗作者们共同的倾向。《倾向》的诗作者们也许不会自称艺术家,但却一定会肯定自己对待诗艺的严肃态度。去发现并有所发现,正好是这种严肃态度在诗里的体现。或者说,仅仅凭着"去发现"的努力,他们就已经将自己提升为艺术家了。那么,创办《倾向》,则是为了把堪称严肃艺术家的诗人们聚集到一起,并将他们的"发现"呈现于同样严肃的读者面前。

以严肃的态度去发现并有所发现,这便是《倾向》的倾向。并且这种倾向在一种勇气、一种精神和一种创作原则里得到了进一步加强。

对《倾向》的诗作者来说,写作并不是语言之下的动作、感官的行为宣泄或作为"生活方式"的无聊之举,从情绪感受直抵语言并且"到语言为止"的倒退;写作也不是从语言到语言的实验,为填补一个偶然碰到的形式空格的努力,一场游戏或一个无关紧要的小小发明。平民——小市民主义和弄虚作假的贵族化倾向都应予以否定。

　　写作在语言之上,是对语言的升华,关乎灵魂的历险。"写作是自觉的、创造的、孤立的","写作就是永远的缺席,惟其如此,写作对世界的干预才显得无所不在"(欧阳江河);"写作是从语言出发朝向心灵的探寻,是对诗人灵魂和人类良心的拯救"(陈东东);是"对神肃穆的、谦卑的内心独白"(张枣);是"追究我自己、我的情感的源泉和我的生命的秘密"(张真)的途径。诗人以写作去寻找和发现的,是最高虚构之上的真实、光明朗照的无限之境,是绝对的善。而这正是《倾向》的乌托邦,精神的乌托邦。它区别于大机器工业的必然结果,它不是世俗欲望的改头换面。

　　对诗歌写作的这种认识,基于诗人的理想主义信念和应当得到倡导的知识分子精神。在《倾向》的诗作者们那里,理想主义不同于哲学家们的所谓"骗局",而更多地表现为一种寻求乌托邦的勇气,一种"明知道无望也还仍然拼命努力"(陈东东)的献身精神,一种"我不能要求诗歌为我做什么,我只能朝它走去"(西川)的信仰态度和"除了伟大""别无选择"(欧阳江河)的大家风范。

　　《倾向》的诗作者们倡导的知识分子精神,更多体现在他们的使命感和责任感上。需知,拥有灵魂与智慧的知识分子永远是少数,他们高瞻未来,远瞩过去;不以作为他人的对立面而安居乐业,因为无论以任何方式依附于他人,都将随着他人的灭亡而灭亡。"诗乃公器,大家因之而进"(张枣),而诗人恰恰是引导人类走向光明的灯盏。虽然使命感和责任感并不是知识分子精神的全部,但这二者无疑至关重要。对诗人们来说,这二者首先针对诗歌本身。因此,《倾向》的诗作者们事实上正把他们的知识分子精神上升为一种诗歌精神。

《倾向》的写作者们愿意以"秩序原则"说明他们对写作的把握。应该指出的是,"秩序原则"是那种"原则的原则"——在这一原则之下,《倾向》的诗作者们有着各各不同的诗歌风貌。这种"原则的原则"乃是对"文学自觉"的归纳。它首先表现为对自由的节制。这并不意味着《倾向》的写作者们不愿意在写作中得到足够的自由,相反,他们珍视诗歌写作的自主性,他们希望拥有一个诗人的最大自由。而惟有节制,才更自由。诚如斯特拉文斯基所说:"艺术越是受到控制,越是有所局限,越是经过推敲,就越是自由。"(《音乐诗学》)其次,它是对感情的节制。同样需要说明的是,不应该因此而误以为《倾向》乐于提供苍白、不自然和没有激情的作品。诗人们要节制的,是感情的宣泄,而他们要揭示的是感情本身。"水是用来解渴的,火是用来驱寒的,——这些都与诗无关;要进入诗就必须进入水自身的渴意和火自身的寒冷。"欧阳江河的这几句话或许有助于对"秩序原则"的"节制"之理解。

《倾向》的诗作者们可能都会接受《路力福音》里的一句话:"你们要努力进窄门。"因为去发现并有所发现的努力,也正是进窄门和进入窄门的努力。《倾向》希望它的倾向会成为今后中国诗歌的普遍倾向,但又对这一愿望成为现实的可能性持怀疑态度。"引到永恒,那门是窄的,路是小的,找到的人也少。"(《马太福音》)

(1988)

只言片语来自写作

第二期编者前言

本期为海子、骆一禾专号。编辑这样一本专号并不仅仅是纪念这两位去年春天离我们而去的诗人。因为,对于诗歌——

> 现在到了库玛谶语所谓最后的日子,
> 伟大的世纪的运行又要重新开始。

作为先驱式的人物,海子和骆一禾用跟维吉尔一样雄壮的诗歌力量推动着那将要到来的伟大世纪。这两个人在诗篇里所预言的也让我们想到《牧歌》作者的另外几句:

> 处女星已经回来,又回到沙屯的统治,
> 从高高的天上新的一代已经降临,
> 在他生时,黑铁时代就已经终停,
> 在整个世界又出现了黄金的新人。

于是,阅读和思考海子和骆一禾,就更是为了要认清——该向着怎样的诗歌远景迈步。

(1990)

第三期编者前言

从一开始,《倾向》就不希望成为一个真实反映中国诗歌现状的读物。它不是呈现和包容性的诗刊,它最好能够指点方向和引导诗人。《倾向》关注理想的诗歌(而不是被议论得越来越漫无边际的诗歌的理想),提供秩序或尺度,它要把一只坛子放在田纳西——

使凌乱的荒野
围着山峰排列

《倾向》四年,出了三期。这样的慎重和艰难,除了种种别的原因,主要跟上面谈到的宗旨有关。与前两期一样,这第三期的内容也仍旧不会令人满意。虽然《倾向》并没有做到它想要做的,以后也几乎不可能真正做到,但只要诗歌是一项严肃的事业,《倾向》就不打算放弃或降低要求。

(1991)

2005 年春季号《今天》杂志
诗人散文专辑编者引

　　为这个专辑约稿的时候，曾打电话给一位北京诗人，他反应道："'诗人散文'专辑，那也几乎就不是个什么专辑。"我大概明白他的意思——这专辑的主题仿佛是涣散的，不可能集中。要是瓦莱里那个"诗舞蹈而散文步行"的比方仍然有效，那么"诗人散文"即舞者走路。这的确可能没什么看头。尽管每个舞者每一次步行的现实目标都相对明确，可是把舞者的步行收集起来，却一定看不见他们像在舞台上那样目标明确地指向舞蹈。不过我回想起我所见过的一些舞者，他们接受了系统形体训练的步伐，跟仅仅以走路为"专业"的一般步行者毕竟不一样——他们的态度姿势里，依然会让你看到舞蹈，甚至比舞蹈本身更强调舞蹈！"诗人散文"则还要有趣，就像打开了镜头盖的照相机本该聚焦于被摄之物，可不知怎么着，洗出来的照片让人看到的，是那个拍摄者自己的身影。"诗人散文"常常就是有关诗人自身的镜像，而这一镜像里真正要引人注目的，是那对峙于散文的另一种写作——诗。由于诗人总是在诗人的散文里议论、评说、回忆、缅怀、沉思、想象、追究和虚构着诗人和诗——当其所述并非自己和自己的写作，那终于也还是对自我的阐释；当那些散文有点儿自恋地谈起了诗人本人和他的诗,却更是在理想化一种或数种诗人形象和诗歌写作——这更由于,用苏珊·桑塔格的说法:"诗人的散文不仅有一种特别的味道、密度、速度、肌理,更有一个特别的题材:诗人使命感的形成。"而这种使命感,又总是那么有意抑或无意、讲究抑或本能地,棋布抑或充斥于诗人散文的味道、密度、速度、肌理,以至于你不得不从中读到诗! 实际上,撇开布罗茨基"诗人缺钱而坐下来写散文"之类的胡诌,诗人写散文,就总是临时站到散文的境地(但却并不情愿临时否认自己的诗人身份)反观诗和"那个"诗人,直到把诗和"那个"诗人摄入其散文,令其散文包含并几乎成为诗。这又让我想到了拍摄者端着相机对镜子拍下的自拍照,而那面镜子,要是刚好是舞蹈房里的镜子,那就难免拍摄者端着相机对镜子拍下的恰是一帧舞者的剧照……如此,这个专辑还有点儿意思。

(2005)

踵事增华
——纪念吴梅村

陆世仪《复社纪略》：

> 癸酉春,(张)溥约社长为虎丘大会。先期传单四出,至日,山左、江右、晋、楚、闽、浙以舟车至者数千余人。大雄宝殿不能容,生公台、千人石,鳞次布席皆满,往来丝织,游于市者争以复社会命名,刻之碑额,观者甚众,无不诧叹,以为三百年来从未一有此也!

这便是1633年"三月三诗会"的大概景象。或许奇迹难再,之后三百多年,那样的三月三盛况,也"从未一有此也"……直到2005年,江南的几位诗人重新发起了每年一届的"三月三诗会",并特意将苏州虎丘选定为首届诗会的举办之地——与其说诗人们仍然相信生活的奇迹,倒不如说诗人们又去创造和展现生活的奇迹——从2005年至今,新启的"三月三诗会"已经八届,其承继古老的传统,恢复悠远的诗歌精神,重又找到和再次亲近更新语言和世界的力量之源的意愿,每历一届,便有深化。江南,它的地理特质、人文气场、美学倾向、诗歌脉络、风韵意趣、情感生活,显然构成了"三月三诗会"的种种形态。诸多诗人集于江南,除了相互激励、发明发挥,去恢复、实践、体验和演绎"诗可以群""和而不流"的传统诗观,更是去探究、追索、寻获诗歌的仪式感。诗歌仪式存在的可能性和必要性,恰是诗人作为一种生活方式,诗歌作为一种信仰方式,去唤醒和点化这个世界的可能性和必要性;"三月三诗会"的雅集,则充注诗歌仪式以新的蕴涵,去审视、发明抒写个人性灵的诗歌活动于全球化时代共同体世界的意义、位置,及其跟公共社会生活的关系。

2013年,距癸西虎丘大会三百八十年整,第九届"三月三诗会"选择在复社领袖张溥、张采的故里太仓举办,显然意在回应那时候虎丘山上诗人荟萃、蔚为大观的奇迹,又一次仪式化地致敬于心系天下、砥砺文章的复社品行。第九届"三月三诗会"在太仓举办,更是为了纪念另一个太仓人,张溥的门生,复社的骨干,堪称明清诗坛第一人的吴伟业梅村。这位逝世于三百四十年前的大诗人,那娇容气壮的诗风,从才华艳发、藻思绮合、芊眠绵密到风骨慨然、悲惋抑郁、激楚苍凉的篇章,贡献于歌行体长诗的情志风华韵调深沉,叙事技巧,结构艺术,综合能力,集众美而成一家的经典范式,尤其是他那以史传心的方式,对传统的诗史观念的隐秘逃离,正值得后来者仰望和深究。吴梅村遭际境遇下的诗笔,似乎使得赵翼"国家不幸诗家幸,赋到沧桑句便工"之论像是对他的一个追认,而此论却又常常被窄化,被偏颇地理解为惟有见证才可能成就诗,甚至惟有见证才可以成为诗。实则,见证地诗还不足以收获见证的诗,诗的见证之留存,有赖至力于诗地见证。吴梅村的诗笔,正写下了诗之于见证的这样一种真切的关系。

对于诗人,世事万物不过是材料而已。萧统《文选序》"盖踵其事而增华,变其本而加厉,物既有之,文亦宜然"之言,给出的正是诗人运用他们的材料的方案之一种。此法于吴梅村得心应手:精雕细刻诗歌语言,增华于见证,加厉于本事,从而倾注内在诗心,外化其满腔的诗情……然而,这位诗人给予后来者的启示,除了诗艺演进的层面,另有诗歌史演进的层面。踵事增华、变本加厉作为古往今来中国诗歌运动进程里朝向未来的积极方面,恰是这样一种力量:它带来新的形式化发展,更新诗的感悟,用新思想成就诗的新体。吴梅村的意义还在于,他同时以其写作告诉人们,新的形式化发展要付出怎样的代价:伴随新自由的是增条加目的新要求、新规则和新格调,是一个诗人的新的自律。——三百多年以后的诗人们还有更多的理由,将 2013 年"三月三诗会"的主题,设定为对这样一位太仓藉诗人的纪念。

(《2013 太仓沙溪三月三诗会》手册编者引)

(2013)

《行板如歌——音乐与人生》编者序

音乐家艾伦·科普兰在一本小册子里说过,每一种实际的音乐场合差不多都包括作曲者、演绎者和倾听者这三方面的因素,"他们构成三位一体,缺一不可"。这本以"音乐与人生"为主题的散文选集,也有意去体现科普兰所说的"三位一体"。虽然文章不同于音乐,但一个写作者用词语去抒写音乐的时候,其人生状态大概是接近于"音乐场合"的。在他那里,有更为内在的倾听,有更为卓越的演绎,有更为辽阔深邃的生命之鸣唱。他的三位一体,呈示出音乐与人生的相互拥有和合二为一:由于音乐,人生或人生的某一段时光得以充实,并且完满;而一支乐曲之所以能成为值得反复去倾听回想的时光,成为诉诸梦想、记忆、忧愁、幸福、希望、意愿、悲哀、欢乐、神秘、辉煌、自由和美感的时光,却正在于它对人生的赞许和揭露。被当作一个主题去展开的"音乐"与"人生",几乎变成了同一个词。音乐即人生的最佳演绎,而人生是音乐的伟大总谱。在人生的"音乐场合"里,倾听、演绎和鸣唱的三位一体也就是一个人一生的命运,如果这命运可以当之无愧被称为一支乐曲的话。事实上,音乐并不被外在地谱写、奏出和听见,它也不仅仅像亚里士多德指出的那样"造就人的心灵";音乐进而成为人的心灵,是人之灵魂的存在方式——音乐是基本、普遍和充分的人性。只要内省自己,向着内心去要求,每个人就都能鸣唱、演绎和倾听他自己的音乐。正是由于人性的必须,一种曲调才浮现于脑际,一支歌谣才吐露自唇间,一派乐音才回响在耳畔。

于是,一枚河螺壳靠着风送出了哀伤的曲子(《神秘的乐师》),布鲁斯被用作人生痛苦的一个隐喻(《布鲁斯的功用》),故园的风光在钢琴上化成了精神的序曲(《肖邦故园》)。在音乐里,惠特曼饱获慰藉(《贝多芬的七重奏》),亨德尔起死回生(《亨德尔的复活》),吉伦特派慷慨赴义(《吉伦特派慷慨赴义》),贝多芬应答了命运的叩门(《贝多芬,其人及其音乐》)。音乐可以是人生绝望的最后抗议(《江上歌声》),音乐也可以是对悠久往昔的无尽沉湎(《夜笛》),音乐更可以是对死神面影的一次拂掠(《死亡的权力无边》),甚至所谓拙劣的音乐,也不可等闲视之(《颂扬拙劣的音乐》),就算沉默,这最寂静的音乐,也在一则寓言的背景下尽显对过客奥德修斯的魔力(《海妖的沉默》)。我不知道它们是否有助于解开安东尼·伯吉斯在《旋律的奥秘》中提到的奥秘,但它们肯定是"音乐的伟大奥秘"的一部分。

本书将所选的篇章安排成"倾听与歌唱""旋律的奥秘"和"音乐的人生"三辑,是想对位于"音乐场合"的三个方面。只不过,在文人笔下,鸣唱倾听以及音乐家际遇人生的述说和感叹其实都是对音乐(也是对人生)的演绎,而演绎的过程即考察和探究的过程,由思索而觉悟,而开启出新的人生(音乐)境界。另外要说的是,这虽然是一本主题先行的散文选集,但主题绝不是编者对文章的唯一要求。散文的艺术及其诗性,永远应该是衡量一篇文章的最起码和最高标准。我希望被选入本书的文章,其艺术和诗性是合一于音乐与人生的艺术和诗性的。这或许是又一种"三位一体"。由于一个人的视野有限,肯定会有不少跟"音乐与人生"主题相关的优秀文章没能选入。这是无可奈何的遗憾。可以作为安慰的是,我敢说,我不曾视而不见——我选入了我能够见到的每一篇值得入选的文章。

(1994)

后　记

　　让我不安的是,这个集子被放在"批评"的丛书名下,然而它却离"批评"甚远。其中所述,更多关涉我自己写作的出发、进程、理想和困扰,以及因之而来的我对诗人之病理和伦理(我没有找到更确切的词)的兴趣。这个集子里的许多言论,不过是提供"批评"的材料,只有少数几则,似乎迈向了"批评"。

　　而将这个集子题作《只言片语来自写作》,是因为其中的篇什实在很少成章。它们中的许多出于书信日志、笔记漫录、残纸断简,虽经整理而仍有待整理,仅仅是连缀起来的只言片语;另有一些,则是报刊的命题作文,限于篇幅而裁割义理,仍该当成未能尽意的只言片语;还有的,也是应约为填版面而写,欲凑足字数,就难免没话找话,如果挤去水分,剩下的亦不过只言片语。之所以愿意将它们以一本书的面貌呈现,大概,它们终归返指写作。

　　尽管"写作是我的命运"而我已经认命,尽管"我愿意稍稍改动华莱士·史蒂文斯的那句话,把它当作铭言:写作是写作的终极主题",我却并未刻意营建所谓的写作诗学。或许,这种写作诗学的营建,只在写作的进程里,只在写作这个身体的姿势/行为里自然成形,我没有什么机会专门描述之;并且"身在此山中"的我,其实也无能识其"真面目",无能将它说出。那么,尽管,我仿佛据一

后 记

种或数种写作诗学在写作里批评,我却并不能告知,这是怎样的写作诗学。

对写作诗学的营建并非不是迫切的写作任务,尤其当"写作是写作的终极主题"正意味着对写作本身的批评,用于批评写作的写作诗学就不可或缺。返指向写作的只言片语缭绕于写作诗学——它们想象过实质如螺旋桨、虚空如风暴眼的写作诗学,却的确尚不及创造性地触及。于是,收拢在一起的这么些只言片语就依然只能是写作的姿势/行为。我之所以愿意在此保留这些姿势/行为,则由于它们毕竟是试图呈现写作诗学的姿势/行为。

陈东东

2013 年 6 月